中華書局

明代戲曲中的詞作研究

龔宗傑——

著

責任編輯：劉 華
裝幀設計：林曉娜
排版：楊舜君
印務：林佳年

明代戲曲中的詞作研究

著者
龔宗傑

出版
中華書局（香港）有限公司
香港北角英皇道 499 號北角工業大廈一樓 B
電話：(852) 2137 2338　傳真：(852) 2713 8202
電子郵件：info@chunghwabook.com.hk
網址：http://www.chunghwabook.com.hk

發行
香港聯合書刊物流有限公司
香港新界大埔汀麗路 36 號
中華商務印刷大廈 3 字樓
電話：(852) 2150 2100　傳真：(852) 2407 3062
電子郵件：info@suplogistics.com.hk

印刷
美雅印刷製本有限公司
香港觀塘榮業街 6 號海濱工業大廈 4 樓 A 室

版次
2019 年 7 月初版
© 2019 中華書局（香港）有限公司

規格
特 32 開（210 mm × 153 mm）

ISBN：978-988-8573-57-8

序

張宏生

　　《金瓶梅詞話》第五十五回《西門慶東京慶壽誕，苗員外揚州送歌童》寫苗員外送給西門慶兩個歌童，西門慶心裏高興，就安排燕飲，請兩個歌童演唱。二人先唱了一支曲子，西門慶稱讚：「果然唱得好。」引得兩個歌童更獻慇懃：「小的們還學得些小詞兒，一發歌與老爹聽。」西門慶更高興了，就說：「這卻更好。」於是兩個歌童便唱了四首《滿江紅》。

　　文學史上一般認為，南宋以降，隨着詞的發展越來越案頭化，特別是到了元代，南北曲興盛，成為一種新的音樂形式，歌詞之法就漸漸消亡，至明代，更為突出。但是，如果同意《金瓶梅》主要是表現明代社會的生活圖景的話，則這一段對唱詞的描寫值得關注。歌童說「還學得些小詞兒」，說明唱詞和唱曲有所不同，而西門慶說「這卻更好」，則說明可能聽到唱詞比聽到唱曲要更稀罕一些。當然，兩個歌童是用什麼方式來唱，是另外一個問題。

　　事實上，在明代，不僅詞樂漸亡，詞體文學的創作也較為衰落。對此，清人的看法大體一致。如朱彝尊說：「詞自宋元以後，明三百年無擅場者。」（《水村琴趣序》）高佑釲說：「詞始於唐，衍於五代，盛於宋，沿於元，而榛蕪於明。」（《湖海樓詞集序》）文廷式說：「詞家至南宋而極盛，亦至南宋而漸衰。……沿及元明，而詞遂亡。」（《雲起軒詞序》）陳廷焯說：「詞至於明，而詞亡矣。」（《白雨齋詞話》卷三）這些看法不一定全面，但非常集中，說明了清人的一種集體意識。

　　不過，詞體文學的創作在明代現實社會中雖然相對衰落，但挪移到另外一種文體中，特別是作為通俗文學的小說、戲曲中，卻非常活躍。這構成了考察明詞發展的一個獨特角度。龔宗傑博士的《明代戲曲中的詞作研究》，正是從這個角度出發所進行的一種探討。

　　在明代戲曲中，詞作出現的頻率達到了一定的程度，僅據宗傑對明傳奇的統計，現存 265 種明傳奇中，就共有詞作 1773 首。這個數字是什麼概念呢？唐圭璋先生所編《全金元詞》，共收金詞 3572 首，元詞 3721 首，明傳奇中的詞作已是其二分之一左右。饒宗頤、張璋先生所編《全明詞》，共收詞約 20000 首，明傳奇中的詞作也已經接近其十分之一。這說明，明代戲曲中使用詞作，確實是一個不容忽視的現象。

　　這麼多的詞作，出現在戲曲中，有其特定的功能。僅從敘事結構來看，就涉及時間背景，如寫景狀物或借景抒情等；涉及敘事空間，如閨閣、邊塞、宴飲等；涉及抒情主體的情志，如人物出場時的直抒胸臆等。後者雖然和《紅樓夢》一類作品借詩詞描寫人物的藝術效果還不能比觀，但也是一種代言體的書寫，有助於對人物的刻畫。這樣，詞與劇之間，就並不是簡單的連綴，而在很大程度上是有機的組合。另外，明代戲曲中的「情」和「理」是研究者非常關注的問題，在這方面，詞的介入也扮演了重要角色。從理的方面看，詞作的教化功能提升了明代前期教化劇的意蘊；從情的方面看，詞作的抒情特色增加了明代後期言情劇的強度。因此，在明代，詞這一文體就伴隨着戲曲的發展，展示了新的功能。

　　據清初萬樹統計，詞共有 660 調，稍後的《欽定詞譜》則統計出 826 調，那麼，在明代戲曲中，作者對詞體的擇調有什麼傾向呢？這部著作對此也有非常精細的討論。據宗傑統計，明雜劇和明傳奇中使用頻率最高的三種詞調，分別是《鷓鴣天》、《西江月》和《菩薩蠻》。

在雜劇中，《西江月》最高，《鷓鴣天》次之；而傳奇中則反過來。這使我想起清人對詞調雅俗的一種看法。吳衡照認為「詞有俗調」（《蓮子居詞話》卷三），首先就提到《西江月》。這個觀點，後來不斷被重複，如謝章鋌、陳廷焯等，都是如此。所謂「俗調」，俗在哪裏，具體內涵恐怕言人人殊，但從通俗文學中對這一詞調的熱衷看，也許能夠有所啟發。謝章鋌曾具體指出：「道錄佛偈，巷說街談，開卷每有《如夢令》、《西江月》諸調，此誠風雅之蟊賊，聲律之狐鬼也。」（《賭棋山莊詞話》卷二）這裏涉及小說，具體針對的是不夠「風雅」。張仲謀和汪超曾分別指出，明代話本小說和日用類書中的常用詞調，佔前三位的就是《西江月》、《鷓鴣天》和《臨江仙》，而祝東則具體統計《三言》、《二拍》中有詞約 190 首，其中用《西江月》一調者則有 40 首左右，數量上位居最前列。現在，宗傑通過對明代戲曲的研究，從通俗文學的另一維度加以探索，大致上看出同樣的傾向，或可以加深對這一問題的思考。

從這些方面觀察，對這部書的價值可以有一個大致的了解。首先，這是學術史上的第一部對明代戲曲中用詞現象進行研究的著作，在研究領域上，有了新的開拓；其次，這部著作將詞體文學和戲曲文學結合起來，在文學史上，探索了一個研究明詞的新角度；再次，按照一代有一代之文學的觀點，明詞之衰，大致已成共識，但文體的挪移，使得盛衰之說，又可做不同的理解。詞在戲曲中，獲得了新的生命力，比一般意義上的明詞存在，有了更為特別的功能。這一點，也可以提供對文學史書寫的新思考。至於在具體操作上，這部著作從基本文獻入手，經過細密考訂，包括編制索引，整理目錄，稽排戲曲佚文，考察詞作傳承等，為明代戲曲中的詞做了紮實的定量分析和定性分析，在此基礎上進行文學史和文藝學的研究，也顯得言而有據、立論紮實。

　　宗傑先後在浙江大學和復旦大學求學，師從周明初和陳廣宏教授，受到嚴格的訓練，在詞學和文章學等相關領域，展示出了敏銳的問題意識和紮實的學術積累。2017 年秋，他來到香港浸會大學，我們因此有了較為密切的接觸。宗傑富有學術熱情，而又沉潛厚重、嚴謹踏實。在浸會期間，他了解多元文化，追求全面發展，視野更加開闊，思路更加活躍，不僅積極參加學術討論，而且成功主持了若干次學術活動，展示了良好的學術形象和發展前景。這部著作是他第一次以專著的形式在學術界亮相，從一個特定角度，提出自己對明代文學史研究的多元思考，相信定會受到學界關注。我也期待他能以此為契機，勤奮探索，不懈努力，不斷取得新的成就。

　　是為序。

2019 年 5 月 1 日

於香港浸會大學孫少文伉儷人文中國研究所

目　錄

緒　論

　　《全明詞》和《全明詞補編》兩部詞總集的相繼出版，使明詞研究逐漸擺脫了新世紀之前備受冷落的狀況，而成為詞學研究新的增長點。兩部詞總集之編纂，在挖掘和整理明詞研究的基礎文獻方面，成果卓著，但也留下了一些空白以待填補。其中最值得關注的，就是明代小說、戲曲等通俗文學中羼入詞作的問題。在元明時期發展起來的小說、戲曲，雖以新興文體的姿態登上歷史舞臺，但其創作，則將唐宋時期已臻於成熟的古典詩詞作為一種固有的文體資源加以吸收。在這種文體共存的現象中，詞作藉助通俗文學為載體而得以留存，又通過融入其敘事框架而展示出了不同於文人獨立創作的詞體特徵和功能。因此，系統整理和研究小說、戲曲中的詞作，不僅可以讓我們了解到宋代以後的詞體發展如何藉助新興文體來獲得生長空間的情形，也有助於我們尋找到探討中國古典文學眾多文體之間互滲、互動這宏大命題的一個基點。

第一節　研究意義及現狀

　　本書關注的是明代戲曲創作羼入詞作的現象。戲曲中的詞作，因其具備某種意義上可稱之為「附屬文體」的性質，以往很少得到詞學研究者的關注，在戲曲研究的相關領域也鮮有人問津。不過，以明代戲曲中的詞作為例，僅從較為可觀的數量上來看，其中所包含的研究容量，恐怕仍有進行細緻而系統的評估的必要性。筆者共對 219 種存

本明雜劇、16 種明雜劇佚曲，265 種存本明傳奇、178 種明傳奇佚曲的存詞情況進行了全面搜查，共輯得詞作 1950 首（其中明傳奇中的詞作 1805 首，明雜劇中的詞作 145 首），這構成了我們研究明代戲曲中詞作的基本文獻。對這近兩千首的詞作進行整理和討論，正是本書的研究重點，具體來說，涉及到以下幾個方面的任務：

第一，戲曲中詞作的搜檢與整理。全面梳理明代戲曲中的存詞情況，既是本書得以展開的基礎，也將有助於進一步拓展明詞研究的基礎材料。這一項工作的展開，又以全面清理明代戲曲文獻為基礎。需要強調的是，在具體的資料梳理過程中，結合明代戲曲文獻的狀況，其中又有詞作輯佚和詞體辨別這兩項重難點工作。即一是既需要對存本戲曲進行全面而細緻的調查，也應搜羅明代佚曲中殘存的詞作品；二是針對詞曲相混、不合詞律、不註詞牌等諸多問題，對戲曲作品中的詞體作出正確的文體判斷。

第二，詞作原創性與著作權的問題。明代戲曲中的詞作借用、襲改自前人舊作的情況非常普遍，因此檢搜這些詞作，並考察它們是否屬於明人作品，對於完善明詞研究的基礎資料，擴展明詞研究領域具有重要的參考意義。除了此種文獻學層面的著作權評估外，圍繞戲曲中詞作原創性的問題，相關討論可延伸至唐宋詞經典在不同層次的傳播、接受以及詞體功能演進等詞學話題，亦須關注。因此，在較為全面的文獻調查的基礎上，逐一考察這些詞作是否為明人原創也是本書研究的重點之一。

第三，戲曲與詞體的文體互動。由於詞體作為一種附屬文體，存在於戲曲的文本框架中，因此考察戲曲中的詞作，必然離不開對戲曲文本的解讀與理解。當然，這種立足於戲曲文本來討論其中詞作的方式也提供了另一種研究視角，即考察詞作在進入到戲曲的敘事框架之後，將會承擔起何種功能，又呈現出何種有別於人文獨立的詞體創作

的特徵；與此相對應，為適應戲曲的結構體制，曲家對詞體的運用，也不可避免地會採取區別於詞人的寫作手法。諸如此類的討論，或許會有助於我們認識詞體發展至明清所面臨的新局面。

第四，詞史視野下的研究。如前所論，從更為廣闊的視野來看，明代戲曲中的詞作既是明詞的組成部分之一，同時也是詞這一文體發展到明清時期特殊的存在方式之一。這種存在方式也意味着戲曲中的詞作擁有區別於一般詞人創作的特殊性，由此構成一種曲家詞與詞人詞的互為參照的詞學語境。另一方面，由於受到文體特徵的制約，戲曲中的詞也無法擺脫詞體所具有的一般共性。個性與共性兩者之間所形成的文體張力也是值得關注和探討的話題。

綜上所述，本選題的研究意義可以歸結為以下幾點：一是針對全明詞輯補尚未全面涉及明代戲曲小說領域的問題，通過搜檢明代戲曲中的詞作，為重輯全明詞在戲曲部分的輯錄工作，作出嘗試性的探索，同時為明詞和明代詞學研究提供更多的基礎文獻，進一步完善研究資料，擴展詞學研究的領域。二是以戲曲作品的敘事框架為視角，探討詞作在戲曲作品中存在的形式和承擔的文體功能。三是以更為廣闊的視角來考察明代戲曲中詞作的詞史意義，進而揭示其獨特的研究價值。

從研究現狀來看，明代戲曲的整理與研究起步較早，而明詞研究的興起則相對稍晚。就斷代詞史而言，一般認為，相比較宋詞和清詞，明詞處於一個相對衰落的時期。與此相應，學界對明詞的關注與研究也長期處於冷淡的局面。直到上世紀末，伴隨着《明詞彙刊》和《明詞紀事匯評》的出版，明詞研究開始出現良好的起步態勢。進入二十一世紀後，《全明詞》和《全明詞補編》兩部詞總集的相繼出版，使得明詞研究逐漸擺脫了新世紀之前備受冷落的狀況，呈現出較為強勁的發展勢頭。考慮到明代戲曲研究和明詞研究的不同步，因此本選

題對於明代戲曲文獻整理現狀的考察，是在上世紀初為起點的一個長時段的跨度之中，而對於明代戲曲中詞作研究現狀的陳述，則主要集中在上世紀末至今這十多年時間範圍內。

首先在戲曲文獻方面，明代戲曲文獻的搜集整理目前已頗有成效，這為明代戲曲研究提供了較為完備的文獻材料。較早的也是影響最大的是明末毛晉輯刻的《六十種曲》，流行的本子是 1955 年北京文學古籍刊行社據開明書店紙型重印本。大型的戲曲作品總集《古本戲曲叢刊》已先後出版了《初集》、《二集》、《三集》、《四集》和《九集》，這為古典戲曲的研究提供了極為便利的條件。另外，還有《盛明雜劇》（中國戲劇出版社 1958 年版），《孤本元明雜劇》（中國戲劇出版社 1958 年版）、《暖紅室彙刻傳奇》（江蘇廣陵古籍刻印社 1982 年版）。戲曲選集主要有王桂秋主編的《善本戲曲叢刊》（台灣學生書局 1984 年版）和李福清、李平所編的《海外孤本晚明戲劇選集三種》（上海古籍出版社 1993 年版）等。

進入新世紀後，陸續有幾部重要的叢刊面世：北京大學圖書館編的《不登大雅文庫珍本戲曲叢刊》（學苑出版社 2003 年版），吳書蔭主編的《綏中吳氏藏抄本稿本戲曲叢刊》（學苑出版社 2004 年版），殷夢霞選編的《鄭振鐸藏古吳蓮勺盧抄本戲曲百種》（國家圖書館出版社 2009 年版）以及王文章主編的《傅惜華藏古典戲曲珍本叢刊》（學苑出版社 2010 年版）。此外，對於稀見罕傳以及流傳至海外的戲曲文獻的搜羅，主要有黃仕忠等編的《日本所藏稀見中國戲曲文獻叢刊（第一輯）》（廣西師範大學出版社 2006 年版），廖可斌主編的《稀見明代戲曲叢刊》（東方出版中心 2010 年版）等。

其次是與本書相關的明代戲曲中詞作的研究。這方面，汪超《明詞傳播述論》（上海大學博士學位論文，2009 年 10 月）主要從傳播的角度考察明詞，既有對明詞傳播的宏觀研究，也有對特殊現象的微觀

分析。其中第五章專論「敘事文學的明詞傳播效應」，分為小說和戲曲兩節。戲曲一節以《六十種曲》為中心對戲曲中詞作的創作者、詞牌運用、語體色彩、敘事與再現等問題加以說明，探討戲曲在明詞傳播中的作用。張若蘭《明代中後期詞壇研究》（中國社會科學出版社2010年版）下編第四章論述明代中後期詞與其他文體的關係，也涉及到了對明詞與小說戲曲之間關係的探討。專論詞與曲的一節主要在詞曲之別、詞之曲化和曲之詞化的狹義詞曲範圍內論述，也涉及到了明代傳奇的首齣詞牌運用以及戲曲中引入唐宋舊詞的情況。以上兩部著作都直接涉及到了明代戲曲中詞作研究的幾個方面，實與筆者的研究旨趣有相近之處，但它們由於論著框架及論述主旨所限，探討都還不是很深入。

　　相比較戲曲中的詞作，明代小說中的詞作研究成果相對較多。除去上面所提到的兩部著作，最具代表性的研究成果是趙義山等著《明代小說寄生詞曲研究》（商務印書館2013年版），此書同樣以全面搜集明代小說中的詞曲資料為文獻基礎，討論了小說中詞曲的體式特徵、文學特性、文學功能和文化意蘊。此外，還有鄭海濤《論詞對明代章回小說敘事系統的建構 —— 以〈三國演義〉、〈水滸傳〉、〈西遊記〉為中心》（《明清小說研究》2008年第2期）、張仲謀《明代話本小說中的詞作考論》（《明清小說研究》2008年第1期）等論文，同樣是對明代通俗文學中詞作的分析，這些研究成果亦可資借鑒。在個案研究方面，主要為張仲謀《明詞史》（人民文學出版社2002年版）第五章第五節從文本分析和詞作賞析的角度對湯顯祖《牡丹亭》中的四首詞作了較為簡單的論述，認為湯顯祖曲中之詞展現了他的手段與才情。另外，張仲謀《〈全明詞〉採錄作品考源》（《南京師大學報》，2005年第3期）一文中也從《全明詞》作品來源的角度討論了湯顯祖戲曲中的詞作。

第二節　研究範圍

　　本選題所指的「明代戲曲」，專就雜劇和傳奇而言，以現存的明代雜劇和傳奇作品為基礎文獻。在確定具體的研究範圍之前，有必要對以下兩個問題作一番說明：其一是戲曲作品的斷限 —— 即朝代歸屬問題，其二則是南戲和傳奇這兩種文體的概念分界的問題。

　　第一，戲曲作品的斷限。對於戲曲作品的斷限問題，在現有的研究基礎之上，筆者在對易代之際的作品進行重審和劃定時，所採取的原則有二：一是以作品為主 —— 即以戲曲作品具體的作成時間為主要斷限依據，而不採取根據作家生平判斷朝代歸屬進而確定作品屬於哪一朝代的方法。其中最突出的一個例子就是對李玉戲曲作品斷限問題的判斷。從現有的研究成果來看，研究者一般視李玉為清人；若以作家為中心來考量其戲曲作品，那麼自然可將他的全部作品一併收編至清代戲曲的範圍內。事實上，現有的戲曲目錄類的著作也都是這麼處理的。傅惜華的《清代傳奇全目》雖未成稿，但從他的《明代傳奇全目》未收李玉可推知，李玉的作品是被收入《清代傳奇全目》的；莊一拂《古典戲曲存目彙考》也將李玉的全部作品歸入清代作品目下；郭英德《明清傳奇綜錄》則編入傳奇發展期（清順治九年至康熙十九年，1652－1680）。就編撰體例等而言，上述著作採取這樣的處理也存在一定的合理性；但如果從斷代戲曲文獻整理和研究的要求出發，我們有必要對具體作品的創作時間進行考辨並對其歸屬朝代作出甄別。李玉所撰傳奇共33種，今存全本17種，其中《一捧雪》、《人獸關》、《永團圓》、《占花魁》四種均有明崇禎間刻本，當屬明代傳奇。另《眉山秀》、《兩鬚眉》、《千忠戮》、《萬里圓》、《清忠譜》5種可知作於清代之外，其餘8種創作年代已不可確考。二是對於易代之際的作品，實在無法確定其創作時間的情況下，採取不予納入研究範圍

的「權宜之計」。因此拙稿在確定明代戲曲的作品目錄時，收錄李玉「一、人、永、占」四部作品，其餘情況也同此理，在此予以說明。

第二，南戲和傳奇這兩種文體的概念與分界的問題。對於這個問題，歷來眾說紛紜，現將觀點擇要略說如下。

針對南戲和傳奇這兩種文體的概念界定，主要有兩種意見。一是南戲和傳奇為同稱，是指專與雜劇相區別的戲曲文體。明人呂天成在《曲品》中將元明時期的戲曲分為雜劇和傳奇兩類，並提出以體制長短和內容詳略作為區分傳奇和雜劇的標準：

> 自昔伶人傳習，……金元創名雜劇，國初演作傳奇。雜劇北音，傳奇南調。雜劇折惟四，唱惟一人；傳奇折數多，唱必勻派。雜劇但摭一事顛末，其境促；傳奇備述一人始終，其味長。[1]

這一界說多為後世學者所承襲，如清人黃文暘所編的《曲海目》即以此為標準，並為王國維作《曲目》所依從。王國維同時指出：「戲曲之長者，不問北劇南戲，皆謂之戲文。意與明以後所謂傳奇無異。而戲曲之長者，北少而南多，故亦恒指南戲。」[2] 日本學者青木正兒《中國近世戲曲史》也認為：「『雜劇』為短篇之劇；傳奇為長篇之劇。『戲文』『南戲』指『傳奇』。……明代以後固定用例。顯然以『雜劇』與『傳奇』相對而言者。」[3] 二是南戲和傳奇相互區別，被視為不同的戲曲文體。一般認為，這種南戲與傳奇相區別的觀點自上世紀錢南揚《戲文概論》、《宋元南戲百一錄》、《永樂大典戲文三種校註》及趙景深《宋元戲文本事》等南戲研究專著出版以來，在南戲的基本面貌得以呈現

1　吳書蔭《曲品校註》，中華書局 2006 年版，第 1 頁。本稿徵引同一著作（叢刊），第二次起版本從略。

2　王國維《宋元戲曲史》，中華書局 2008 年版，第 157 頁。

3　青木正兒《中國近世戲曲史》，中華書局 2010 年版，第 17 頁。

之後才漸成定論。

　　由南戲和傳奇相區別的意見所帶來的，即針對兩種戲曲樣式的分界問題。傳統的觀點主要以朝代和聲腔作為參照標準。以朝代為區分標準的分法是以明代為界，宋元時期為南戲，入明之後則為傳奇，多數的戲曲史研究著作往往目為「宋元南戲」和「明清傳奇」，大抵參以此法。以聲腔的革新為主要參照的分法，將明嘉靖中昆山腔的形成和梁辰魚《浣紗記》的作期為界，闡明此說的代表著作為錢南揚《戲文概論》。隨着研究的深入，近些年出現了傳統觀點之外的新的意見，主要為「廣義」、「狹義」二分法和「演進」或「轉型」說兩種觀點。前一種看法以吳新雷《論宋元南戲與明清傳奇的界說》一文為代表，他認為「明清傳奇的狹義概念是指從《浣紗記》開始的昆曲劇本，廣義概念則指明代開國以後包括明清兩代南曲系統各種聲腔的長篇劇本（但不包括南戲）」[4]。後一種意見認為南戲和傳奇沒有明確的臨界點，由南戲向傳奇演進或轉型的過程是一個相當長的歷史階段，該說可參看孫玫《關於南戲和傳奇的歷史斷限問題》、孫崇濤《關於「南戲」與「傳奇」的界說 —— 致徐扶明先生》等文[5]。拙稿在確定戲曲研究範圍並加以類分時，對於南戲和傳奇的概念及分界這一問題的看法基本認同「演進」說的觀點，認為二者在具體區分時，並無確切的臨界點作為劃分依據。也正是基於這個看法，在具體操作過程中擬採取南戲和傳奇同稱的方式，換言之，將明代南戲和傳奇作品並稱為「傳奇」，將其視為與明代雜劇相對立的一個概念。

4　吳新雷《中國戲曲史論》，江蘇教育出版社 1996 年版，第 44 頁。

5　詳參孫玫《關於南戲和傳奇的歷史斷限問題》，見《明清戲曲國際研討會論文集》，中央研究院中國文哲研究所籌備處 1998 年版；孫崇濤《關於「南戲」與「傳奇」的界說 —— 致徐扶明先生》，見《南戲論叢》，中華書局 2001 年版。

　　基於上述考慮，筆者在對明代戲曲中的詞作進行初步收採和整理時，將所據之戲曲文獻採取兩種二分法進行分類。視劇本的存、佚情況，分為存本和佚曲兩類，又以文體標準為區別，分為雜劇和傳奇兩類。在具體的戲曲篇目確定方面，筆者在現有研究成果的基礎之上，略加整理補充和考辨，確定本課題所研究戲曲篇目的情況為：存本明雜劇共 225 種，其中姓名自號可考者 177 種，無名氏作品 48 種；存本明傳奇共 278 種，其中姓名自號可考者 237 種，無名氏作品 41 種；明雜劇佚曲 16 種，明傳奇佚曲 188 種。具體的戲曲篇目及相關問題的辨正均見附錄。

第三節　研究方法

一　詞體確定的雙重原則

　　從文體的兼容度來講，戲曲可以說是一種綜合性的文學體裁。除曲之外，一種戲曲，尤其是傳奇，往往還在賓白中運用詩、詞、駢文等多種文體。在對劇中的詞作進行文體判斷時，筆者所遵循的原則為：第一，遵循戲曲作品的創作模式；第二，依據研究者的自我判斷。

（一）原則一：遵循戲曲作品的創作模式 ── 談戲曲中詞與曲的界分

　　對於劇本中詞與曲的區分，最主要的判斷依據是詞牌與曲牌之分。一方面我們可以通過《詞譜》和《曲譜》來確定某一個牌名的性質，另一方面也可以借助戲曲作品的創作形式來進行判斷。前一種方法在操作上相對繁瑣，並且無法用於諸如《點絳唇》、《南鄉子》等這

類曲牌和詞牌牌名相同，句式、結構也基本一致的情形。相比之下，後一種方法則較有優勢。在劇本結構中，除了極為罕見的卷首題詞和較為多見的傳奇開場詞之外，詞作出現的位置只可能是在一劇的賓白之中。這種判斷是基於我們對於曲文和賓白中文體區分的既定認知，換句話說，戲曲作品的創作模式規定了詞在劇本中的存在方式，同時也為研究者提供了分辨詞與曲的判斷依據。需要說明的是，這種方法是建立在正確判斷曲文與賓白的基礎上的。一般來說，大字曲文、小字賓白是戲曲作品最常用的書寫、刊刻的形式。然而不能忽視的是，明代的戲曲作品也存在着諸多曲白相混的現象，或是曲文誤刻成賓白，或者反之賓白誤刻入曲文的情況，甚至還有韓國奎章閣藏本《伍倫全備記》這種賓白刻成大字，曲文刻成小字的特例。至於抄本戲曲，曲白相混的情況更為複雜。這些現象無疑對詞作的文體判斷帶來了一定的干擾和影響。因此筆者採取的形式是以曲文、賓白區分為主，曲牌、詞牌區分為輔的方法來逐一確定戲曲作品的詞體。

（二）原則二：依據研究者的判斷 —— 談戲曲中缺調名詞作的辨識

上文所述區分文體的原則主要針對註明了詞牌和曲牌的作品，對於賓白中未註明詞牌的韻文，在確認其是否為詞作時，則主要依靠研究者的判斷，具體又可視韻文是否為長短句分為兩種情況來論述：

第一，未註明詞牌，但韻文為長短句。一般而言，長短句是詞體區別於詩體的主要特徵，儘管詩也有長短句，但往往以五言、七言為基本句式，近體詩的要求則更為嚴格。詞則多為參差不齊的長短句形式，打破了詩體五、七言的基本句式，因而「長短句」也被視為詞的別稱。戲曲作品的賓白，多運用五、七言近體詩外，也會有長短句形式的韻文出現，且不註明詞牌，這類現象在明代戲曲作品尤其是傳奇

作品中是較為普遍的。如沈璟《墜釵記》（又名《一種情》）傳奇，清康熙二十八年己巳（1689）王獻若抄本（《古本戲曲叢刊初集》影印）全劇除開場詞外，其餘詞作均未註明詞牌。顧大典《葛衣記》，今存抄本（《古本戲曲叢刊五集》影印）同樣如此。這些劇中的被最終判定為屬於詞作的韻文往往是長短句的形式，從句格判斷，又屬常用的詞調，因此，參以《詞律》、《詞譜》作一番比較，基本能補出詞牌名。

　　對於這部分詞作文體的確證，可作為輔助判斷的依據主要有兩點：首先是戲曲作品不同的版本所提供的資訊。比如上述沈璟《墜釵記》一劇，《古本戲曲叢刊初集》影印的清抄本除開場詞外均不註詞牌，而姚華據康熙王獻若抄本過錄本（《不登大雅文庫珍本戲曲叢刊》據以影印）則於第三齣、第四齣賓白中的兩首詞前旁註有詞牌名。同樣的現象也存在於元代的南戲作品中，高明所撰《琵琶記》即是如此。另如《古本戲曲叢刊初集》所收陸貽典《元本蔡伯喈琵琶記》，其第二齣定場詞《鷓鴣天》一調便不註詞牌名，而明末毛晉汲古閣刻《六十種曲》本則註出詞牌名。錢南揚據《元本蔡伯喈琵琶記》為底本作《元本琵琶記校註》時，據明改本補出了這首《鷓鴣天》的詞牌。其次，明人在一劇中運用詞作往往會套用唐宋舊詞，略加修改，從襲改詞作的考源出發，我們也能得到判定的依據。同樣以《墜釵記》為例，該劇第三齣賓白中有《如夢令》一調：

　　　　鶯嘴啄花紅溜，燕尾點波綠皺。試問捲簾人，卻道海棠依舊。依舊，依舊，人與綠楊俱瘦。[6]

　　這首詞「試問捲簾人，卻道海棠依舊」句襲自李清照《如夢令》詞：「昨夜雨疏風驟，濃睡不消殘酒。試問捲簾人，卻道海棠依舊。知否，知否？應是綠肥紅瘦。」餘句襲自宋代無名氏的《如夢令》：「鶯

6　沈璟《墜釵記》，《沈璟集》本，上海古籍出版社 2009 年版，下冊第 504 頁。

嘴啄花紅溜，燕尾點波綠皺。指冷玉笙寒，吹徹小梅春透。依舊，依舊，人與綠楊俱瘦。」再如《玉環記》，汲古閣刻《六十種曲》本全劇除開場詞之外的詞作均不註詞牌名，第五齣賓白中有如下一首詞：

> 暮迎朝送何時了，往事傷多少？小樓昨夜又西風，怨雨愁雲錦帳中。　　雕鞍玉勒今何在？只慮朱顏改變。春兒問我幾多愁，卻是一江春水向東流。[7]

這首詞明顯襲用了李煜的《虞美人》，可知詞調當為《虞美人》。另外第八齣也有一首《蝶戀花》，襲自蘇軾《蝶戀花》（花褪殘紅青杏小）詞。因此，從不同版本和襲改詞作這兩點透露的信息，我們認為戲曲作品在刊刻、抄錄時略去詞牌名是較為常見的現象，尤其是對於一些使用率較高的詞牌，比如《鷓鴣天》、《西江月》。

第二，未註詞牌，韻文接近詩體。詞又被稱為詩餘，其中一種觀點認為詞是從唐代的五、七言近體詩變化而來的。宋翔鳳《樂府餘論》便持此種論點，認為詞「謂之詩之餘者，以詞起自唐人絕句，如李太白《憶秦娥》、《菩薩蠻》，皆絕句之變格，為小令之權輿」[8]。雖然這種觀點並不完全符合事實，但不可否認的是，從句式、格律來看，某些詞調確實與詩體極為接近。如《瑞鷓鴣》，七言八句，與七律並無差別，《詞譜》謂：「瑞鷓鴣者原本七言律詩，因唐人歌之，遂成詞調。」[9]《玉樓春》體似七古，《生查子》近於五古。對於這部分韻文文體歸屬的處理，考慮到戲曲中詩體運用的普遍性，在沒有特別提示的情形下，一般即視為詩作而非詞作。這類提示包括刊刻或抄錄中有明顯的分闋標誌以及對前人詞作的襲改套用。比如沈自晉《翠屏山》，《古本

7　楊柔勝《玉環記》，《六十種曲》本，中華書局 2007 年版，第 8 冊第 9 頁。

8　宋翔鳳《樂府餘論》，《詞話叢編》本，中華書局 1986 年版，第 3 冊第 2500 頁。

9　王奕清等《欽定詞譜》卷十二，中國書店 2010 年版，第 205 頁。

戲曲叢刊二集》影印的舊抄本第四齣賓白中有一段韻文如下：

> 〔正旦白〕年年七夕逢初度，乞得天孫多巧處。自憐薄命拙如鳩，飄零嫁作楊郎婦。〔貼〕姐姐，你一段風流天付與，年少拋人容易去。春花秋月等閒看，無情不似多情苦。[10]

這段七言八句的韻文，視為七言古詩似乎也沒有問題。但是從「年少拋人容易去」及「無情不似多情苦」二句襲自晏殊《玉樓春·春恨》來看，我們更傾向於將類似的作品視為詞作。

二　明代佚曲中詞作輯佚法

與搜輯存本戲曲中詞作的方法類似，對佚曲存詞的搜羅整理首先需要確定現存明代佚曲的篇目，這就涉及到佚曲的輯佚問題。

佚曲的輯佚，主要是從現存的曲譜和戲曲選集中搜集已佚失作品的零星曲文。明清時期的曲譜在收錄大量曲牌的同時，也收錄了不少戲曲的曲文，如《太和正音譜》、《北詞廣正譜》、《納書楹曲譜》、《九宮大成南北詞宮譜》等都收有失傳戲曲的佚文。相對於曲譜而言，曲選所提供的佚曲資料更為豐富。以台灣學生書局 1985 年始刊的《善本戲曲叢刊》為例，該叢刊共六輯，其中第一、二、四、五輯均為古典戲曲的選集，保存了大量的已失傳（包括未經著錄）的劇本佚文。其中也有不少藏於海外的孤本和珍本曲選，比如《風月錦囊》、《樂府菁華》、《樂府紅珊》、《大明春》等。另一部曲選集《海外孤本晚明戲劇選集三種》同樣收錄了包括《樂府玉樹英》、《樂府萬象新》和《大明天下春》三種海外的孤本曲選。這些選集的發現和刊佈，無疑為研究

10　沈自晉《翠屏山》卷上，《古本戲曲叢刊二集》本，商務印書館 1955 年版，第 76 冊第 4a 頁。

已失明代劇本的散齣和佚曲提供了寶貴的資料，也為明代戲曲輯佚工作的展開創造了條件。

就目前學界所取得的輯佚成果而言，宏觀層面上的輯佚工作主要集中在明代傳奇的佚文鉤沉方面，如王安祈《明傳奇鉤沉集目》（見《明代戲曲五論》，台灣大安出版社 1990 年版），此文整理得到 91 種僅存佚曲的明傳奇；吳書蔭《明傳奇佚曲目鉤沉》（文載《戲曲研究》第 40 輯，文化藝術出版社 1992 年版）一文則根據《詞林一枝》、《八能奏錦》等明清戲曲選集輯得 125 種明傳奇佚曲。而微觀層面上的相關研究以明代曲家的全集或戲曲集的校點出版為主，如徐朔方先生輯校的《沈璟集》（上海古籍出版社 2012 年版），於「戲曲輯佚」一目下，輯錄沈璟《十孝記》、《分錢記》等 9 種佚曲；張樹英點校《沈自晉集》（中華書局 2004 年版）也輯有《耆英會》佚曲等。

上述所取得的輯佚成果，成績雖然顯著，但缺憾也是明顯的，主要體現在未能作全面而系統的調查。限於學殖疏淺，筆者對明代佚曲篇目的考察，以這兩個方面研究成果為基礎，通過調查歷代戲曲選集，略加考辨，並作補充，共整理出存佚文的明雜劇 16 種，明傳奇 188 種。

在初步確定了明代佚曲篇目之後，之後所要做的便是對這些戲曲佚文存詞情況的考察。現以《善本戲曲叢刊》所收曲選為對象，對明代佚曲中詞作的搜採整理作一番說明。

首先需要指出的是，歷代曲選中的佚曲存在兩種形態 —— 散齣和佚曲。散齣即選錄戲曲作品的某一齣（或一折），而佚曲指僅選錄的某一支曲或是套曲。兩者的主要區別在於前者曲白兼收，而後者則沒有賓白。從文體區別屬性來看，一劇之中的詞作只可能出現在賓白之中，因此對於明代佚曲中詞作的整理，最直接的材料就是散齣形態的佚文。筆者調查了《善本戲曲叢刊》所收曲選中存有佚本明傳奇散齣

的情況，共得 80 種存散齣的佚本明傳奇，其中輯得詞作 47 首。所得的結果均見本稿附錄。

　　對歷代曲選所收戲曲佚文的整理，無論是對於明清戲曲曲文的輯佚還是對於明清戲曲的研究都具有很強的現實意義。就明代佚本戲曲存詞輯佚的工作而言，其研究意義也是顯而易見的。一方面，可以補充完善明詞的基礎文獻；另一方面，也為佚本戲曲研究提供了更多的思路。譬如通過輯存的開場詞來完成佚本戲曲的劇情考察和本事鉤稽。以丁鳴春《鄒知縣湘湖記》為例，此劇今無傳本，以往僅見《九宮正始》冊一收錄佚曲一支。後來隨着藏於西班牙的《風月錦囊》的被發現和刊行，此劇所演之劇情得以大致窺知。《風月錦囊》續編卷二十收錄此劇開場詞《滿庭芳》，從中可略知該劇大意。同樣的例子還有無名氏《桃園記》，《風月錦囊》續編卷二收錄此劇開場詞《沁園春》。

三　定量分析與定性分析法

　　這裏所謂的「定量分析」（quantitative analysis）和「定性分析」（qualitative analysis），原為自然科學領域中分析化學的專有名詞。二者是相對應的，並且在運用時又往往是統一的一對概念。從方法論的角度來看，簡單地說，定量分析指以數學方法對所研究的對象作出分析，並以量化的形式來描述和展示研究對象的事實和規律；與此相對，定性分析指不借助數學方法，而通過語言文字對研究對象進行論證、分析。

　　定量分析與定性分析在自然科學領域中的運用是極為廣泛的，筆者無意於對相關情形作詳細的描述和闡釋，更關注的是這兩種方法在人文社會科學領域中的延伸，尤其是被文學研究者借鑒和應用的情況。隨着科學研究的不斷深入，定量分析和定性分析的方法也逐漸被

運用於人文社會科學的各個學科。就文學研究而言，作為一種主要以定性分析為主要方法的科學研究，定量分析方法的運用有助於揭示某些文學現象的狀態和變化規律，使得文學研究的定性分析更加精確化。

再以詞學研究來看，上世紀 80 年代，羅忼烈《試論宋詞選集的標準和尺度》一文便已提出了運用數據統計、量化考察的方式來探討詞學界對宋詞作家、作品的一般評價[11]。到了上世紀 90 年代，研究者進一步嘗試和探索了以量化統計來研究唐宋詞的方法。王兆鵬、劉尊明《歷史的選擇 —— 宋代詞人歷史地位的定量分析》一文就是以定量分析的方法，通過存詞數量、詞集版本與數量等六組統計數據的分析，論證了宋代詞人所公認的歷史地位[12]。進入二十一世紀，通過統計數據作出定性分析的方法在詞學研究中得到了更為廣泛的運用，使得唐宋詞的研究向着更為細緻和精確的方向靠近。

由於明代戲曲中的詞作尚未經過全面而系統的調查，學界對於戲曲中詞文獻的概況以及戲曲詞的基本風貌、一般規律以及特殊現象等仍處於摸索階段。因此，有鑒於定量分析和定性分析的可行性，筆者在對明代戲曲中詞作的搜採和整理的基礎之上，擬從量化統計的方式入手，以期對明代戲曲中詞作的基本風貌形成一個較為清晰和全面的認識。同時，結合定性分析的方法，對戲曲中詞作的文學意義和價值作一番更為深入的探討。

---

11   參見羅忼烈《試論宋詞選集的標準和尺度》，《文藝理論研究》1983 年第 4 期。

12   參見王兆鵬、劉尊明《歷史的選擇 —— 宋代詞人歷史地位的定量分析》，《襄陽師專學報》1995 年第 1 期。

第一章

明代戲曲中詞作的定量分析

　　從詞文獻的角度來看，相對於明代詞人的作品，明代戲曲中所輯存的詞作有其特殊性。這種特殊性，主要表現為三個方面：第一，以文學創作活動的特徵來看，相對於詞人的創作，劇作家在戲曲中的詞創作具有不同於詞人創作的特徵。戲曲中的詞創作對於劇本具有很強的依賴性，即其依附於具體的劇本結構。第二，從文獻整理的角度來看，相對於文人詩詞集的整一性，戲曲中的詞文獻是散亂的，搜輯不易。這種散亂不僅體現在每本戲曲作品存詞量的參差不齊，也表現為劇作家詞體觀念薄弱而造成文體的不甚明晰 —— 明代戲曲中有諸多作品在運用詞體時往往不註明詞調，也存在詞創作不合詞調格律的現象。第三，從詞作的文學性來看，相比於文人的創作，戲曲中的詞作在受到通俗文學的影響下，多數作品往往文學性較低。正是由於以上特性，學界對於明代戲曲中的詞作鮮有關注和研究。本章即通過數據統計的方法，從較為宏觀的角度來展現明代戲曲中詞作的基本風貌。

第一節　戲曲存詞基本風貌的數據統計

　　明代戲曲中存詞及相關現象、規律的研究，尚處於鮮有人問津的階段。儘管目前已有成果問世，如汪超《明代戲曲中的詞作初探：以毛晉〈六十種曲〉所收傳奇為中心》一文討論了戲曲中詞作的著作權、詞牌運用等問題[1]，張若蘭《明代中後期詞壇研究》一書也涉及到了「明代中後期詞與曲的關係」的探討[2]，但遠不能改變相關研究仍處於起步階段的現狀。上述兩種成果的局限性是顯而易見的。第一，均以明末

1　參見汪超《明代戲曲中的詞作初探：以毛晉〈六十種曲〉所收傳奇為中心》，《中國石油大學學報》2011 年第 5 期。

2　參見張若蘭《明代中後期詞壇研究》，中國社會科學出版社 2010 年版。

毛晉刻汲古閣《六十種曲》所收的明傳奇為研究範圍。儘管作為影響最大、傳播最廣的戲曲選集,《六十種曲》中的明傳奇具有較高的代表意義,但它仍然無法涵蓋整個明代傳奇作品中豐富的文學現象。第二,研究均只限於明傳奇,而未能涉及明代雜劇作品中的詞體運用的相關探討。

作為對斷代文學史中某種問題或某個文學現象的研究,相關的文獻整理是首要的工作。本選題研究的準備階段,筆者共對 219 種存本明雜劇、16 種明雜劇佚曲,265 種存本明傳奇、178 種明傳奇佚曲的存詞情況進行了調查。共輯得詞作 1950 首(其中明傳奇中的作品為 1805 首,明雜劇中的作品為 145 首),另有文體俟考者 15 首。基本統計數據見表 1-1。

表 1-1　明代戲曲中存詞量的基本數據

統計項目	明雜劇			明傳奇			合計		備註	
	存本	佚曲	合計	存本	佚曲	合計	計重複作品	不計重複作品	重複作品	文體俟考
存詞數量	139	6	145	1765	40	1805	1950	1794	156	15

需要說明的是,所調查的明代傳奇作品將改訂本與原本計算在內,而改本傳奇往往與原本傳奇存在詞作重複的現象。如馮夢龍《墨憨齋訂本傳奇》中存 13 種改本傳奇:

《新灌園》,據張鳳翼《灌園記》更定,原本今存
《酒家傭》,據陸弼《存孤記》更定,原本今佚,僅存散齣
《女丈夫》,據張鳳翼《紅拂記》更定,原本今存

《量江記》，據佘翹《量江記》更定，原本今存

《精忠旗》，據李梅實《精忠旗》更定，原本今佚

《夢磊記》，據史槃《夢磊記》更定，原本今佚

《灑雪堂》，據梅孝巳《灑雪堂》更定，原本今佚

《楚江情》，據袁于令《西樓記》更定，原本今存

《風流夢》，據湯顯祖《牡丹亭》更定，原本今存

《邯鄲夢》，據湯顯祖《邯鄲記》更定，原本今存

《人獸關》，據李玉《人獸關》更定，原本今存

《永團圓》，據李玉《永團圓》更定，原本今存

《殺狗記》，據元人《殺狗記》更定，原本今佚

　　這 13 種改本作品中，共有 8 種傳奇改本與原本均有存本，只有
《酒家傭》所據之原本《存孤記》存有散齣佚曲，《怡春錦》幽期寫照
禮集選《私期》一齣賓白中存有《生查子》（新月曲如眉）一詞，馮夢
龍《酒家傭》第十八折即用該詞。

　　除了馮夢龍的改本戲曲之外，筆者所調查的傳奇作品中尚有臧懋
循、許自昌、徐肅穎、碩園等人存在改訂原本的情況。今將所見之改
本與原本傳奇作品中的詞作相互比較，統計其中重複的詞作，結果見
下表 1－2：

表1-2　改本與原本明傳奇作品中重複詞作數量一覽表

改本	原本	重複作品數量	改動作品數量	改本新製數量
馮夢龍《新灌園》	張鳳翼《灌園記》	1	1	3
馮夢龍《女丈夫》	張鳳翼《紅拂記》	2	4	1
馮夢龍《量江記》	佘翹《量江記》	7	2	2
馮夢龍《楚江情》	袁于令《西樓記》	3	1	0
馮夢龍《風流夢》	湯顯祖《牡丹亭》	3	5	0
馮夢龍《邯鄲夢》	湯顯祖《邯鄲記》	9	1	0
馮夢龍《人獸關》	李玉《人獸關》	8	0	2
馮夢龍《永團圓》	李玉《永團圓》	7	0	0
馮夢龍《酒家傭》	陸弼《存孤記》	1	0	0
臧懋循《紫釵記》	湯顯祖《紫釵記》	3	0	0
臧懋循《邯鄲記》	湯顯祖《邯鄲記》	6	0	0
許自昌《種玉記》	汪廷訥《種玉記》	8	0	0
徐肅穎《丹桂記》	周朝俊《紅梅記》	5	0	0
徐肅穎《丹青記》	湯顯祖《牡丹亭》	19	0	0
徐肅穎《異夢記》	王元壽《異夢記》	10	0	0
徐肅穎《玉合記》	梅鼎祚《玉合記》	18	0	0
碩園《還魂記》	湯顯祖《牡丹亭》	6	0	0

　　由上表可知，改本與原本明傳奇作品中計重複者155首，不完全重複、略加改動者14首。若將重複的詞作剔除（存在部分改動的詞作一律不視為重複的作品），那麼所共輯得詞作的數量共為1803首。

第二節　明雜劇、傳奇存詞量兩極分化的數據統計

　　從第一節中的統計數據來看，明傳奇存詞數量遠遠大於明雜劇中的詞作數量。以下一組資料能更為直觀地展示這一差距：219 種存本明雜劇中共有詞作 139 首，平均每一劇本運用詞作僅 0.6 首；而 265 種存本明傳奇共有詞作 1773 首，平均每一劇本 6.7 首。造成這種差異的原因主要有兩點：第一是戲曲體制的不同。雜劇一般一本四折，篇幅較短；而傳奇往往分兩卷，三四十齣，內容和結構都比雜劇繁複。第二是戲曲藝術特徵的不同。從賓白的藝術特徵來看，雜劇相對淺近，而傳奇則更注重文雅。兩者賓白藝術風格的差異也決定了劇作家在進行戲曲創作時對詞體運用的選擇性差異。以下就雜劇和傳奇作品中運用詞作的概況分別作出較為詳細的分析。

一　明雜劇詞體運用的罕見性

　　從在劇本結構中所承擔的功能而言，雜劇中的詞作一般分為兩類，第一類是賓白中的人物上場唸詞，第二類是類似傳奇副末開場的開場詞。這樣一種存在形態，也意味着明雜劇對於詞體的運用是較為罕見的。這種罕見不僅表現在運用詞作的雜劇作品數量相對較少，也表現在單一劇本中詞作的數量也極少。

　　首先，從宏觀的角度來看，據筆者統計，219 種存本明雜劇中只有 61 種雜劇運用了詞體，比重不到三分之一。今將這 61 種明雜劇存詞總數以及賓白、開場中分別所用詞作數量的統計資料列於下表：

表1-3　存本明雜劇詞作運用數量一覽表

作家	作品	詞作總數	賓白用詞數量	開場詞數量
楊訥	《劉行首》	1	1	
劉兌	《嬌紅記》	30	30	
李唐賓	《梧桐葉》	2	2	
賈仲明	《蕭淑蘭》	1	1	
	《玉壺春》	1	1	
朱有燉	《牡丹品》	2	2	
	《煙花夢》	1	1	
	《香囊怨》	1	1	
	《踏雪尋梅》	1	1	
	《海棠仙》	2	2	
楊慎	《洞天玄記》	1		1
徐渭	《歌代嘯》	1		1
汪道昆	《高唐記》	1		1
	《洛神記》	1		1
	《五湖記》	2	1	1
	《京兆記》	1		1
	《文姬入塞》	1	1	
王衡	《杜祁公藏身真傀儡》	1	1	
葉憲祖	《易水歌》	1		1
	《夭桃紈扇》	6	6	
	《丹桂鈿合》	1	1	
	《素梅玉蟾》	3	3	
汪廷訥	《廣陵月》	2	2	
許潮	《蘭亭會》	1	1	
	《南樓月》	1	1	
	《同甲會》	3	3	

（續上表）

作家	作品	詞作總數	賓白用詞數量	開場詞數量
黃方胤	《倚門》	1	1	
呂天成	《齊東絕倒》	1		1
車任遠	《蕉鹿夢》	1		1
王應遴	《衍莊新調》	1		1
孟稱舜	《桃花人面》	1		1
	《殘唐再創》	1		1
	《花舫緣》	2	1	
祁麟佳	《錯轉輪》	1		1
凌濛初	《宋公明鬧元宵》	7	6	1
程士廉	《帝妃春遊》	1		1
	《鐵氏女》	2	2	
茅維	《雙合歡》	2	2	
袁于令	《雙鶯傳》	1		1
吳中情奴	《相思譜》	1		
楊之炯	《天台奇遇》	2	2	
傅一臣	《買笑局金》	3	2	1
	《賣情紮屯》	2	1	1
	《沒頭疑案》	1		1
	《截舌公招》	2	1	1
	《智賺還珠》	1		1
	《錯調合璧》	2	1	1
	《賢翁激婿》	1		1
	《義妾存孤》	3	2	1
	《人鬼夫妻》	4	3	1
	《死生冤報》	5	4	1

（續上表）

作家	作品	詞作總數	賓白用詞數量	開場詞數量
	《蟾蜍佳偶》	4	3	1
	《鈿盒奇姻》	6	5	1
張龍文	《旗亭宴》	1		1
方疑子	《鴛鴦墜》	1	1	
	《龍陽君泣魚固寵》	1	1	
	《秦樓簫引鳳》	1	1	
無名氏	《唐苑鼓催花》	2	2	
	《種松堂慶壽茶酒筵宴大會》	1	1	
	《漁樵閒話》	4	4	
合計		139	110	29

　　本表排序基本依作家創作活動年代先後為序，其中無名氏五種單獨列於下方。據上表，我們發現在被調查的 219 種存本明雜劇中，於賓白處運用了詞作的僅 41 種，在開場形式中使用了開場詞的有 29 種。賓白中所用的詞作基本為人物上場唸詞，比如許潮《同甲會》中運用的詞作。開場正末扮文潞公（即文彥博）上場，在唱了一首《夜行船》作為引子之後，又以一首《西江月》帶出自報家門的定場白：

　　【夜行船】〔正末扮文潞公上〕坐掌台衡時已久，論功名堪並伊周。疏廣歸田，祁奚請老，千古與吾為偶。

　　【西江月】鬢上數莖白髮，足間萬里青雲。曙星才落又斜曛，目睫烏旋兔運。　　愛與煙霞作隊，非干鳥獸同群。餘陰幸有晚氤氳，惜此莫辜分寸。老夫文彥博的是也。兩登相位，三十餘年。名著華夷，功留社稷……[3]

3　許潮《同甲會》，《盛明雜劇二集》本，中國戲劇出版社 1958 年版，第 1a－1b 頁。

從結構來看，上引《西江月》處於雜劇開場，為劇中重要人物上場後「定場白」的組成部分。就賓白的形式而言，定場詞往往是「獨白」，即一人唸白到底。與之相對應，則是「對白」，詞作以輪流的形式誦唸出來。上引文潞公自報家門之後，便是一例：

〔外扮程大夫、生扮司馬大夫、小生扮席郎中上〕

【滿庭芳】〔外〕殘菊香鎖，疏桐影瘦，滌場風雨初收。〔生〕荒荒淡日，冉冉下簾鉤。杖屢問從何處？蒼山赤葉林丘。〔小生〕消暮景，詩壇酒社，造化與同遊。

〔相揖科〕〔外〕【醉春風】攜琴拽杖遠相求，小春天氣和柔。蒼黃林麓刺吟眸，泉瀉寒流。〔生〕池浴青鳧菱老，田飛白鷺禾收。衰顏對景且登樓，此外何求？〔丑〕稟復三位老爺！俺老丞相久等候矣。[4]

此處《醉春風》一闋即為程大夫與馬大夫二人輪流誦唸的詞作。明雜劇賓白中運用詞作的形式基本以上文所舉的獨唸與輪唸兩種形式為主。

再從微觀的層面來看，上表所列出的資料清晰地顯示了單一劇本中運用詞作的數量。使用詞作數量最多的是劉兌《嬌紅記》，共 30 首；其次是凌濛初的《宋公明鬧元宵》，共 7 首。需要特別說明的是，一般認為，劉兌《嬌紅記》改編自《嬌紅傳》（一說元宋梅洞所作）而來，保留了《嬌紅傳》原有的詩詞作品。劉兌《嬌紅記》這 30 首詞作完全襲自《嬌紅傳》，唐圭璋先生編纂《全宋詞》時，已將這部分詞作盡收入「元明小說話本中依託宋人詞」一編之內。如果排除了《嬌紅記》這一特例，明雜劇中使用詞作數量最多的是用了 7 首的《宋公

---

4   許潮《同甲會》，《盛明雜劇二集》本，第 1b–2a 頁。

明鬧元宵》。更多的作品使用數量是極少的，《梧桐葉》等 13 種作品僅使用了 2 首詞作，《劉行首》等 35 種作品僅使用了 1 首詞作。如果不考慮開場詞，僅計算賓白中運用詞作的數量的話，據上表可知，共有 19 種作品不使用詞體進行賓白的創作，另有 21 種作品在賓白中僅使用了一首詞。

　　另外值得注意的一個現象是，從明代戲曲分期的角度來看[5]，明代前期和後期雜劇作品使用詞作數量的差異，又與運用「開場詞」形式次數的差異，形成了一種有趣的關聯。以大致作於嘉靖中期的汪道昆《大雅堂雜劇》四種為界，明代前期存本雜劇共約 70 種，其中運用了詞體的劇作僅 12 種，比重為 17.1%；明代後期存本雜劇共約 150 種，其中運用了詞體的劇作有 49 種，比重為 32.7%。再看開場詞的使用，前期僅《洞天玄記》、《歌代嘯》二劇使用了南戲劇本結構中的開場詞形式，而後期，共有 27 種雜劇中出現了開場詞，這一差異更為明顯。一般認為，標誌着雜劇體制變革的南雜劇，是嘉靖、隆慶年間出現的一種戲曲形式。明傳奇在劇壇異軍突起，受其影響，雜劇作家有意識地接受和戲曲傳奇在體制上的優點，開始將雜劇創作脫離元人舊範，明雜劇之變革由此而來。學界以往對於雜劇在體制方面的變革和對傳奇形式的模仿學習，一般多將視角定格在曲調、唱法、折數等方面。現在我們從具體的統計資料所獲知的資訊來看，明代後期的雜劇創作，不僅在賓白中開始較多地使用了詞體，而且更值得關注的是出現了多種使用開場詞的作品。這兩點似乎也在一定程度上反映了雜劇形

5　關於明代戲曲的分期，筆者持前後兩分法，約以嘉靖中即嘉靖二十二年癸卯（1543）為界分為前後兩期。從形式上看，前期的雜劇多遵元人舊範，後期多受傳奇影響，出現體制的變革和南雜劇的創作；傳奇的分界則更為明顯，嘉靖二十二年癸卯（1543），梁辰魚作成《浣紗記》；嘉靖二十六年丁未（1547），李開先作成《寶劍記》，這兩部作品往往被認為是傳奇勃興的開端和標誌。

式變化的更多細節。關於雜劇體制的變革和開場詞的運用，將在第四章作詳細討論。

二　明傳奇詞體運用的普遍性

　　傳奇作品中的詞作是明代戲曲存詞的主體。相比於明雜劇作家在創作中較少運用詞體，明傳奇在創作過程中運用詞體的現象則非常普遍。這種「普遍性」不僅體現在歷時上的延續性的特點，也表現為傳奇創作中運用詞體的定型化的特徵。

　　從統計數據來看，明傳奇詞體運用的普遍性體現在：

　　第一，就宏觀層面而言，絕大部分明代傳奇作品都運用了詞體。筆者所調查的 265 種存本明傳奇中，運用了詞體的作品共計 259 種，約佔總數的 97.0%，僅 8 種傳奇作品未使用詞作，這八種傳奇為：鄭若庸《五福記》、鄭國軒《白蛇記》、林章《觀燈記》和《青虬記》、紀振倫《葵花記》及無名氏《觀音魚籃記》、《荔枝記》、《衣珠記》。

　　第二，從微觀層面上來看，儘管單一劇本的存詞量參差不齊，但依平均值來看，每本明傳奇中存有 6、7 首詞作，相對於明雜劇的平均存詞量而言，這顯然是一個相當高的數值。具體來看，現存明代傳奇作品中，存詞量最高的為《鳴鳳記》，共用詞作 31 首；其次為《紫釵記》，共用詞作 30 首。平均存詞量 7 首以上的明傳奇共有 117 種，約佔總量的 45%。今將明傳奇作品存詞量的分佈情況製成下表：

表 1－4　明傳奇作品存詞量分佈一覽表[6]

存詞量	對應的傳奇作品數	存詞量	對應的傳奇作品數
31 首	1 種	30 首	1 種
28 首	1 種	24 首	1 種
22 首	2 種	20 首	1 種
19 首	5 種	18 首	4 種
17 首	4 種	16 首	1 種
15 首	3 種	14 首	2 種
13 首	2 種	12 首	9 種
11 首	12 種	10 首	10 種
9 首	12 種	8 首	25 種
7 首	18 種	6 首	16 種
5 首	28 種	4 首	25 種
3 首	26 種	2 首	25 種
1 首	22 種	0 首	8 種

　　為便於更清晰地顯示這一統計結果，現將具體的傳奇劇目，依存詞量之多少錄出如下：

　　存詞量 31 首：無名氏《鳴鳳記》；

　　存詞量 30 首：湯顯祖《紫釵記》；

　　存詞量 28 首：鄭之珍《勸善記》；

　　存詞量 24 首：徐復祚《投梭記》；

　　存詞量 22 首：陸采《懷香記》、金懷玉《望雲記》；

　　存詞量 20 首：李開先《寶劍記》；

6　　以上數據僅統計存本明傳奇，總數為 265 種。

存詞量 19 首：沈璟《紅蕖記》、湯顯祖《紫簫記》、湯顯祖《牡丹亭》、沈鯨《爽珠記》、徐肅穎《丹青記》；

存詞量 18 首：陸采《明珠記》、梅鼎祚《玉合記》、徐肅穎《玉合記》、無名氏《伍倫全備記》[7]；

存詞量 17 首：邵燦《香囊記》、鄭若庸《玉玦記》、紀振倫《西湖記》、心一山人《玉釵記》；

存詞量 16 首：孟稱舜《嬌紅記》；

存詞量 15 首：陳羆齋《躍鯉記》、高濂《節孝記》、湯顯祖《南柯記》；

存詞量 14 首：陸采《南西廂記》、朱鼎《玉鏡臺記》；

存詞量 13 首：陳與郊《鸚鵡洲》、沈嵊《綰春園》；

存詞量 12 首：梁辰魚《浣紗記》、張鳳翼《紅拂記》、陸華甫《雙鳳記》、汪廷訥《彩舟記》、馮夢龍《酒家傭》、范世彥《磨忠記》、東山癡野《才貌緣》、無名氏《四賢記》、無名氏《運甓記》；

存詞量 11 首：姚茂良《雙忠記》、王光魯《想當然》、謝讜《四喜記》、張四維《雙烈記》、沈璟《義俠記》、王驥德《題紅記》、湯顯祖《邯鄲記》、鄭之文《旗亭記》、馮夢龍《量江記》、阮大鋮《燕子箋》、劉方《天馬媒》、路迪《鴛鴦絛》；

存詞量 10 首：馮夢龍《邯鄲夢》、馮夢龍《人獸關》、徐肅穎《異夢記》、范文若《花筵賺》、范文若《夢花酣》、王元壽《異夢記》、孫鍾齡《東郭記》、李玉《人獸關》、許恒《二奇緣》、薛旦《續情燈》；

7　關於《伍倫全備記》一劇作者，明代諸多曲論著作都認為是丘濬。研究者有該劇為書會才人所作的觀點，可參看徐朔方《奎章閣藏本〈伍倫全備記〉對中國戲曲史研究的啟發》（見《韓國研究》，杭州大學出版社 1994 年版），周明初《〈伍倫全備記〉非丘濬所作考──兼考成書地域及年代》（見《文史》2000 年第 1 輯，中華書局 2000 年版）等文。

存詞量 9 首：華山居士《投筆記》、李開先《斷髮記》、高濂《玉簪記》、張鳳翼《祝髮記》、沈璟《埋劍記》、顧大典《青衫記》、佘翹《量江記》、馮夢龍《灑雪堂》、楊柔勝《玉環記》、紀振倫《雙杯記》、王翃《紅情言》、鄧志謨《八珠環記》；

存詞量 8 首：沈采《還帶記》、梅鼎祚《長命縷記》、汪廷訥《獅吼記》、汪廷訥《種玉記》、汪廷訥《三祝記》、汪廷訥《義烈記》、陳汝元《金蓮記》、馮夢龍《雙雄記》、馮夢龍《風流夢》、馮夢龍《永團圓》、許自昌《水滸記》、許自昌《種玉記》、張琦《明月環》、江楫《芙蓉記》、楊珽《龍膏記》、阮大鋮《雙金榜》、吳炳《綠牡丹》、吳炳《情郵記》、王元壽《紅梨花記》、朱京藩《風流院》、薛旦《醉月緣》、陳玉蟾《鳳求凰》、無名氏《玉環記》、無名氏《草廬記》、無名氏《金瓶梅》；

存詞量 7 首：沈璟《雙魚記》、謝天佑《劉知遠白兔記》、汪廷訥《投桃記》、汪廷訥《天書記》、馮夢龍《女丈夫》、張琦《金鈿盒》、張琦《詩賦盟》、吳世美《驚鴻記》、徐元《八義記》、紀振倫《霞箋記》、孫鍾齡《醉鄉記》、孟稱舜《二胥記》、孟稱舜《貞文記》、李玉《永團圓》、李玉《占花魁》、其滄《三社記》、無名氏《金印記》、無名氏《金花記》；

存詞量 6 首：姚茂良《金丸記》、張鳳翼《竊符記》、沈璟《墜釵記》、臧懋循《邯鄲記》、馮夢龍《三報恩》、沈自晉《望湖亭記》、張琦《靈犀錦》、張琦《鬱輪袍》、雲水道人《玉杵記》、范文若《鴛鴦棒》、袁于令《鷫鸘裘》、鄧志謨《並頭花記》、碩園《還魂記》、無名氏《黃孝子尋母》、無名氏《四美記》、無名氏《花萼樓》；

存詞量 5 首：王濟《連環記》、沈齡《三元記》、沈璟《桃符記》、孫柚《琴心記》、徐復祚《紅梨記》、李日華《南調西廂記》、卜世臣《冬青記》、馮夢龍《新灌園》、馮夢龍《精忠旗》、許自昌《橘浦記》、

許三階《節俠記》、王異《弄珠樓》、周朝俊《紅梅記》、葉良表《分金記》、蒲俊卿《雲臺記》、徐肅穎《丹桂記》、謝弘儀《蝴蝶夢》、阮大鋮《春燈謎》、袁于令《西樓記》、吳炳《療妒羹》、吳德修《偷桃記》、李素甫《元宵鬧》、鄒玉卿《青虹嘯》、董應翰《易鞋記》、高一葦《金印合縱記》、鄧志謨《鳳頭鞋記》、寰宇顯聖公《麒麟記》、研雪子《翻西廂》；

存詞量 4 首：張鳳翼《灌園記》、周履靖《錦箋記》、屠隆《曇花記》、屠隆《綵毫記》、屠隆《修文記》、徐復祚《宵光劍》、馬佶人《荷花蕩》、葉憲祖《鸞鎞記》、馮夢龍《萬事足》、馮夢龍《楚江情》、沈自晉《翠屏山》、劉還初《李丹記》、王錂《春蕪記》、吳炳《畫中人》、吳炳《西園記》、王元壽《景園記》、李玉《一捧雪》、陳一球《蝴蝶夢》、鄒玉卿《雙螭璧》、湯子垂《續精忠》、更生子《雙紅記》、玩花主人《妝樓記》、清嘯生《喜逢春》、無名氏《韓朋十義記》、無名氏《韓湘子升仙記》；

存詞量 3 首：姚茂良《精忠記》、張瑀《還金記》、張鳳翼《虎符記》、史槃《吐絨記》、顧大典《葛衣記》、陳與郊《麒麟洲》、臧懋循《紫釵記》、馮夢龍《殺狗記》、智達《歸元鏡》、阮大鋮《牟尼合》、沈君謨《風流配》、朱寄林《倒鴛鴦》、黃粹吾《昇仙記》、張景《飛丸記》、李長祚《金雀記》、西泠長《芙蓉影》、青山高士《鹽梅記》、採芝客《鴛鴦夢》、無名氏《岳飛破虜東窗記》、無名氏《古城記》、無名氏《高文舉珍珠記》、無名氏《薛平遼金貂記》、無名氏《蘇英皇后鸚鵡記》、無名氏《青袍記》、無名氏《赤松記》、無名氏《贈書記》；

存詞量 2 首：沈采《千金記》、徐霖《繡襦記》、沈璟《博笑記》、史槃《鷫鸘釵記》、陳與郊《櫻桃夢》、陳與郊《靈寶刀》、紐格《磨塵鑒》、沈鯨《鮫綃記》、馮夢龍《夢磊記》、單本《蕉帕記》、王玉峰《焚香記》、王錂《尋親記》、紀振倫《三桂記》、朱葵心《回春記》、

姚子翼《上林春》、姚子翼《遍地錦》、朱寄林《鬧烏江》、朱九經《崖山烈》、李長祚《千祥記》、欣欣客《袁文正還魂記》、無名氏《范睢綈袍記》、無名氏《薛仁貴白袍記》、無名氏《商輅三元記》、無名氏《荔鏡記》、無名氏《羅衫記》；

存詞量 1 首：蘭茂《性天風月通玄記》、史槃《櫻桃記》、王穉登《全德記》、蘇元俊《夢境記》、馬佶人《十錦塘》、韓上桂《凌雲記》、許自昌《靈犀配》、朱期《玉丸記》、紀振倫《七勝記》、袁于令《金鎖記》、姚子翼《祥麟現》、周公魯《錦西廂》、童養中《胭脂記》、月榭主人《釵釧記》、證聖成生《箜篌記》、無名氏《舉鼎記》、無名氏《彩樓記》、無名氏《和戎記》、無名氏《香山記》、無名氏《倒浣紗》、無名氏《缽中蓮》、無名氏《桃林賺》。

第三，從傳奇創作的角度來看，這種普遍性表現為傳奇體制內運用詞體的創作模式的定型化。這種創作模式的定型主要體現在開場詞和定場詞兩種類型上。

開場詞的形式在宋元南戲中便已出現，至明代經傳奇體制的確立而逐漸定型。《永樂大典》中的三種南戲保留了宋元南戲開場詞的本來面目：《張協狀元》的開場詞分別為《水調歌頭》和《滿庭芳》；《宦門子弟錯立身》只以一闋《鷓鴣天》開場；《小孫屠》的開場是兩首《滿江紅》。明代傳奇作品的開場形式基本沿用了南戲的體制。據筆者統計，現存明傳奇共有 243 種作品運用了開場詞，其餘 24 種傳奇包括明確可判斷為使用了其他文體作為「副末開場」的作品，以及因劇本第一齣殘缺致使無法判斷是否使用了開場詞的作品。而在這 243 種傳奇作品中，僅使用一首開場詞的共計 112 種，使用了兩首開場詞的共計 120 種，使用了三首開場詞的共計 11 種。這一統計資料也基本符合傳奇開場一般使用一首或兩首開場詞的情況。以三首詞作為開場的形式

在明代傳奇的創作中是較為罕見的，這 11 種傳奇為：

　　無名氏《伍倫全備記》，開場詞用《鷓鴣天》、《臨江仙》、《西江月》；

　　邵燦《香囊記》，開場詞用《鷓鴣天》、《沁園春》、《風流子》；

　　姚茂良《金丸記》，開場詞連用三闋《鷓鴣天》；

　　姚茂良《雙忠記》，開場詞連用三闋《滿庭芳》；

　　李開先《寶劍記》，開場詞用《西江月》、《鷓鴣天》、《滿庭芳》；

　　鄭之珍《勸善記》，上、中、下三卷分別用《畫堂春》、《西江月》、《鷓鴣天》，此劇可視為由三劇綴合而成，三首開場詞也可歸為一劇只用一闋的類型；

　　陸采《南西廂記》，開場詞用《南鄉子》、《臨江仙》、《燭影搖紅》；

　　陸采《明珠記》，開場詞用《聖無憂》、《南歌子》、《望海潮》；

　　更生子《雙紅記》，開場詞用兩闋《西江月》及一闋《漢宮春》；

　　無名氏《金印記》，開場詞用《西江月》、《水調歌頭》、《滿庭芳》；

　　無名氏《韓湘子升仙記》，開場詞用《沁園春》、《鷓鴣天》、《臨江仙》。

　　從這 11 種傳奇的大致作成時間來看，基本都屬明嘉靖中傳奇體制確立之前的作品。因此也可以說，在明傳奇體制確立之後，明代傳奇開場形式在使用開場詞的數量上基本定型，明代前期使用三首開場詞的罕見形式基本不為明代後期的劇作家所採用。

　　定場詞，指傳奇第二齣，一般由生上場在唱完引子後誦唸作為定場白的一闋詞。李漁《閒情偶寄》謂：「開場第二折，謂之『沖場』。『沖場』者，人未上而我先上也。必用一悠長引子，引子唱完，繼以詩

詞及四六排語，謂之『定場白』。」[8] 與傳奇開場一般用詞體不同，「沖場」中的定場白，五七言古、近體詩和詞各種文體都使用。據筆者統計，265 種明傳奇的定場白使用了詞體的作品共計 158 種，也就是說三分之二的傳奇作品使用了定場詞，餘下三分之一的作品一般使用定場詩。由此可見，劇作家在進行定場白的創作時更傾向於使用詞體。如湯顯祖「玉茗堂四夢」的定場白的運用，《紫釵記》的定場白用《青玉案》詞：

> 〔青玉案〕盛世為儒觀覽遍，等閒識得東風面。夢隨彩筆綻千花，春向玉階添幾線。　　上書北闕會留戀，待漏東華誰召見。殷勤洗拂舊青衿，多少韶華都借看。[9]

另外《牡丹亭》的定場白用《鷓鴣天》詞；《南柯記》的定場白用《蝶戀花》詞；《邯鄲記》的定場白用《菩薩蠻》詞。只有第一部作品《紫簫記》，定場白用的是一首五言律詩。另一位明代曲家沈璟，對定場白的處理也類似。沈璟所作的傳奇作品今存 7 種，除了《紅蕖記》使用了一首七言律詩作為定場白之外，其餘 6 種傳奇作品，在「沖場」中均使用了定場詞。

第三節　戲曲創作詞調擇取的定量分析

　　劇作家以劇本為載體而進行的詞創作，與詞人所進行的自主創作不盡相同，但如果從詞體在通俗文學大背景中的適應性，詞調為劇作

8　李漁《閒情偶寄》卷三，《中國古典戲曲論著集成》本，中國戲劇出版社 1959 年版，第 7 冊第 67 頁。

9　湯顯祖《紫釵記》，錢南揚校註《湯顯祖戲曲集》本，上海古籍出版社 2010 年版，上冊，第 11 頁。按，劇中原註調名為「青玉案」，句格不相符，應為「玉樓春」。

家擇取用以戲曲創作的傾向性等問題來探討，對戲曲中存詞的詞調的考察分析顯然具有一定的研究意義。基於上述考慮，本節擬對明雜劇和傳奇中存詞的詞調進行量化的考察和分析，以期對戲曲中存詞風貌有一個更為全面的認識。

一　戲曲存詞詞調的量化統計

　　對明雜劇和傳奇作品中存詞詞調的數據統計，以 219 種存本明雜劇、16 種明雜劇佚曲，265 種存本明傳奇、178 種明傳奇佚曲中的詞作為計算對象。得到的結果為：明雜劇中的詞作共用 62 調，明傳奇中的詞作共用 136 調。兩者相加去其重複，可知明代戲曲中的存詞共用 158 調，約佔唐宋詞調總量的五分之一（萬樹《詞律》收 660 調，《欽定詞譜》收 826 調，加上幾種補遺，唐宋詞近 900 調）。現將明雜劇、傳奇作品中存詞詞調按作品數量統計如下：

表 1－5　明雜劇作品存詞詞調統計一覽表

序號	詞調	作品數量	詞調體式	序號	詞調	作品數量	詞調體式
1	西江月	15	小令	2	鷓鴣天	10	小令
3	菩薩蠻	8	小令	4	踏莎行	6	小令
5	臨江仙	6	小令	6	滿庭芳	6	長調
7	減字木蘭花	5	小令	8	點絳唇	4	小令
9	憶秦娥	4	小令	10	玉樓春	4	小令
11	念奴嬌	4	長調	12	青玉案	3	中調

表 1－6　明傳奇作品存詞詞調統計一覽表

序號	詞調	作品數量	詞調體式	序號	詞調	作品數量	詞調體式
1	鷓鴣天	224	小令	2	西江月	200	小令
3	菩薩蠻	94	小令	4	浣溪沙	88	小令
5	滿庭芳	71	長調	6	臨江仙	65	小令
7	長相思	64	小令	8	沁園春	59	長調
9	如夢令	58	小令	10	玉樓春	47	小令
11	蝶戀花	46	中調	12	減字木蘭花	35	小令
13	踏莎行	34	小令	14	清平樂	14	小令
15	憶秦娥	29	小令	16	訴衷情	25	小令
17	南鄉子	22	小令	18	漢宮春	22	長調
19	阮郎歸	20	小令	20	滿江紅	19	長調
21	水調歌頭	19	長調	22	卜運算元	18	小令
23	搗練子	17	小令	24	小重山	17	小令
25	畫堂春	16	小令	26	虞美人	15	小令
27	更漏子	14	小令	28	漁家傲	13	中調
29	南歌子	11	小令	30	謁金門	11	小令
31	昭君怨	10	小令	32	烏夜啼	9	小令
33	行香子	9	中調	34	千秋歲	9	中調
35	河滿子	8	小令	36	長命女	7	小令
37	點絳唇	7	小令	38	柳梢青	7	小令
39	古調笑	6	小令	40	賀聖朝	6	小令
41	朝中措	6	小令	42	鳳凰臺上憶吹簫	6	長調
43	荷葉杯	5	小令	44	武陵春	5	小令
45	眼兒媚	5	小令	46	少年遊	5	小令
47	採桑子	5	小令	48	蘇幕遮	5	中調
49	東風齊着力	5	長調				

說明：

（一）表 1－5 統計明雜劇作品存詞詞調，只取作品數量 3 首以上者，另有存詞 2 首的詞調 7 種，存詞 1 首的詞調 42 種；表 1－6 統計明傳奇作品存詞詞調，只取作品數量 5 首以上者，另有存詞 4 首的詞調 9 種，存詞 3 首的詞調 9 種，存詞 2 首的詞調 18 種，存詞 1 首的詞調 51 種。

（二）表格據存詞數量多少降序排列，遇數量相同者，依詞調正體的字數多少昇序排列。如《古調笑》、《賀聖朝》、《朝中措》三調存詞量均為 6 種，據《詞譜》，《古調笑》單調三十二字，《賀聖朝》雙調四十七字，《朝中措》雙調四十八字，那麼三個詞調的排序即確定為《古調笑》、《賀聖朝》、《朝中措》。

（三）關於詞調的統計。異名詞調均計入詞調正體，而不單獨計算。另外需要特別說明的是對《玉樓春》和《木蘭花》兩調混用的處理。《玉樓春》和《木蘭花》本為兩個不同的詞調，自宋代起，兩調混用，萬樹《詞律》謂：「唐宋詞《木蘭花》，如前所列四體是矣。其七字八句者，名《玉樓春》。至宋則皆用七言，而或名之曰《玉樓春》，或名之曰《木蘭花》，又或加令字，兩體遂合為一。想必有所據，故今不立《玉樓春》之名，而載註前三體之後，蓋恐另收《玉樓春》。則如此葉詞，無所附，而體同名異不成畫一耳。」[10] 可見，《詞律》對兩調相混的處理比較籠統。《欽定詞譜》的處理則相對較為清晰：「《花間集》載《木蘭花》、《玉樓春》兩調，其七字八句者，為《玉樓春》體，《木蘭花》則韋詞、毛詞、魏詞共三體，從無與《玉樓春》同者。自《尊前集》誤刻以後，宋詞相沿，率多混填。今照《花間集》本分列，舊譜誤者，悉為校正。」[11]《欽定詞譜》認為《木蘭花》應為毛詞、魏詞、韋詞三體，其中毛詞體為「三、三、七、三、三、七，三、三、七、三、三、七」，五十二字，魏詞體為「三、三、七、三、三、七，七、七、七、七」，五十四字，韋詞體為「七、七、三、三、七，七、七、七、七」，五十五字。而七言八句者當為《玉樓春》。《詞譜》依《花間集》所載《木蘭花》、《玉樓春》二調，本是異體，因《尊前集》誤刻，後人二調混填。《欽定詞譜》認為舊譜有誤，將《木蘭花》、《玉樓春》二調分列。對於明代戲曲中《玉樓春》和《木蘭花》兩調混用的處理，筆者擬從《欽定詞譜》之說，在具體統計時，將七言八句者，歸入《玉樓春》調。

10　萬樹《詞律》卷七，上海古籍出版社 1984 年版，第 185 頁。

11　王奕清等《欽定詞譜》卷十一，第 195 頁。

　　根據兩個表格中的統計數據，我們發現：

　　第一，明人在戲曲創作過程中對於詞調的擇取傾向，與宋人的詞創作基本一致。《鷓鴣天》和《西江月》為明代戲曲創作運用詞體的常用詞調。在考察哪種詞調是明代劇作家最常使用這一情況時，我們發現明雜劇和傳奇使用頻率最高的詞調，前三名均為《鷓鴣天》、《西江月》、《菩薩蠻》。所不同的是，雜劇對於《西江月》的使用次數超過《鷓鴣天》，而傳奇則恰好相反。如果將雜劇和傳奇中使用詞調數量的統計資料相加，我們能得到一份明代戲曲使用頻率最高的詞調名單，取其前十名依次為：《鷓鴣天》、《西江月》、《菩薩蠻》、《浣溪沙》、《滿庭芳》、《臨江仙》、《長相思》、《沁園春》、《如夢令》、《玉樓春》，我們視這十種詞調為明代戲曲中詞作的「高頻詞調」。據王兆鵬統計，《全宋詞》共用詞調 881 個，使用頻率最高的詞調前十名分別為：《浣溪沙》、《水調歌頭》、《鷓鴣天》、《菩薩蠻》、《滿江紅》、《念奴嬌》、《西江月》、《臨江仙》、《減字木蘭花》、《沁園春》[12]。若將明代戲曲中詞作的「高頻詞調」與宋詞的常用詞調前十位相比較，即可發現《鷓鴣天》、《西江月》、《菩薩蠻》、《浣溪沙》、《臨江仙》、《沁園春》這 7 個詞調是重合的。這表明明代曲家人在戲曲創作過程中對於詞調的擇取傾向與宋人基本一致。

　　第二，《鷓鴣天》和《西江月》為明代戲曲創作運用詞體的常用詞調，與明代話本小說和日用類書中詞作的情況類似，體現出了兩個詞調適於通俗文學創作的特性。明代戲曲中《鷓鴣天》、《西江月》二調共有 449 首詞作，約佔明代戲曲存詞數量的四分之一，足見明人在戲曲創作中對這兩種詞調的青睞。再將這兩種詞調放置於通俗文學的視野中進行考察。據張仲謀統計，明代話本小說中常用詞調前三位分別

12　參見王兆鵬《唐宋詞史論》，人民文學出版社 2000 年版，第 107 頁。

為《西江月》、《鷓鴣天》和《臨江仙》[13]。據汪超統計，明代日用類書中詞作常用詞調前三位也是《西江月》、《鷓鴣天》和《臨江仙》[14]。由此可見，《鷓鴣天》、《西江月》二調在明代戲曲、小說中被普遍用來填詞的情形是一致的，顯示出了適於通俗文學創作的特性。

第三，從詞調體式上來看，戲曲中的詞作以小令為主，長調慢詞較少且集中於幾種詞調。以明傳奇作品存詞詞調統計來看，作品數量5首以上的詞調共49個，小令為37調，佔75.5%，表明明人在戲曲創作中運用詞體時以小令為主。這一情況，又與宋代詞人填詞擇調的情況相近，「在宋代使用頻率最高的48個詞調（每1調填詞在100首以上者）中，小令為34調，佔70%」[15]。明傳奇作品中的詞屬於長調的（計作品數量5首以上者）共有《滿庭芳》、《沁園春》、《漢宮春》、《滿江紅》、《水調歌頭》、《鳳凰臺上憶吹簫》、《東風齊着力》7種。從填詞的數量上來看，《滿庭芳》共71首，《沁園春》59首，《漢宮春》22首，《滿江紅》、《水調歌頭》都是19首，其餘兩調的作品數量均在個位數。由此可見，明代戲曲作品運用長調詞基本集中於《滿庭芳》和《沁園春》等詞調。

二　傳奇家門詞的擇調與長調的普遍性

如上文所述，明代戲曲中的詞作以小令為主，長調的作品多集中於《滿庭芳》和《沁園春》等調。從具體的創作情況來看，長調多用於傳奇「家門」開場詞的填作。

13　參見張仲謀《明代話本小說中的詞作考論》，《明清小說研究》2008年第1期。

14　參見汪超《論明代日用類書與詞的傳播》，《圖書與情報》2010年第2期。

15　王兆鵬《唐宋詞史論》，第107頁。

　　在具體論述之前，有必要先對「家門」作一番解說。筆者認為，傳奇作品中的「家門」應有廣義和狹義之分。廣義的「家門」與「副末開場」相同，指傳奇第一齣，副末登場敘說劇情，一般用兩闋詞，也有僅用一闋詞的。關於明傳奇開場詞的使用數量，據統計，使用一首開場詞的傳奇作品共計 111 種，使用兩首開場詞的傳奇作品共計 120 種，兩者數量相近，而使用三首開場詞的傳奇作品僅 11 種，當屬較為罕見的開場類型。以梁辰魚《浣紗記》的第一齣《家門》為例：

　　【紅林檎近】〔末上〕佳客難重遇，勝遊不再逢。夜月映臺館，春風叩簾櫳。何暇談名說利，漫自倚翠偎紅。請看換羽移宮，與廢酒杯中。　　驥足悲伏櫪，鴻翼困樊籠。試尋往古，傷心全寄詞鋒。問何人作此，平生慷慨，負薪吳市梁伯龍。〔問內科〕借問後房子弟，今日搬演誰家故事，那本傳奇？〔內應科〕今日搬演一本范蠡謀王圖霸，勾踐復越亡吳。伍胥揚靈東海，西子扁舟五湖。〔末〕原來此本傳奇。待小子略道家門，便見戲文大意。

　　【漢宮春】范蠡遨遊，早風流倜儻，歷遍諸侯。因望東南霸起，越國遲留。尋春行樂，遇西施、浙水溪頭。姻緣定，將紗相贈，雙雙遂結綢繆。　　誰料邦家多事，共君投異國，三載羈囚。歸把傾城相借，得報吳讎。佳人才子，泛太湖、一葉扁舟。看今古，浣溪新記，舊名吳越春秋。〔下〕[16]

梁辰魚《浣紗記》的「副末開場」是《紅林檎近》、《漢宮春》兩闋詞夾以「內場問答」的形式，但這一齣卻標為《家門》。明傳奇第一齣開場的名稱繁多，以「家門」、「開宗」等較為普遍，也有用「家門始末」、「家門始終」、「家門大意」等名稱。由於明傳奇的第一齣「副末

16　梁辰魚《浣紗記》，《六十種曲》本，中華書局 2007 年版，第 8 冊第 1 頁。

開場」多以「家門」標目，所以我們往往將二者等而視之，開場也可
稱為「家門」。如錢南揚《宋元南戲總說》一文在談到南戲結構的開
場時謂：「在未演正戲之前，先由末腳登場，報告戲情，明人稱為『家
門』。普通用詞兩闋。」[17]

　　其次要說狹義的「家門」。上引梁辰魚《浣紗記》的開場在「內
場問答」中有「待小子略道家門，便見戲文大意」兩句話，這裏的「家
門」指「內場問答」之後的《漢宮春》詞。李漁在《閒情偶寄》中專
門探討了「家門」：

　　　　開場數語，謂之「家門」。……未說「家門」，先有一上場
　　小曲。如《西江月》、《蝶戀花》之類，總無成格，聽人拈取。此
　　曲向來不切本題，止是勸人對酒忘憂、逢場作戲諸套語。予謂詞
　　曲中開場一折，即古文之冒頭、時文之破題，務使開門見山，不
　　當借帽覆頂。即將本傳中立言大義，包括戲文，與後所說「家門」
　　一詞，相為表裏。……然「家門」之前，另有一詞。今之梨園，
　　皆略去前詞，只就「家門」說起。[18]

　　據李漁的解釋，「家門」僅指開場中詳說劇情的一闋詞，而非開
場。簡單來說，副末開場一般包括狹義的「家門」。如上引梁辰魚《浣
溪沙》的開場中《漢宮春》一闋即是「家門」，而《紅林檎近》則是
李漁所謂的「『家門』之前，另有一詞」。當然也有開場僅用一闋「家
門」詞的，如：屠隆《綵毫記》第一齣《敷衍家門》僅用一首《滿庭芳》
敘述戲文大意，張鳳翼《灌園記》第一齣《開場家門》僅用一首《東
風齊着力》，葉憲祖《鸞鎞記》第一齣《提宗》僅用一首《漢宮春》。
另外還有一種情況是傳奇開場僅用一首詞，但不是「家門」詞，而是

17　錢南揚《漢上宧文存續編》，中華書局 2009 年版，第 17 頁。
18　李漁《閒情偶寄》卷三，《中國古典戲曲論著集成》本，第 7 冊第 65–66 頁。

李漁所謂的用作套語、不切本題的詞，如紀振倫《三桂記》第一齣《統略》所用的《西江月》詞：「世事短如春夢，人情薄似秋雲。閑將詩酒樂平生，離合悲歡前定。休論風花雪月，不談柳綠花陰。且看孝子與賢孫，真個人人難並。」[19] 該詞只是渾說大意，並不敘述劇情。同樣的例子還有韓上桂《凌雲記》、沈璟《博笑記》等等。

綜上所述，廣義的「家門」與傳奇開場相同；而狹義的「家門」，往往包含在開場的形式之中。此處所要討論的即為狹義之「家門」，因為它基本借助詞體的形式，我們不妨稱之為「家門詞」。

明確了「家門詞」的概念之後，我們從擇調的角度來考察明傳奇「家門詞」的創作。上引梁辰魚《浣紗記》的「家門詞」用的是《漢宮春》，屬長調。我們發現，相比於小令的高頻使用，明傳奇對於長調的運用是較少的，且被集中運用於「家門詞」的創作。現以填詞數量相對較多的長調加以說明。明傳奇中較常用的長調為（計作品數量 5 首以上者）：《滿庭芳》、《沁園春》、《漢宮春》、《滿江紅》、《水調歌頭》、《鳳凰臺上憶吹簫》、《東風齊着力》7 種，從相應的作品數量上來看，《滿庭芳》71 首，《沁園春》59 首，《漢宮春》22 首，《滿江紅》、《水調歌頭》都是 19 首，《鳳凰臺上憶吹簫》6 首，《東風齊着力》5 首。這些長調作品屬於「家門詞」的情況如下：

表 1－7　明傳奇中以長調作「家門詞」及比例統計一覽表

序號	詞調	作品總數	屬「家門詞」數	所佔比例
1	滿庭芳	71	63	88.7%
2	沁園春	59	56	94.9%
3	漢宮春	22	22	100%

19　紀振倫《三桂記》卷上，《古本戲曲叢刊二集》本，第 58 冊第 1a 頁。

（續上表）

序號	詞調	作品總數	屬「家門詞」數	所佔比例
4	滿江紅	19	10	52.6%
5	水調歌頭	19	6	31.6%
6	鳳凰臺上憶吹簫	6	6	100%
7	東風齊着力	5	4	80.0%
	總計	201	167	83.1%

　　據上表可知，在較常用的 7 種長調中，除了《水調歌頭》一調用作「家門詞」的比例較低，《滿江紅》調佔一半外，其餘諸調被用來創作「家門詞」的比例均在 80% 以上，其中《漢宮春》和《鳳凰臺上憶吹簫》二調只用作「家門詞」。而從總的數量來看，這 201 首長調中，共有 167 首是「家門詞」。據此推測，明傳奇中的長調大約 80% 均為「家門詞」，這與這類詞作所承擔的敘述戲文大意的功能有關。相對而言，長調適於敘事，而小令受字數所限，一般只用於渾說大意。另外，明雜劇受傳奇影響有時也在雜劇開場運用「副末開場」的形式。其中最具代表性的當屬傅一臣《蘇門嘯》雜劇十二種，每一劇開場均用一首開場詞敘說本劇大意，且分別用了十二種不同的長調：《東風齊着力》、《玉燭新》、《解連環》、《水龍吟》、《醉蓬萊》、《解語花》、《玲瓏四犯》、《燕春臺》、《玉女迎春滿》、《鳳凰臺上憶吹簫》、《金人捧露盤》、《華胥引》。這也從另一個側面反映了明代戲曲開場中「家門詞」運用長調的普遍性。

三　定場詞擇調與《鷓鴣天》調的普遍性

　　在傳奇的劇本體制中，第二齣被稱為「沖場」。李漁《閒情偶寄》對「沖場」作過一番闡釋：「開場第二折，謂之『沖場』。『沖場』者，

人未上而我先上也。必用一悠長引子，引子唱完，繼以詩詞及四六排語，謂之『定場白』。」[20] 從文體的角度來看，傳奇的定場白一般分為兩類：詩體與詞體。以沈璟的傳奇作品為例。沈璟所作傳奇今存全本共七種，第一部作品《紅蕖記》的定場白是一首七言絕句：「誰堪枳棘尚棲鸞，羞向空庭看合歡。驚夢秋風孤客枕，誤入春色一儒冠。」[21] 其餘六種傳奇的定場白均為詞體，《埋劍記》、《雙魚記》、《義俠記》、《博笑記》四種均用《鷓鴣天》詞，《桃符記》和《墜釵記》則用《浣溪沙》詞。從定場詞的詞調來看，沈璟多用《鷓鴣天》。我們發現，沈璟在定場詞擇調上對《鷓鴣天》的偏好並非個別現象，而是整個明代劇壇普遍存在的一個事實。據筆者統計，265 種明傳奇的定場白使用了詞體的作品共計 158 種，約佔總數的三分之二。這 158 種傳奇作品定場詞的詞調統計如下：

表 1-8　明傳奇定場詞詞調分佈一覽表

序號	詞調	作品數	序號	詞調	作品數
1	鷓鴣天	108	2	菩薩蠻	11
3	減字木蘭花	7	4	蝶戀花	5
5	浣溪沙	4	6	玉樓春	3
7	踏莎行	3	8	畫堂春	3
9	清平樂	2	10	西江月	2
11	朝中措	1	12	生查子	1
13	慶青春	1	14	南歌子	1
15	訴衷情	1	16	虞美人	1
17	念奴嬌引	1	18	西溪子	1

20　李漁《閒情偶寄》卷三，《中國古典戲曲論著集成》本，第 7 冊第 67 頁。

21　沈璟《紅蕖記》，《沈璟集》本，上冊第 6 頁。

（續上表）

序號	詞調	作品數	序號	詞調	作品數
19	漁家傲	1	20	武陵春	1
21	阮郎歸	1			
總計		詞調數		作品數	
		21		158	

說明：

（一）鄭之珍《目連救母勸善記》全劇分上、中、下三卷，每一卷各有末開場詞和定場詞，可視為三個獨立的劇本綴合而成。各卷定場詞分別為：《鷓鴣天》（上卷）、《鷓鴣天》（中卷）、《減字木蘭花》（下卷）。按：下卷定場詞原註為四七言，依句格，實為《減字木蘭花》調。上表只計算上卷《鷓鴣天》調，故實際資料為《鷓鴣天》共 109 調，《減字木蘭花》共 8 調。

（二）表中所計《玉樓春》三調，原劇中均註為《青玉案》，依句格當作《玉樓春》。此三劇分別為湯顯祖《紫釵記》、臧懋循《紫釵記》、王光魯《想當然》。

從上表統計的資料來看，158 首定場詞共用 21 調，其中《鷓鴣天》一調的作品共有 108 首，擁有絕對的壓倒性優勢。這表明明人的定場詞創作擇調以《鷓鴣天》為主。從現存明傳奇作品來看，選《鷓鴣天》調作定場詞最早見於邵璨的《香囊記》（此劇約作成於成化、弘治間）。由於這一現象並未見於任何曲論，或者說尚未能提升至戲曲理論的高度，因此我們更傾向於認為這是一種約定俗成的創作模式。首先從曲家的個人創作來看，除了上文提到的沈璟之外，許多曲家在創作中也呈現出慣用《鷓鴣天》調的情形。作家現存作品定場詞都用《鷓鴣天》者，如姚茂良的三部作品《金丸記》、《雙忠記》、《精忠記》，李開先的《斷髮記》和《寶劍記》，范文若的《花筵賺》、《夢花酣》、《鴛鴦棒》，孫鍾齡的《東郭記》、《醉鄉記》等。多數作品定場詞為《鷓鴣天》，即與沈璟創作情形相似者，如張鳳翼的傳奇作品僅《虎符記》定場白用七絕之外，其餘四部作品均用《鷓鴣天》作定場白，再如徐

復袴，僅《投梭記》一劇定場詞用《清平樂》。其次，部分用《鷓鴣天》調作定場白的詞作往往不註明詞調，如邵燦《香囊記》、沈鯨《鮫綃記》、葉良表《分金記》、謝讜《四喜記》等。這種現象的頻繁出現，一方面是由於《鷓鴣天》這一詞調，從句格方面的可辨識度較高；另一方面大概是出於定場詞選《鷓鴣天》的習慣，即曲家多以此調作定場白，這種模式一旦定型，詞調自然不須特別註明。這種情形類似傳奇開場「後場問答」的簡潔化，由於「後場問答」的形式較為固定，多數曲家在創作時往往以「問答照常」四字簡單帶過。因此，從這幾個方面來看，我們認為明傳奇定場詞用《鷓鴣天》調應該是在明代戲曲作家之間約定俗成的、較為通行的創作模式。

這種模式並非明人獨創，而早見於元人南戲中。明人對於選《鷓鴣天》調作定場詞的形式應當是承襲宋元南戲而來的。我們首先看四大南戲——《荊》、《劉》、《拜》、《殺》和「南戲之宗」——《琵琶記》這五部作品中定場白的情況：

《拜月亭記》，一般認為是施惠所作，現存各本都經過明人改編。其中明世德堂刊本《新刊重訂出相附釋標註月亭記》（《古本戲曲叢刊初集》據以影印）為較早版本，相對於其他版本較接近元本原貌。其第二折《世隆自敘》中的定場詞《鷓鴣天》為：

> 錦繡胸中氣若虹，文章才學足三冬。循循善道宣尼訓，濟濟儒風播海中。　　題雁塔，步蟾宮，鵬程萬里志扳龍。那時衣錦還鄉日，五百名中蔣世隆。[22]

毛晉汲古閣刻《六十種曲》本（題作《幽閨記》）第二折定場詞《鷓鴣天》為：「錦繡胸襟氣若虹，文章才學足三冬。循循善道馳庠校，

22　施惠《拜月亭記》卷一，《古本戲曲叢刊初集》本，商務印書館 1954 年版，第 10 冊第 2a 頁。

濟濟儒風藹郡中。題雁塔，步蟾宮，前程萬里附溟鴻。此時衣錦還鄉客，五百名中讓世隆。」[23] 字句略有差異，當是經過了明人的改編。

《殺狗記》今存毛晉汲古閣刻《六十種曲》本，另有嘉靖間刊《風月（全家）錦囊》所收《摘匯奇妙戲式全家錦囊殺狗》本，此本雖只選錄十段曲文，但較為接近元本舊貌。《六十種曲》本《殺狗記》第二齣《諫兄觸怒》有定場詞為《鷓鴣天》，該詞原未註詞牌名：

> 兩字功名志未酬，藏珠韞玉且優遊。家傳閥閱經多載，世代簪纓知幾秋。　無諂詐，有剛柔，果然名字播皇州。家中財寶如山積，庫內錢財似水流。[24]

《風月（全家）錦囊》所收《摘匯奇妙戲式全家錦囊殺狗》本《令侯請宴》一齣亦選有該詞，則可知此齣為「沖場」。此本定場詞《鷓鴣天》亦未註明詞調，與《六十種曲》本略有差異：

> 高舉鰲頭志未酬，文成則暇且優遊。家傳富貴經多載，世襲簪纓是幾秋。　多諂詐，有剛柔，雖然名字薄皇州。家中異寶如山積，地上財錢似水流。[25]

《琵琶記》版本甚多，清陸貽典抄本《校抄新刊元本蔡伯喈琵琶記》（《古本戲曲叢刊初集》據以影印）為較早版本，保存了元代南戲的基本面貌。此本第二齣《蔡宅祝壽》同樣使用了《鷓鴣天》作為定場詞，該詞前也同樣不註調名：

> 宋玉才多未足稱，子雲識字浪傳名。奎光已透三千丈，風力行看九萬程。　經世手，濟時英，玉堂金馬豈難登？要將萊綵歡

23　施惠《幽閨記》，《六十種曲》本，第 3 冊第 2 頁。

24　無名氏《殺狗記》，《六十種曲》本，第 11 冊第 2 頁。

25　徐文昭《風月錦囊》，《善本戲曲叢刊》本，台灣學生書局 1984 年版，第四輯第 1 冊第 345 頁。

親意，且戴儒冠盡子情。[26]

　　上引《拜月亭記》、《殺狗記》和《琵琶記》的三首定場詞，詞作的內容風格極為相似，都為「言志」之作。由於定場詞處於劇作開場，生腳登場自報家門，因此多以「富才學」、「求功名」等關鍵字以達到劇作一開場即為主人公定下角色基調的作用。這正符合李漁對定場白功能的概括：「此折之一引、一詞，較之前折『家門』一曲，猶難措手。務以寥寥數言，道盡本人一腔心事，又且蘊釀全部精神內，猶『家門』之括盡無遺也。」[27] 明人傳奇中以《鷓鴣天》為調的定場詞也基本與此格調相符。以標誌着傳奇體制確立的《寶劍記》和《鳴鳳記》為例，這兩部作品的《鷓鴣天》定場詞便是典型的「言志」之作。前者詞云：

> 脫卻儒衣掛戰袍，學文爭似習龍韜。才沖霄漢星芒動，嘯倚崆峒劍氣高。　　悲賊子，笑兒曹，爭誇朱紫佔中朝。十年塞北勞千戰，汗馬秋風尚未消。[28]

該詞為生腳林沖所唸，既略說棄文從武的悲劇，又展示了主人公的英雄氣概。《鳴鳳記》中鄒應龍的定場詞也是同樣的風貌：

> 雄才銳氣丈夫豪，寄跡衡門歎未遭。袖裏虹霓沖霽色，筆端風雨駕雲濤。　　業孔孟，志禹臯，不效尋常士子曹。養就經綸康濟策，須教明主躋唐堯。[29]

因此，可以說，明傳奇以《鷓鴣天》為詞調的定場模式於元末明初時當已大致成型。這一形式之所以在後來被明代曲家廣為接受和承襲，四大南戲和《琵琶記》的樣板劇效應是很重要的因素之一。作為元代

26　高明《琵琶記》卷上，《古本戲曲叢刊初集》本，第 7 冊第 1b 頁。

27　李漁《閒情偶寄》卷三，《中國古典戲曲論著集成》本，第 7 冊第 67 頁。

28　李開先《寶劍記》，《李開先集》本，中華書局 1959 年版，下冊第 751 頁。

29　無名氏《鳴鳳記》，《六十種曲》本，第 2 冊第 2 頁。

南戲作品中成就最高的作品，《琵琶記》在明代一直享有盛譽。《南詞敘錄》記載：「永嘉高經歷明，避亂四明之櫟社，惜伯喈之被謗，乃作《琵琶記》雪之。…… 我高皇即位，聞其名，使使徵之。…… 時有以《琵琶記》進呈者，高皇笑曰：『《五經》、《四書》，布帛菽粟也，家家皆有。高明《琵琶記》，如山珍海錯，貴富家不可無。』…… 由是日令優人進演。」[30] 雖然《南詞敘錄》所記朱元璋之評語及「日令優人進演」之事未必屬實，但《琵琶記》在明代演出、流傳之盛則是不爭的事實。呂天成《曲品》列此劇於「神品」，並謂：「勿倫於北劇之《西廂》，且壓乎南聲之《拜月》。」[31] 可見此劇在明初具有極高的地位。另外李漁亦云：「《琵琶》、《西廂》、《荊》、《劉》、《拜》、《殺》等曲，家弦戶誦已久，童叟男婦，皆能備悉情由。」[32] 也可看出四大南戲影響之大。因此從《琵琶記》和四大南戲的典範價值而言，明人在明初至嘉靖前通過改訂元人南戲並慢慢探索曲藝的過程中，必然對南戲定場白的形式有所接受和承襲。明代嘉靖前的傳奇作品的定場詞基本為《鷓鴣天》即為明證[33]。

另外，《永樂大典》所收《張協狀元》、《宦門弟子錯立身》、《小孫屠》三種元代早期南戲作品，「沖場」一齣均使用定場詩的形式。由於現存元代南戲劇本大多亡佚，我們只能推測，定場詞的形式在元代也有一個演進發展的過程，其中可能受到元雜劇每折折首人物上場詩的影響，大約至元末明初，定場詞的形式，尤其是選《鷓鴣天》調的模式逐漸成型。

30　徐渭《南詞敘錄》，《中國古典戲曲論著集成》本，第 3 冊第 240 頁。

31　吳書蔭《曲品校註》，第 5 頁。

32　李漁《閒情偶寄》卷三，《中國古典戲曲論著集成》本，第 7 冊第 55 頁。

33　據筆者統計，明嘉靖中以前的傳奇作品（包括無名氏作品）共有 19 種使用了《鷓鴣天》詞，僅王濟《連環記》使用了《畫堂春》。

第二章

明代戲曲中詞作的定性分析

在展開具體的論述之前，需要說明的是本章所謂的「定性分析」，是建立在定量分析基礎之上的。如果說上文採取的定量分析法，主要是借助數據統計的方式來對明代戲曲中詞作的一般情況，作直觀的描述及展示的話，那麼本章所借助的定性分析法，則傾向於通過詞作的文學性分析，來探討明代戲曲詞的創作、作品風格以及審美特徵等問題。雖然量化統計能直接、清晰地展示明代戲曲中詞文獻的總體情況，但單純的數據統計並不能做到全面且深入地闡釋戲曲詞的創作風貌。因此，本章所承擔的任務就是通過對明代雜劇和傳奇中具體詞作的考察，結合相關的戲曲創作，來探討明代戲曲中詞作的創作風貌和審美特徵。

第一節　明代戲曲中詞作的創作生態

關於明代雜劇和傳奇存詞量的差異，前文已作具體的數據統計。本節所關注的是統計資料背後隱含的創作生態。這種生態既與明代戲曲作家的具體創作實踐密切相關，同時又明顯地受到戲曲體制差異的重要影響。無論從劇本結構還是從藝術風格來看，明傳奇的創作顯然更偏向於對詞體的運用。相比之下，雜劇受到其固有體制的限制，在兼採詩詞用於劇本創作方面自然無法與明傳奇相抗衡。

一　雜劇：創作傾向和戲曲體制的雙重影響

明雜劇詞體運用的罕見性，就戲曲創作而言，主要出於以下兩個方面的因素。

第一是受曲白相分的創作傾向的影響。具體來說，「曲白相分」的

創作傾向具有兩種形式：一是從內容或篇幅來看，表現為「重曲輕白」；二是從風格來看，表現為「曲雅白俗」——曲多典雅，白宜淺近。

「重曲輕白」多為元雜劇的特徵。元雜劇「重曲輕白」是一個已被研究者所接受的事實。李漁在《閒情偶寄》專論賓白的一章中便已指出：

> 自來作傳奇者，止重填詞，視賓白為末著。常有「白雪陽春」其調，而「巴人下里」其言者，予竊怪之。原其所以輕此之故，殆有說焉。元以填詞擅長，名人所作，北曲多而南曲少。北曲之介白者，每折不過數言。即抹去賓白而止閱填詞，亦皆一氣呵成，無有斷續。……在元人，則以當時所重不在於此，是以輕之。[1]

作為戲曲作家，李漁自然也十分重視戲曲賓白的創作。他對於元人雜劇不重賓白現象的揭示，是為他闡明「曲白相生」之說所立的靶子。但他的這種揭示無疑為我們認清元雜劇賓白的特徵提供了某種指向性。當今的研究者對此的認識更為清晰。如徐樹恒《關於元人雜劇的賓白》（文載《中國古代戲曲論集》，中國展望出版社 1986 年版）一文即從理論和實踐的兩方面，論證了元雜劇的賓白相對而言是較為簡陋的。

明人的雜劇創作對元人「重曲輕白」的創作傾向有所矯正。明代前期的雜劇創作，既出現了作品以大量的賓白交代情節背景，如永樂間楊訥的《馬丹陽度脫劉行首》；也出現了以朱有燉的雜劇作品為代表的一折全賓的作品。但是這種矯正並不意味着明雜劇的賓白在風格上一改「曲雅白俗」的特徵。可以說，明雜劇的「曲白相分」更主要的表現在曲多典雅、白宜淺近這一形式上。明人雜劇創作承元人雜劇而來，關於元人雜劇的賓白，臧懋循編《元曲選》時曾說：

1　李漁《閒情偶寄》卷三，《中國古典戲曲論著集成》本，第 7 冊第 51 頁。

> 或又謂元取士有填詞科，若今帖括然。取給風檐寸晷之下，故一時名士，雖馬致遠、喬孟符輩，至第四折往往強弩之末。或又謂主司所定題目外，止曲名及韻耳；其賓白則劇演時伶人自為之，故多鄙俚蹈襲之語。[2]

臧氏所謂賓白乃伶人所加的說法，近人多持相反的觀點，如王國維《宋元戲曲史》便指出臧氏之說不足信。但他對於元人雜劇賓白「多鄙俚蹈襲之語」的概括則有一定的道理。王驥德在《曲律‧雜論》中也指出：「元人諸劇，為曲皆佳，而白則猥鄙俚褻，不似文人口吻。」[3]臧、王二人提出元雜劇賓白「猥鄙俚褻」的特點，恐怕很大程度上是受到了與明傳奇相比較的影響。我們知道，自明代中葉起，文人化之後的傳奇，其賓白也漸趨文雅。如果以明傳奇的賓白創作為參照對象，那麼明人眼中的元雜劇之賓白自然是「猥鄙俚褻」的。從明人的雜劇賓白的創作來看，雖不至於到「猥鄙俚褻」的程度，但多俚俗淺近也是不可否認的事實。從功能上來說，曲多抒情，白重敘事。由於主要承擔敘說情節背景，交代人物活動環境的功能，賓白的語言多接近生活，簡單明快。正是受到這一創作傾向的影響，雜劇賓白運用韻文的手法是相對較少的。詞這一文體自然也不例外。

二 傳奇：愛情劇和文詞派創作的雙重呈現

詞體重抒情的文體特徵，一定程度上規定了以愛情或言情為題材類型的傳奇，更傾向於運用詞作來輔助劇情編排和人物刻畫。明代中葉以後大量言情劇的出現，是明傳奇創作普遍運用詞體的重要原因之一。

2　臧晉叔《元曲選》自序，中華書局 1989 年版，第 3 頁。

3　王驥德《曲律》卷三，《中國古典戲曲論著集成》本，第 4 冊第 148 頁。

　　不同文體所具有的特徵、風格和表現手法存在着顯著的差異。所謂「詩緣情」，「賦體物」，從文體特徵而言，詩歌以抒發情志為主。詞是一種抒情詩體，相比於以古、近體詩為代表的狹義上的詩體，詞體因為有擇調、分片、長短句運用等特點，往往更適於情感的自由抒發。宋人沈義父的《樂府指迷》謂：「作詞與詩不同，縱是花卉之類，亦須略用情意；或要入閨房之意。」[4] 清人田同之也指出詞體更易於抒發情感的特性，他在《西圃詞說》中概括了詩詞風格的不同：「詩貴莊而詞不嫌佻。詩貴厚而詞不嫌薄。詩貴含蓄而詞不嫌流露。」[5] 詩歌無疑也離不開情，但它強調的多為境界之開闊，意味之深厚；而詞在抒情言志時往往流露自然，展現淋漓。

　　既然詞體具有適於抒情的特徵，那麼明人在傳奇創作中，不同題材類型的作品對於詞體運用的傾向性是否也存在差異？出於這種思考，我們考察了運用 15 首詞作以上的傳奇作品，並列出這些作品的作成時間和題材類型：

表 2-1　明傳奇用詞數量 16 首以上的劇作一覽表

序號	作家	作品	體制	存詞數量	傳奇作成時間	題材類型
1	無名氏	《鳴鳳記》	四十一齣	31	隆慶至萬曆初年	時事劇
2	湯顯祖	《紫釵記》	五十三齣	30	萬曆十五年丁亥（1587）後	愛情劇
3	鄭之珍	《勸善記》	一百〇四齣	28	萬曆七年己卯（1579）前	教化劇
4	徐復祚	《投梭記》	三十二齣	24	約萬曆末	歷史劇

4　沈義父《樂府指迷》，《詞話叢編》本，第 1 冊第 281 頁。

5　田同之《西圃詞說》，《詞話叢編》本，第 2 冊第 1452 頁。

（續上表）

序號	作家	作品	體制	存詞數量	傳奇作成時間	題材類型
5	陸采	《懷香記》	四十齣	22	約嘉靖初	愛情劇
6	金懷玉	《望雲記》	三十八齣	22	約萬曆中	歷史劇
7	李開先	《寶劍記》	五十二齣	20	嘉靖二十六年丁未（1547）	忠奸劇
8	沈鯨	《雙珠記》	四十六齣	19	約成化、弘治間	教化劇
9	湯顯祖	《紫簫記》	五十五齣	19	萬曆五年丁丑（1577）至萬曆七年己卯（1579）	愛情劇
10	沈璟	《紅蕖記》	四十齣	19	約萬曆中	愛情劇
11	湯顯祖	《牡丹亭》	三十四齣	19	萬曆二十六年戊戌（1598）	愛情劇
12	無名氏	《伍倫全備記》	二十九齣	18	約成化、弘治間	教化劇
13	陸采	《明珠記》	四十三齣	18	約正德十年乙亥（1515）	愛情劇
14	梅鼎祚	《玉合記》	四十齣	18	萬曆十二年甲申（1584）	愛情劇
15	邵燦	《香囊記》	四十二齣	17	約成化、弘治間	教化劇
16	鄭若庸	《玉玦記》	三十六齣	17	約嘉靖六年丁亥（1527）	教化劇
17	心一山人	《玉釵記》	四十四齣	17	約萬曆初	愛情劇
18	紀振倫	《西湖記》	四十三齣	17	約萬曆中	愛情劇
19	孟稱舜	《嬌紅記》	五十齣	16	崇禎十一年戊寅（1639）前	愛情劇

說明：

（一）上表排序以存詞數量的多少為主要依據，以傳奇作成時間為輔助依據，按存詞數量的多少降序排列，存詞數量相同的作品則以作成時間的先後順序排列。

（二）關於劇作題材類型的分類，主要以主體內容和作家所要表達的思想主旨為判斷依據。如沈鯨《雙珠記》，全劇雖無明顯說教的內容，其中也展現了郭氏對愛情的忠貞，但從劇作主旨上來說，《雙珠記》帶有明顯的教化目的，劇末散場詩云：「忠孝賢貞具體秉彝，雙珠離合更神奇。明王超格頒恩寵，留得餘風作世雄。」可知作者借此劇所要宣揚的乃是「忠孝賢貞」的倫理綱常，因此歸入教化劇一類。

（三）部分作品戲曲體制及作成時間的說明。《鳴鳳記》一劇作者之爭議，前文已大致陳說。關於此劇的作成時間，因劇中敘寫嘉靖至隆慶初夏陽、楊繼盛等人與嚴嵩一黨的鬥爭，多半紀實，因此該劇的作成時間不會早於隆慶初。《群音類選》官腔類卷十三又收有該劇《二臣哭夏》、《妻妾分別》等曲文，一般認為胡文煥編選的《群音類選》刊刻時間為萬曆二十一年癸巳（1593）至萬曆二十四年丙申（1596）間，據此可推測，《鳴鳳記》作於隆慶至萬曆初年。湯顯祖《紫釵記》、《紫簫記》、《牡丹亭》三劇作成時間參徐朔方《玉茗堂傳奇創作年代考》，文載《湯顯祖年譜》（上海古籍出版社 1980 年版）。《勸善記》，全名《目連救母勸善記》。分上、中、下三卷，每卷均有卷首和開場詞，也可視為三本傳奇疊合而成。全本目錄為一百齣，實為一百零四齣。此劇卷首有作者鄭之珍自序，署「時萬曆壬午孟秋月，高時山人鄭之珍書」，可知該劇刊於萬曆十年壬午（1582）。又有葉宗春《〈敘勸善記〉》，署「時萬曆己卯歲首春之吉，……葉宗春拜書」，據此可知《勸善記》於萬曆七年己卯（1579）之前已經作成。陸采《明珠記》、鄭若庸《玉玦記》二劇的作成時間，參徐朔方《陸粲陸采年譜》、《鄭若庸年譜》、《高濂行實紀年》，三文均載《徐朔方集・晚明曲家年譜》（浙江古籍出版社 1993 年版）。

上表所列出的運用了 16 首詞作以上的明代傳奇作品，以題材為分類依據，分為教化劇、愛情劇、歷史劇、時事劇和忠奸劇。從上表資料加以分析，我們所得到的結論如下：

第一，以敘演愛情故事為題材類型的作品更傾向於使用詞體。從題材類型上看，表中所列出的 19 種傳奇作品中，愛情劇共 10 種，教化劇共 5 種，歷史劇共 2 種，時事劇和忠奸劇各 1 種。在存詞量較多

的傳奇作品中，愛情劇佔一半數量。在這些愛情劇中，詞作的運用往往與情節設置、人物塑造密切相關。比如陸采的《懷香記》，此劇敘演貴族小姐賈午與韓生的愛情故事，對賈午的形象塑造尤具特色。第六齣《繡閣懷香》描寫賈午蘭房傷春，獨守空閨的苦悶，用了一首《生查子》作為人物上場詞，於出場便給人一個深刻的閨秀印象：

> 【生查子】〔旦〕林外鳥鳴春，聲急驚人起。花霧潤侵肌，衣怯黃金縷。　〔貼〕紫陌動芳塵，車馬多遊侶。莫作婦人身，無任傷春苦。[6]

這首詞用的是二人輪流誦唸的形式，上闋多寫景，由旦腳賈午所唸，而下闋大膽抒情，雖由貼腳來誦唸，但所傳遞的卻仍是賈午的情緒。而到了第十五齣《春閨寄簡》，賈午的上場詞完全由她一人獨唸：

> 【憶秦娥】花深深，一鉤羅襪行花陰。行花陰，閒將柳帶，試結同心。　耳邊消息空沈沈，畫眉樓上愁登臨。愁登臨，海棠開後，望到如今。[7]

在這裏，賈午對韓生已是每日相思，劇作開始時含蓄的傷春之情也已經演化為對愛情的大膽追求和熱烈渴望。

與《懷香記》相類似，表格中另外兩部愛情劇在表現女主人公懷春少女的形象時，均選擇了上場詞而非上場詩。梅鼎祚《玉合記》第三齣、沈璟《紅蕖記》第七齣均用了旦、貼（小旦）輪唸的形式誦唸了一闋《臨江仙》：

> 〔旦〕幽閨欲曙聞鶯囀，紅窗月影微明。好風頻謝落花聲。
> 〔貼〕隔幃殘燭，猶照綺屏箏。　〔旦〕繡被錦茵眠玉暖，炷香斜

6　陸采《懷香記》，《六十種曲》本，第 5 冊第 13 頁。
7　陸采《懷香記》，《六十種曲》本，第 5 冊第 40 頁。

嫋煙輕。淡蛾羞斂不勝情。〔貼〕暗思閒夢，何處逐雲行。[8]

　　〔小旦〕一望秋光瀲灩平，千重媚臉初生。〔旦〕玉釵低壓鬢雲橫。半垂羅幕，相映燭光明。　〔小旦〕應是有心投漢佩，〔旦〕低頭但理秦箏。〔小旦〕燕雙鶯偶不勝情。〔旦〕只愁明發，何處逐雲行。[9]

　　這兩首詞均套改自毛熙震的《臨江仙》而來，原詞為：「幽閨欲曙聞鶯囀，紅窗月影微明。好風頻謝落花聲。隔幃殘燭，猶照綺屏箏。繡被錦茵眠玉暖，炷香斜嫋煙輕。淡蛾羞斂不勝情。暗思閒夢，何處逐行雲。」梅鼎祚引用原詞，而沈璟的改作則不露痕跡。關於毛熙震的這首《臨江仙》，陳廷焯在論述「閒情之作不易工」時，曾說：

　　　　閒情之作，雖屬詞中下乘，然亦不易工。蓋摹色繪聲，難着筆。第言姚冶，易近纖佻。兼寫幽貞，又病迂腐。然則何為而可，曰：根底於《風》、《騷》，涵泳於溫、韋，以之作正聲也可，以之作豔體亦無不可。古人詞如毛熙震之「暗思閒夢，何處逐雲行」。……似此則婉轉纏綿，情深一往，麗而有則，耐人玩味。[10]

毛熙震的這首詞雖寫閨情，但不至輕浮纖佻，在於所寫之情幽深婉轉。梅鼎祚、沈璟套改這首詞用來展現旦角的懷春閨思，正是出於抒情性詞體更適於傳達這種情感的考慮。

　　第二，從劇本的作成時間來看，傾向於運用詞作的愛情劇，多作於嘉靖、萬曆年間，這恰好與明傳奇「文詞派」活躍的時間相一致。明傳奇「文詞派」，也稱為「駢儷派」。一般認為，成化、弘治間作有《香囊記》的邵燦為該派先驅，而正德、嘉靖間的鄭若庸首開此派，

8　梅鼎祚《玉合記》，《六十種曲》本，第6冊第5頁。
9　沈璟《紅蕖記》，《沈璟集》本，上冊第21頁。
10　陳廷焯《白雨齋詞話》卷五，《詞話叢編》本，第4冊第3886頁。

經嘉靖、隆慶間梁辰魚、張鳳翼、李開先、陸采等人的繼承發展，至萬曆間屠隆、梅鼎祚的創作而迎來高峰。文詞派的傳奇創作以文雅綺麗的語言風格為主要特點，這種風格不僅表現在曲文的創作上，同時兼及賓白的書寫。除該派上述成員的創作明顯體現這種風格外，沈璟的處女作《紅蕖記》和湯顯祖的早期作品《紫簫記》、《紫釵記》，也在一定程度上展現出了與該派的審美取向相一致的創作風貌。王驥德《曲律》認為沈璟「《紅蕖》蔚多藻語。《雙魚》而後，專尚本色」[11]，評論湯顯祖《紫簫記》、《紫釵記》二劇「第修藻豔，語多瑣屑」[12]。呂天成《曲品》也指出《紅蕖記》「着意鑄裁，曲白工美」[13]，評《紫簫記》、《紫釵記》時也認為前者「琢調鮮華，煉白駢麗」[14]，後者「仍《紫簫》者不多，然猶帶靡縟」[15]。由此可見，上表中可視為文詞派風格的傳奇作品不但包括陸采、梅鼎祚等該派成員的愛情劇，也包括邵燦、鄭若庸、李開先等成員的非愛情劇，甚至還包括了湯、沈二人的早期作品。

綜上所述，明傳奇運用詞體的普遍性，一方面與傳奇作品的題材密切相關，另一方面也取決於戲曲作家的個人選擇。從具體的作家和作品運用詞作的情況來看，愛情劇無疑是體現傳奇作品運用詞體的主要類型，而文詞派的創作則是運用詞體普遍性的集中體現。

11　王驥德《曲律》卷四，《中國古典戲曲論著集成》本，第 4 冊第 144 頁。

12　王驥德《曲律》卷四，《中國古典戲曲論著集成》本，第 4 冊第 165 頁。

13　吳書蔭《曲品校註》，第 201 頁。

14　吳書蔭《曲品校註》，第 219 頁。

15　吳書蔭《曲品校註》，第 220 頁。

第二節　明代戲曲中詞作的雅俗之分

　　就詞的審美特徵和藝術風格而言，詞體一般可以分為雅詞和俗詞兩大類。對於文學作品的雅俗之分，從創作主體和接受者的角度來說，尚雅的作品多為集中於文人士大夫階層之中，而淺俗的文學多流行於民間，由平民階層創造，面向大眾。當然，這樣的階層之分並不是絕對的。自中唐始，文學藝術的古典傳統便開始受到俗文化的衝撞；宋元以來的文人士大夫，其意識和觀念進一步受到市民力量的影響，並開始參與市民文學或俗文學的創造。從詞史的角度來看，唐宋詞在雅化之前原是民間教坊樂工歌妓所唱的詞，是民間性和通俗化文學的代表。唐宋文人的詞創作中也多呈現與世俗生活和民間風情密切相關的審美趣味。儘管到了南宋，詞體最終走向了典雅化，但不能否認的是，無論是從宏觀詞史的角度，還是以作家個人創作的情況來看，詞之雅俗之分始終存在。就戲曲而言，作為一種主要面向平民階層的文學樣式，相比於詩文，更易於受到俗文化及市民審美趣味的影響。戲曲藝術中雅與俗的分化、並存的現象尤其顯著，且體現在多個方面。本節即以雅詞和俗詞為切入點，來探討明代戲曲中詞作雅俗分化的現象。

一　戲曲中雅詞與俗詞概念之界定

　　對文學作品雅俗區分，由於作品自身審美特徵和藝術風格的多樣性以及研究者理解和闡釋的主觀性，往往無法找到一條涇渭分明的界線。但在具體的操作層面，我們仍然可以通過作品所展示的思想內容以及表達這些內容的形式等諸方面作為標準來進行界分。單純從詞這一文體而言，對其雅俗之別的判斷，我們無法繞開以往對於唐宋詞雅

俗之辨的既有觀點；從研究對象的特殊性出發，對於明代戲曲中雅詞與俗詞之分，又須結合戲曲創作的具體實際。總的來說，可以從以下幾個方面來對明代戲曲中詞作的雅俗之分進行界定。

第一是內容方面。從詞作所體現的思想內容來看，雅詞多表現劇中人物的思想情志，內容往往合乎詩教；俗詞多呈現平民的市井生活和情感，題材多樣。

作為唐代新興的文學，詞原是民間教坊樂工歌妓所唱的歌詞，托體不尊。宋人對其進行雅化的過程中，首先需要找到一個思想內容上的規定性。南宋張炎《詞源》謂：「詞欲雅而正，志之所之，一為情所役，則失其雅正之音。」[16] 張炎認為詞欲雅正，必須情讓位於志。這裏所謂的「志」，指主體所表達的情志；而「情」則是男女風月之情。然而張炎對於「情」並未一味排斥，而是有選擇的接受：「簸弄風月，陶寫性情，詞婉於詩、蓋聲出鶯吭燕舌間，稍近乎情可也。若鄰於鄭衛，與纏令何異也。……燕酣之樂，別離之愁，回文題葉之思，峴首西州之淚，一寓於詞。若能屏去浮豔，樂而不淫，是亦漢魏樂府之遺意。」[17] 可見，張炎並不否定詞的抒情特質，只是在表達情感之時，須做到「屏去浮豔，樂而不淫」，使作品的思想內容合乎「樂而不淫，哀而不傷」的詩教規範。詞中「崇雅」之風自南宋始，至清代，又有浙西詞派承張炎之餘緒，尊尚雅正詞風，推崇姜夔、張炎。朱彝尊後，浙西詞派主力厲鶚力倡雅正的同時也強調借助「尊體」的觀念來提升詞格。其《群雅詞序》謂：「詞源於樂府，樂府源於詩。四詩大、小雅之材，合三百有五。材之雅者，風之所由美，頌之所由成。由詩而樂府而詞，必企夫雅之一言而可卓然自命為作者。……詞之為體，

16　張炎《詞源》卷下，《詞話叢編》本，第 1 冊第 266 頁。

17　張炎《詞源》卷下，《詞話叢編》本，第 1 冊第 263－264 頁。

委曲嘽緩，非緯之以雅，鮮有不與波俱樂靡，而失其正者矣。」[18] 厲鶚之所以要通過追根溯源的方式，理清詩、樂府、詞三者之間的關係，其所求無非是要為詞找到雅樂的根基，符合「禮義」的精神。詞人和詞論家對於雅詞的定義，從思想內容上來說，既是對詞格雅正的要求，也暗含了對創作主體人格「中正」的訴求。

詞壇對於雅詞在思想內容上的規定，對於判斷戲曲文學中詞作的雅俗之別仍為可循之道。就不同文體在思想主旨方面的趨同性而言，戲曲在有益風化的題材選擇上，無疑與詞尚雅正是殊途同歸的。朱權《太和正音譜》指出了倫理教化這一鮮明標準：

> 禮樂之盛，聲教之美，薄海內外，莫不咸被仁風於帝澤也，於今三十有餘載矣。近而侯甸郡邑，遠而山林荒服，老幼瞽盲，謳歌鼓舞，皆樂我皇明之治。夫禮樂雖出於人心，非人心之和，無以顯禮樂之和；禮樂之和，非自太平之盛，無以致人心之和也。故曰「治世之音安以樂，其政和」。是以諸賢形諸樂府，流行於世，膾炙人口，鏗金戛玉，鏘然播乎四裔，使鴃舌雕題之氓，垂髮作衽之俗，聞者靡不忻悅。雖言有所異，其心則同。聲音之感於人心大矣。[19]

既然戲曲作品帶有「致人心之和」的教化論訴求，那麼在這些作品中，劇作家對劇中人物的塑造也必須合乎禮教的規範。

相比於雅詞多表現文人具有較為深刻內涵的主題，俗詞在思想內容方面更接近中下層民眾易於接受的世俗生活題材。詞本是民間文學，在它誕生之初便具有通俗性的特點，經文人創作逐漸雅化之後，才得登上大雅之堂。對於俗詞概念之界定，在內容題材方面，我們首

18　厲鶚《樊榭山房集·文集》卷四，上海古籍出版社 1992 年版，上冊第 755 頁。

19　朱權《太和正音譜》自序，《中國古典戲曲論著集成》本，第 3 冊第 11 頁。

先需要擯棄的一個觀念是俗詞多為描寫男女之情的豔情之作及市井街巷的戲謔之作。這一看法相對片面，忽視了俗詞題材多樣性的特點。儘管詞在晚唐五代出於應歌之需要，總體的創作傾向趨於豔情一路，但隨着社會文化形態複雜化和層次化的演進，尤其到了宋元時期，俗詞的創作主題更趨多樣化。在男女豔情的傳統書寫之外，還包括市井生活的描繪、勸世思想的表達、日用口訣的概括等等。總的來說，俗詞所展現的內容主題多為源自於民間，易於被平民大眾所接受。相比於雅詞多用以體現文人雅趣，抒發文人情志，俗詞在審美功能上突出表現為娛樂化、消遣化和功用化。

　　第二是形式方面。從詞作的語言風格和表達方式來進行區分，雅詞的語言多典雅蘊藉，言情達意含蓄婉轉，俗詞則俚俗淺近，表達詞意直白明快。詞論家對於詞作雅俗之分在語言風格方面往往崇雅黜俗。沈義父《樂府指迷》在論作詞之法時，曾提出作詞的幾條原則：「下字欲其雅，不雅則近乎纏令之體。用字不可太露，露則直突而無深長之味。」[20] 其後在評論康與之、柳永、孫惟信等人的詞作得失時，明確指出了他們語句俚俗的缺陷：「康伯可、柳耆卿音律甚協，句法亦多有好處。然未免有鄙俗語。……孫花翁有好詞，亦善運意。但雅正中忽有一兩句市井句，可惜。」[21] 那麼，如何才能做到語言雅正呢？沈氏提出了「古雅」的主張：「吾輩只當以古雅為主，如有嘌唱之強不必作。且必以清真及諸家目前好腔為先可也。」[22] 這種主張是藉助品讚周邦彥的詞作而進行闡發的。沈氏極力推崇清真詞，他指出「凡作詞，當以清真為主。蓋清真最為知音者，且無一點市井氣。下字運意，皆

20　沈義父《樂府指迷》，《詞話叢編》本，第 1 冊第 277 頁。

21　沈義父《樂府指迷》，《詞話叢編》本，第 1 冊第 278 頁。

22　沈義父《樂府指迷》，《詞話叢編》本，第 1 冊第 283 頁。

有法度，往往自唐宋諸賢詩句中來，而不用經史中生硬字面，此所以為冠絕也」[23]。在他看來，雅詞的審美特徵主要體現在「下字運意」的語言藝術上，這就意味着對於作詞者而言，既要富有風流儒雅的情致，更重要的是要具備一定的文學功底。因此雅詞往往作於文人之手，而俗詞雖多出於民間寫手，但也有文人參與的創作。

當然，沈義父所謂的「下字運意」，也涉及到對詞作言情達意的表達方式的處理。就這一點來說，論家認為雅詞多含蓄婉轉，不似俗詞之直露明白。沈氏亦提出「不可直說」的說法，認為「煉句下語，最是緊要，如說桃，不可直說破桃，須用『紅雨』、『劉郎』等字。……往往淺學俗流，多不曉此妙用，指為不分曉，乃欲直捷說破，卻是賺人與耍曲矣。如說情，不可太露。」[24]陳廷焯《白雨齋詞話》也以雅俗之別評價晏幾道詞「曲折深婉」的形式特徵：「『從別後、憶相逢。幾回夢魂與君同。今宵剩把銀釭照，只剩相逢在夢中。』曲折深婉，自有豔詞，更不得不讓伊獨步。視永叔之『笑問雙鴛鴦字怎生書』、『倚欄無緒更兜鞋』等句，雅俗判然矣。」[25]陳廷焯認為同樣是豔詞，晏幾道的詞委婉含蓄，意趣近雅，而歐陽修的詞表達直露，體格趨俗。由此可見，詞人對於作品的雅俗之別在形式方面是有較為清晰的認識的。

在戲曲正文中，詞作一般是戲曲賓白的組成部分，而賓白也存在明確的雅俗之分。《南詞敘錄》評高明《琵琶記》即指出該劇「用清麗之詞，一洗作者之陋，於是村坊小伎，進與古法部相參，卓乎不可及已」[26]。高明於元至正五年乙酉（1345）考取進士，以這種身份創作南

23　沈義父《樂府指迷》，《詞話叢編》本，第 1 冊第 277－278 頁。

24　沈義父《樂府指迷》，《詞話叢編》本，第 1 冊第 280 頁。

25　陳廷焯《白雨齋詞話》卷一，《詞話叢編》本，第 4 冊第 3782 頁。

26　徐渭《南詞敘錄》，《中國古典戲曲論著集成》本，第 3 冊第 239 頁。

戲，從某種程度上來說確有一改「士夫罕有留意者」的意味。而對於元末明初其他的戲曲作品，《南詞敘錄》也作了簡單的雅俗判別：

> 南曲固是末技，然作者未易臻其妙。《琵琶》尚矣，其次則《玩江樓》、《江流兒》、《鶯燕爭春》、《荊釵》、《拜月》數種，稍有可觀，其餘皆俚俗語也；然有一高處：句句是本色語，無今人時文氣。[27]

《南詞敘錄》認為就戲曲藝術而言，《琵琶記》最佳，《荊釵》、《拜月》等劇次之，其餘諸作語言多俚俗不可觀。更為重要的一點解讀是，與詞人及詞論家多一味崇雅黜俗不同，曲家雖然也重視戲曲語言的藝術特徵，但並不否定語言質樸平實的妙處 —— 接近中下層民眾的審美趣味和接受習慣。南戲《伍倫全備記》第一齣《副末開場》恰好對此作了註腳：

> 今世南北歌曲，雖是街市子弟、田里農夫，人人都曉得唱唸，其在今日亦如古詩之在古時，其言語既易知，其感人尤易入。[28]

從這個意義上來說，明代戲曲賓白藝術中的雅俗之分與重文飾藻麗及崇當行本色之大分歧是同質異構的。前者為明代中後期文詞派的傳奇作家所崇尚，重視賓白的典雅綺麗，而後者則有相當一部分重視戲曲舞臺藝術的作家予以支持，強調賓白的質樸通俗。因此，從戲曲的通俗文學特徵和曲家對於這種特徵的清晰認識和自覺追求上來看，明代戲曲中詞作的審美特徵在雅俗分化的基礎上更傾向於通俗平易。

　　綜上所述，我們認為，對於戲曲中詞作雅俗概念的界分，從思想內容和語言、形式兩個方面作為區分標準是較為合理的。就思想內容

而言，雅詞多表現劇中人物的思想情志，內容往往合乎詩教；俗詞多呈現平民的市井生活和情感，題材多樣；從語言運用和表達形式上來看，雅詞多典雅蘊藉，言情達意含蓄婉轉，俗詞則俚俗淺近，表達詞意直白明快。另一方面，從文體的角度來說，詞與戲曲兩種文體在內容和形式兩方面的審美特徵，是具有一定的相似性的。這種相似性也為我們判斷詞作的雅俗特徵提供了一定的借鑒意義。

二　雅詞創作的主動選擇與被動呈現

就創作主體而言，相對於詞人創作的「專業化」，明代曲家在戲曲作品中的詞創作極大部分可以看作是一種「業餘化」的創作。這種創作隊伍的業餘性，一方面源於戲曲創作文人和坊間藝人並存的現象，另一方面也是因為詞在戲曲創作中的從屬地位 —— 即曲家所苦心經營的往往是在於曲詞，雖然明人也重視賓白藝術的運作，但總的來說，詞在戲曲中仍處於次要的地位，這從明清曲論中鮮有關於賓白藝術的探討即可窺知。

雅詞的創作主體主要為文人群體，關於這一點，前文已述。而戲曲中詞作的創作隊伍多為非專業詞人，這種創作主體上的落差，必然導致戲曲中雅詞所呈現的風貌與傳統意義上唐宋雅詞的創作是有一定差異的。從創作的角度來講，明代戲曲中雅詞的創作主要有「主動選擇」與「被動呈現」兩個方面的特徵。

所謂「主動選擇」，即曲家具有創作及運用雅詞的自主意識，這類詞作多為原創作品。如前所述，明代前期的戲曲作品多屬「士夫罕有留意者」，在文人尚未染指之前，明代戲曲尤其是傳奇作品的語言風格往往俚俗淺近。戲曲審美趣味的文人化和語言風格的典雅化，大致在明代中期開始出現，以文詞派的興起為主要標誌。從文詞派戲曲

創作中的詞作運用來看，明人在對傳奇由宋元戲文逐漸改良的過程中，伴隨着語言風格的嬗變，曲家對於劇中詞作的運用已經開始出現追求典雅的趨向。一般被認為是文詞派先驅的邵燦，在其《香囊記》一劇中便已經創作了具有文人意趣的詞作，如該劇第八齣《投宿》有一首《畫堂春》：

> 〔生〕聲聲杜宇怨殘春，不堪遊子初聞。〔外〕感時傷別倍思親，幾度消魂。　〔末〕飛絮欲隨去騎，落花應戀征輪。〔淨〕解衣今夜宿江村，沽酒論文。[29]

該詞為生腳張九成、外腳高八座、淨腳吳三杯所唸，三人互為學友，所言說的內容多顯文人氣息。從上詞也可窺知，邵燦在劇中所填之詞往往運用駢對和典故。如第二齣《慶壽》中的《鷓鴣天》詞中「洙泗千年道不傳，淵微至理在遺編」二句的用典，第七齣《題詩》中也有《鷓鴣天》一詞，「停驂漫許遊人醉，抱甕無妨稚子睑」二句即顯示出駢儷的特色。邵燦刻意追求典雅文飾的特色，符合文人崇尚雅致，展示才學的作風。對於這點，《南詞敘錄》指出：

> 《香囊》乃宜興老生員邵文明作，習《詩經》，專學杜甫，遂以二書語句勻入曲中，賓白亦是文語，又好用故事作對子，最為害事。……至於效顰《香囊》而作者，一味孜孜汲汲，無一句非前場語，無一處無故事，無復毛髮宋元之舊。[30]

《南詞敘錄》主張戲曲語言應重本色，故在此處用批判的眼光看待《香囊記》，指責此劇賓白多用文語，好用典故作駢儷之詞，全為案頭之作，不適合搬演。王驥德《曲律》也說：

29　邵燦《香囊記》，《六十種曲》本，第 1 冊第 21 頁。

30　徐渭《南詞敘錄》，《中國古典戲曲論著集成》本，第 3 冊第 243 頁。

曲之始，止本色一家……自《香囊記》以儒門手腳為之，遂濫觴而有文詞家一體。近鄭若庸《玉玦記》作，而益工修詞，質幾盡掩。[31]

邵燦之後，文詞派歷經沈齡、鄭若庸、李開先、陸采、張鳳翼等人的繼承發揚，於萬曆間，梅鼎祚、屠隆掀起該派高潮。文詞派的戲曲創作追求曲白的典雅綺麗，以顯文人的審美趣味。在賓白設計方面，該派成員的戲曲作品多用雅詞以顯文采，試舉幾例：

山陽忽奏桓伊弄，驚回一覺揚州夢。蟲語自淒涼，遊人增感傷。　家園煙樹眇，獨雁南來早。何處覓佳音，關河起戰塵。（《重疊令》，鄭若庸《玉玦記》第十九齣《赴試》）[32]

宮袍新蕆，御爐香殘。不知薰麝蘭。八磚晴日度雕簷，紫薇花影圍。　簫引鳳，鏡羞鸞。梨雲幽夢寒。故園長望路漫漫，相思楓葉丹。（《阮郎歸》，鄭若庸《玉玦記》第二十三齣《接望》）[33]

楓老丹明，蘭凋翠委，一聲歸雁來天際。長城萬里素書沉，天河一帶黃雲蔽。　殘鏡慵窺，危樓病倚，教人望斷青絲綺。天涯遊子不歸來，北堂萱草時光逝。（《踏莎行》，李開先《斷髮記》第二十四齣《老王回音》）[34]

萬戶傷心生野煙。千門空對舊河山。紅衣落盡暗香殘。　幾處吹笳明月夜，何人倚劍白雲天。百年多在別離間。（《浣溪

31　王驥德《曲律》卷二，《中國古典戲曲論著集成》本，第 4 冊第 121－122 頁。

32　鄭若庸《玉玦記》，《六十種曲》本，第 9 冊第 59 頁。

33　鄭若庸《玉玦記》，《六十種曲》本，第 9 冊第 71 頁。

34　李開先《斷髮記》卷下，《古本戲曲叢刊五集》本，上海古籍出版社 1985 年版，第 3 冊第 5a 頁。

沙》，梅鼎祚《玉合記》第二十三齣《祝髮》）[35]

從這些詞作所呈現的審美特色來看，除了上文提到的用典之外，劇中的雅詞還體現為以下幾點：首先，劇中的雅詞注重意象的運用，鄭若庸《菩薩蠻》一詞中的「蟲語」，《阮郎歸》一詞中的「梨雲」，俱為雅語。其次，注重詞境的開闊，如李開先「長城」、「天河」二句的聯繫，「天涯」、「北堂」二句的對比。第三，取法唐詩。唐人詩格往往雅正，詞人以詩法作詞也是雅詞的一路。正如上文提到沈義父評周邦彥詞無一點市井氣時所指出的：「下字運意，皆有法度，往往自唐宋諸賢詩句中來。」[36] 清人王士禎也說：「詞中佳語，多從詩出。」[37] 上引陸采的《浣溪沙》、梅鼎祚的《浣溪沙》二闋詞，便徑直取自唐人詩句。陸采一詞六句分別襲自杜甫《嚴公仲夏枉駕草堂兼攜酒饌得寒字》、杜甫《公安送韋二少府匡贊》、李賀《同沈駙馬賦得御溝水》、李端《宿淮浦憶司空文明》、杜甫《遠懷舍弟穎觀等》、岑參《暮春虢州東亭送李司馬歸扶風別廬》；梅鼎祚一詞六句分別襲自王維《菩提寺私成口號》、劉長卿《上陽宮望幸》、羊士諤《郡中即事三首（其二）》、李益《過五原胡兒飲馬泉》、盧綸《赴虢州留別故人》。由於是對唐人詩句的重組運用，這些集句詞往往帶有唐詩的雅正的格調。從原創性而言，集句詞比套改前人單篇詞作更帶有自主創作的意識。浙西詞派朱彝尊、厲鶚的集句詞被視為正常的詞創作，即是佐證。因而，我們傾向於將戲曲中的集句詞視為曲家帶有主觀創作意識的作品，而對於曲家套改前人單篇詞作的現象歸入下文將要論述的被動呈現的雅詞一類。

如果說原創性雅詞視為曲家製劇趨雅的主動選擇的話，那麼蹈

---

35   梅鼎祚《玉合記》，《六十種曲》本，第 6 冊第 75 頁。

36   沈義父《樂府指迷》，《詞話叢編》本，第 1 冊第 277－278 頁。

37   王士禎《花草蒙拾》，《詞話叢編》本，第 1 冊第 675 頁。

襲唐宋雅詞於一劇之中則是戲曲作品中雅詞的被動呈現。對於劇中賓白韻文的運用，曲家一般有自主原創和蹈襲前作兩種選擇，詞也不例外。清人孫郁《天寶曲史》一劇之凡例中有一條即為：

> 每折承接處，俱選用唐句，若詩餘則依事新撰，不襲用舊本也。[38]

如作者孫郁所言，《天寶曲史》一劇中的詞作俱為新創而非蹈襲之作，反過來也說明曲家在劇中運用詞作蹈襲前人的情況是存在的。據筆者統計，明代戲曲中襲用唐宋舊詞的現象非常普遍（關於這一點將在第五章詳述），這其中也包括蹈襲唐宋雅詞的情況。就文學創作而言，這種用詞之法自然原創性較低，因此明代戲曲中的雅詞借由這一途徑的展現可以視之為被動的呈現。這種呈現最具代表性的就是同一首雅詞被多部作品所襲用的現象。這類詞多以唐宋「名」詞為主，一方面因為這類詞作流傳較廣，多為歷代詞選集所收錄，另一方面也正因為這類詞作的「雅正」之格，所獲評價較高。如秦觀的兩首《踏莎行》，其一為：

> 霧失樓臺，月迷津渡。桃源望斷無尋處。可堪孤館閉春寒，杜鵑聲裏斜陽暮。　驛寄梅花，魚傳尺素。砌成此恨無重數。郴江幸自繞郴山，為誰流下瀟湘去。

該詞被明人襲用的戲曲作品有陸采的《懷香記》（第二十四齣）和張鳳翼的《祝髮記》（第十七折），秦觀的這首詞語言細膩雅致，風格含蓄婉轉，王國維評曰：「少游詞境最為凄婉。至『可堪孤館閉春寒，杜鵑聲裏斜陽暮』，則變而凄厲矣。」[39]另一首為：

38　孫郁《天寶曲史》凡例，《古本戲曲叢刊三集》本，文學古籍刊行社 1957 年版，第 115 冊第 1b 頁。

39　王國維《人間詞話》，《詞話叢編》本，第 5 冊第 4245 頁。

蛩聲泣露驚秋枕，羅幃淚濕鴛鴦錦。獨臥玉肌涼，殘更與夢長。　陰風翻翠幌，瘦澀燈花暗。畢竟不成眠，鴉啼金井寒。

該詞分別被王錂《春蕪記》（第二十齣）、許自昌《節俠記》（第二十三齣）、孟稱舜《二胥記》（第九齣）、陳玉蟾《鳳求凰》（第八齣）所襲用。再如李煜的名作《虞美人》，這首詞融身世之感、故國之思，詞境開闊，語言清麗，實為雅詞中的佳作。明人在創作戲曲襲用前人詞作時，襲用李煜此調者數量最多，雜劇有許潮《裴晉公綠野堂祝壽》、楊之炯《天台奇遇》，傳奇作品則有梁辰魚《浣紗記》、無名氏《鳴鳳記》、張鳳翼《竊符記》、楊柔勝《玉環記》、馮夢龍《灑雪堂》、張琦《詩賦盟》、金懷玉《望雲記》等。明代戲曲以多劇共選唐宋雅詞的現象，從一定意義上來說，是一種特殊的詞選形態。這種詞選形態的出現，與明人創調製曲逐漸趨雅的審美追求相一致。但從創作的角度而言，這種用詞雅致的風格是一種非原創性的、被動的呈現。

綜上所述，明代戲曲中雅詞主要以明人原創和蹈襲前作兩種狀態存在，前者多為曲家製劇趨雅觀念帶動下的自主選擇，後者於劇中襲用前人詞作，這其中又以廣為流傳、頗受好評的雅詞為主，使得唐宋雅詞以被動的方式通過明人劇作得以呈現。

三　俗詞創作題材和功能的類型化

由於戲曲本身即具有濃厚的通俗文學特性，因此俗詞更易於被曲家所運用。從一定意義上來說，明代戲曲中俗詞的廣泛運用，雖然在審美方面展現出文學性的降低，但不可否認，這是一種對詞的本色的回歸。在考慮到戲曲劇本結構對詞作限制和影響的情況下，戲曲中的俗詞體現出了主題類型化和功能化的特點。

從題材類型上來說，主要可以分為勸世風教類、遊藝玩賞類、言

情感懷類、狀物述事類等。

　　第一是勸世、風教類的俗詞。從詞史的角度來看，這類包含勸世、說教內容的詞或可上溯至兩宋詞人的作品，如朱敦儒《西江月》（世事短如春夢）、黃庭堅《西江月》（斷送一生惟有）以及辛棄疾的勸酒詞《沁園春‧將止酒、戒酒杯使勿近》和《沁園春‧城中諸公載酒入山，余不得以止酒為解，遂破戒一醉，再用韻》等作品；此後，金元兩代的全真道人創作了大量通俗易懂的以詞宣揚教義的詞作；到了明代，詞作勸世的功能被很大程度地發揮，如萬曆末至崇禎間的程公遠撰寫的勸世書《醒心諺》二卷。明代戲曲中的這部分詞作基本沿襲此路而來，內容多以臣忠、子孝、妻貞、母賢、友信等正面內容和戒賭、戒酒等反面題材為主，當然也有參透人生，勸誡世人之作。如《伍倫全備記》第二齣於情節中設置的三首《西江月》教化詞：

　　　　自古神仙造酒，將來祭祀筵賓。用時不過兩三巡，豈至常時迷困。　　善性化為兇狼，富家變作艱貧。拋家失業病纏身，一世為人混沌。

　　　　莫戀歌樓妓館，休貪美色嬌聲。分明是個陷人坑，世上呆人不省。　　樂處易生哀悲，笑中真有刀兵。等閒錯腳入門庭，便是蝦蟇落井。

　　　　世上三般敗事，無如賭博為先，任他財寶積如山，不勾賭場數遍。　　輸錢易如覆水，還本難若升天。誰家受用是贏錢？歷數從頭便見。[40]

　　該齣敘寫伍倫全、伍倫備、安克和三兄弟春郊遊玩，安克和分別提出去酒樓、妓館、賭場玩耍，伍倫全則分別以三首《西江月》來勸

40　無名氏《伍倫全備記》卷一，《古本戲曲叢刊初集》本，第 40 冊第 4b–5a 頁。

誠休做「三般敗事」。三詞用語淺近，立意通俗。

再如鄭之珍《目連救母勸善記》，這部典型的教化劇中存有大量的風教詞作，此劇分上、中、下三卷，每卷皆有開場詞和定場詞，可視為獨立的劇本。比如卷上的《鷓鴣天》定場詞即為教化之作：

> 天經地義孝為先，力孝須當自少年。玉食豈如藜藿美，藍袍爭似彩衣鮮。　心上地，性中天，光明螢潔即神仙。浮雲富貴成何事，浪得虛名在世傳。[41]

此劇敘演佛陀弟子目連救母出地獄的佛教故事，因此也往往被視為宣揚孝道的宗教劇。該劇下卷開場詞《鷓鴣天》說道：「日暖風和景物鮮，太平人樂太平年。新編孝子尋娘記，觀者誰能不悚然。搜實跡，據陳編，括成曲調入梨園。詞華不及《西廂》豔，但比《西廂》孝義全。」[42] 由此也可見劇作之立意全在孝義，說明了劇中諸多教化詞作的存在有其結構及功能方面的原因。

與積極風教相對應，勸世類的詞作也存在以參透人生、勸人縱樂為主題，相對消極的作品。這類作品受前人創作影響很大。上文提到的朱敦儒和黃庭堅的兩首《西江月》即為其中代表。朱敦儒原詞為：

> 世事短如春夢，人情薄似秋雲。不須計較苦勞心，萬事原來有命。　幸遇三杯酒美，況逢一朵花新。片時歡笑且相親，明日陰晴未定。

該詞多為明代戲曲所用，如李玉《人獸關》第十七齣就襲用了這首詞，而紀振倫《三桂記》開場詞據朱敦儒原詞套改而來並加以發揮轉為風教之作：

41　鄭之珍《目連救母勸善記》卷上，《古本戲曲叢刊初集》本，第 80 冊第 2a 頁。

42　鄭之珍《目連救母勸善記》卷下，《古本戲曲叢刊初集》本，第 82 冊第 1b 頁。

世事短如春夢，人情薄似秋雲。閒將詩酒樂平生，離合悲歡前定。　休論風花雪月，不談柳綠花陰。且看孝子與賢孫，真個人人難並。[43]

黃庭堅《西江月》原詞為：

斷送一生惟有，破除萬事無過。遠山橫黛蘸秋波。不飲旁人笑我。　花病等閒瘦弱，春愁沒處遮攔。杯行到手莫留殘。不道月斜人散。

該詞為黃庭堅感慨人世之作，作者止酒又開戒，參透人生，釋然自樂的意味十足。邵燦《香囊記》第八齣寫生腳張九成、外腳高八座、淨腳吳三杯飲酒行樂時，即襲用了這首詞。明人原創自製的詞作中，姚茂良《雙忠記》的開場詞當為勸世行樂的代表之作，《滿江紅》詞曰：

幻態如雲，須臾改變成蒼狗。人在世，一年幾度，能開笑口？俗事正猶塵滾滾，今朝掃去明朝有。歎無人、參透利名關，忙奔走。　富與貴，焉能久？貧與賤，當相守。看無常一到，便須分手。聚若青燈花上露，散如郭禿棚中偶。問眼前何物了平生？杯中酒。[44]

李漁《閒情偶寄‧詞曲部》謂：「開場數語，謂之『家門』，雖云為字不多，然非結構已完胸有成竹者，不能措手。……未說家門，先有一上場小曲，如《西江月》、《蝶戀花》之類，總無成格，聽人拈取。此曲向來不切本題，只是勸人對酒忘憂、逢場作戲諸套語。」[45] 姚茂良的這首《滿江紅》即是李漁所謂「勸人對酒忘憂」的套語。詞中所述人生須臾百變、富貴不能長久的觀念體現了否定追求功名、主張及時行

43　紀振倫《三桂記》卷上，《古本戲曲叢刊二集》本，第 58 冊第 1a 頁。

44　姚茂良《雙忠記》卷上，《古本戲曲叢刊初集》本，第 36 冊第 1a 頁。

45　李漁《閒情偶寄》卷三，《中國古典戲曲論著集成》本，第 7 冊第 66 頁。

樂的勸誡態度。

第二是遊藝玩賞類。不同於文人的遊賞，民間的遊藝賞玩多為消遣、娛樂活動，比如踢毽子、蹴鞠一類的題材，是較少見於士大夫的作品中的。李開先在《寶劍記》中寫陸謙、傅安二人各自擅長踢氣球、下棋子，均用兩闋《西江月》作為說明：

〔小外白〕這兩日心間悶倦，你兩個有甚麼本事博戲？耍一耍。

〔丑白〕小人會踢氣球。

〔小外白〕這是我心愛的事，況有家傳。你說來我聽。

〔丑白〕大叔聽我說，有《西江月》為證：巧匠裁成雲錦，幫閒子弟堪誇。綠楊深處襯平沙，低拂花稍謾下。　過論穿臁可愛，丟頭對泛無差。一尖斜挑迸寒霞，不數高臺戲馬。

〔小外白〕好！好！這個正是你我子弟家風。

〔淨白〕你那氣球何足道哉，我下的好棋子，人稱為兩京無對手，四海總寒心。也有《西江月》為證：出手車能衝蕩，當頭炮有輸贏。魏河八戰要留情，精撰桃源取勝。　誰識四封有力，須知千里獨行。金鵬妙變使人驚，天下都聞名姓。[46]

這幾段對話和兩首詞均具有濃厚的平民化和世俗性。同樣描寫下棋的還有馮夢龍的改本傳奇《灑雪堂》，此劇第十九折有《西江月》詞曰：

象戲三十二子，兩邊各自分行。車行直路馬斜韁，砲打一衝一撞。　士象守宮衛將，五卒逐步侵疆。晝眠人驚醒倦難當，只為閒敲棋響。[47]

46　李開先《寶劍記》，《李開先集》本，下冊第 760–761 頁。

47　馮夢龍《灑雪堂》卷上，《古本戲曲叢刊二集》本，第 64 冊第 48a–48b 頁。

相比於《寶劍記》中的《西江月》，這首描寫象棋的詞作更類似於歌訣，即下棋之法的口訣一類。該折另外還有一調講踢毽子，也極為通俗可頌：

> 毽子軍中戲具，討人筋骨便宜。晃毛撮起一張皮，真個輕盈有趣。　不論前膝後拐，手抬腳踢俱宜。腿兒搯起送如飛，耍得汗流浹背。[48]

不難看出，這類詞作雖格調俚俗，但足以將民間的遊戲娛樂之事描繪得生動鮮活，易於被廣大平民觀眾所接受，這也是俗詞在符合民眾的審美情趣方面所體現的優勢和特色。

第三是言情感懷類。這一類俗詞多為劇中人物直白的抒發情緒之作，相比於雅詞在抒情言志方面的含蓄婉轉，言情的俗詞往往直接甚至露骨。以謝讜的傳奇作品《四喜記》為例，此劇演宋郊、宋祁兄弟二人登第榮顯之事，其中着意書寫了宋祁和熙寧巷妓董青霞二人的大膽愛情。宋祁與友人張先遊春，邂逅青霞，兩相鍾情。後宋祁奔赴秋闈，二人就此分別。劇中對於宋祁的性格刻畫，於劇作開場第三齣人物上場詞便埋下了性情風流的伏筆，宋祁登場時所唸的上場詞為：

> 笑殺多情，空馳想巫山二六。奈裴航分淺，藍橋路鞠。寂寞嫌聞更漏永，朦朧獨抱寒衾宿。醒來時，強起撥琵琶，相思曲。　色斑斑，花滿目。韻交交，鶯囀竹。這繁華媚景，越添情慾。姓字有時標虎榜，洞房今夜燃花燭。料佳人、端的在書中，顏如玉。[49]

此調雖為《滿江紅》，卻是豔情之作。在刻畫青霞的性格和形象時，也使用了大膽的筆觸，第二十一齣《紅樓遣思》在表達董青霞思念宋

48　馮夢龍《灑雪堂》卷上，《古本戲曲叢刊二集》本，第 64 冊第 48b 頁。

49　謝讜《四喜記》，《六十種曲》本，第 6 冊第 5 頁。

祁時便用下引《卜算子》這首俗詞：

> 頓覺帶圍兒，不似前番緊。夢裏成雙醒又單，真個情難
> 忍。　　過約不歸來，欲倩東風引。日日簷前噪鵲聲，全沒些兒準。[50]

相比於宋祁所唸的《滿江紅》，這首《卜算子》多用俗字，更為俚俗，情感表達也更顯直露。至於第三十四齣《夢後傷懷》中宋祁所唸的《鵲橋仙》則以更接近口語的形式來展現主人公的內心世界：

> 我思病染，他思病染，兩下相思病染。楚天雲慘斷來鴻，空
> 倚遍、畫闌繡檻。　　一更三點，二更三點，又早三更三點。銀燈
> 剔盡不成眠，看明月、容消色減。[51]

才子佳人式的戀愛風情劇，在明代後期的大量湧現，這對明代的戲曲藝術產生了重要的影響，一方面，曲家特別重視對劇中人物的情感描寫和形象塑造，另一方面作品往往反映男女一見鍾情、兩情相悅，肯定戀愛和婚姻的自由。正是由於這些因素，像《四喜記》中大膽、直白展現劇中主人公情感世界的俗詞也被廣泛使用。

　　第四是寫人狀物類。詞本為抒情性文體，隨着題材的開拓，也開始出現寫人狀物敘事類的作品。就雅俗之分而言，這類作品又多以俗詞為主。戲曲中的寫人狀物類詞作多為劇中人物間的對白且為問答的形式。如張四維《雙烈記》第二十六齣《策勳》，敘演宴賞功臣，殿頭官檢視筵宴的準備情況，分別問了校尉、廚子、監酒、教坊司四人本事如何，四人俱用《西江月》調作答，此四詞為：

> 鹵簿駕頭先設，五門五岳儀鍠。衡刀班劍與旌常，白鷺繡鸞
> 馴象。　　玉兔龍旂雉扇，負圖金節輝煌。鳴鞭響處見君王，端拱

九重天上。

　　廚子世間都有，似咱天下無雙。擘麟炙鹿與蒸羊，炮鳳烹龍異樣。　微卓鋪牲小割，五韲七醢非常。駝峰蚋脯膾絲湯，縱有易牙不讓。

　　白玉缸盛琥珀，紫檀榨滴瓊漿。蘭陵美酒鬱金香，西域蒲萄佳釀。　見說新豐味好，麻姑仙醞非常。玉膏桂髓世無雙，端的是杜康不讓。

　　十棒輕敲畫鼓，六么慢奏笙簧。翠盤舞罷紫霓裳，小玉伊川齊唱。　院本內家妝束，清平翰苑新腔。梨園雜劇擅當場，便是李龜年不讓。[52]

這四首詞，實可以視為聯章體詞，每一首詞所包含的內容與校尉、廚子、監酒、教坊司四個人物的身份基本相符。與之相類似，邵璨《香囊記》第十齣《瓊林》敘說狀元遊街一事，首領官問史令鞍馬、筵席是否完備，也用了互為問答的四闋詞，茲錄如下：

　　〔末〕怎見得好馬，有多少名色？〔淨〕【西江月】只見赤電超光越影，奔雷躐景踰輝。晨鳧挾翠絕塵飛，紫燕浮雲翻羽。〔末〕更有甚麼？〔淨〕更有騰霧驊騮叱撥，追風騄駬纖離。的盧一躍過檀溪，爭似烏騅千里。

　　〔末〕怎生模樣？〔淨〕【臨江仙】點點流珠凝赤汗，騰騰口吐紅光。驂驂龍尾棹雲長。竹批雙耳峻，花趁四蹄香。〔末〕怎生妝扮？〔淨〕金凳纖纖垂繡絡，雕鞍閃閃銀妝。文絲嫋嫋紫遊韁。錦韉花爛熳，朱鞚玉叮噹。

52　張四維《雙烈記》，《六十種曲》本，第 10 冊第 73-74 頁。

〔末〕什麼食品？〔丑〕【西江月】翠釜駝山骨榦，銀盤鱠縷絲飛。鳳胎蚪脯素麟脂，犀筋從教厭飫。〔末〕更有什麼？〔丑〕異品朱櫻綠筍，香菹紫蕨青葵。五齏七醢與三臡，總是仙庖珍味。

〔末〕怎生鋪設。〔丑〕【臨江仙】只見馥鬱沈煙噴瑞獸，氤氳酒滿金罍。綺羅繚繞玳筵開。人間真福地，天上小蓬萊。繡褥金屏光燦爛，紅絲翠管喧豗。瓊林瀟灑絕纖埃。紛紛人簇擁，候取狀元來。[53]

值得注意的是，這幾首詞不僅完全融入人物的對白之中，並且運用了類似曲文中的「襯字」來使其更加口語化。一般來說，「襯字」是曲律範疇內的修辭技巧。王驥德《曲律》云：「古詩餘無襯字，襯字自南、北二曲始。」[54] 明傳奇的賓白中，作家在運用詞體時借鑒「襯字」的形式，是出於對白表達須通達流暢的考慮，以求與人物對白吻合無間的效果。使用「襯字」這個修辭技巧在戲曲創作中的作用，王驥德說：

夫詩之限於律與絕也，即不盡意，欲為一字之益，不可得也。詞之限於調也，即不盡於吻，欲為一語之益，不可得也。若曲，則調可累用，字可襯增。詩與詞，不得以諧語方言入，而曲則惟吾意之欲至，口之欲宣，縱橫出入，無之而無不可也。故吾謂：快人情者，要毋過於曲也。[55]

他指出曲與詩、詞的不同，曲可用襯字、諧語和方言，用以自由暢快地表達作家的情感和思想。戲曲作家在運用俗詞時對「襯字」形式的借鑒，也使得人物的賓白更加通曉明快，符合戲曲作品雅俗共賞的審美特徵。

53　邵燦《香囊記》，《六十種曲》本，第 1 冊第 26 頁。

54　王驥德《曲律》卷二，《中國古典戲曲論著集成》本，第 4 冊第 125 頁。

55　王驥德《曲律》卷四，《中國古典戲曲論著集成》本，第 4 冊第 160 頁。

第三章

詞與明代戲曲格局的建構

關於戲劇的結構，西方的經典理論一般以基於時間觀念上的「過程」和「長度」等概念進行闡述。亞里士多德《詩學》指出：「根據定義，悲劇是對一個完整劃一，具有一定長度的行動的模仿，因為有的事物雖然可能完整，卻沒有足夠的長度。一個完整的事物由起始、中段和結尾組成。……組合精良的情節不應隨便地起始和結尾。」[1] 黑格爾繼承亞里士多德的論說，認為：「戲劇作品發展過程的劃分要很自然地依據戲劇運動這個概念本身所劃分的主要階段。」[2] 中國古典戲曲的劇本結構理論也基本符合以劇情發展時間為序的特徵。明代王驥德論戲曲章法謂：「作曲者，亦必有先分段數，以何意起，何意接，何意作中段敷衍，何意作後段收煞，整整在目，而後可施結撰。」[3] 清代李漁在《閒情偶寄》論「格局」一章中，也將傳奇分為家門、沖場、出腳色、小收煞、大收煞五個部分，並強調通過這幾個部分的不同特點來安排劇情的處理。本章即以明代戲曲格局的建構為切入點，結合詞作在劇本中的結構、功能和運作來探討明代戲曲格局中詞作所承擔的角色和作用。

第一節　戲曲劇本結構中詞作的角色分化

中國古典戲曲無論是舞臺表演藝術還是文本結構都有較為固定的程式。以傳奇為例，就其文本結構而言，主要有題目、標目分齣、開場、沖場、落場等幾個方面。李漁《閒情偶寄》專論傳奇的格局：

1　亞里士多德《詩學》，商務印書館 1996 年版，第 76 頁。
2　黑格爾《美學》卷三，商務印書館 1979 年版，下冊第 255 頁。
3　王驥德《曲律》卷二，《中國古典戲曲論著集成》本，第 4 冊第 123 頁。

> 傳奇格局，有一定而不可移者，有可仍、可改，聽人自為政
> 者。開場用末，沖場用生。開場數語，包括通篇。沖場一出，蘊
> 釀全部，此一定不可移者。[4]

傳奇的劇本體制有定格，儘管不同的作品所呈現出來的形式存有差
異，但總的來說，對於傳奇體制的考察是有普遍規律可循的。如果以
戲曲引入韻文這一方式作為考察視角，可以看到，詞作在戲曲的劇本
結構中承擔着重要的角色和功能。本節即以明代雜劇和傳奇作品為文
本對象，來研究考察詞作在明代戲曲劇本結構中的角色和功能。

一　開場詞

開場詞被用於傳奇首齣「副末開場」中，這一形式本自南戲，傳
奇仍然，至明代後期，改良過的雜劇，包括所謂的「南雜劇」也襲用
了傳奇的這一形式。因此從這個層面上來說，開場詞為明傳奇和雜劇
兩種戲曲樣式所共有，在一劇之首扮演着重要的角色。

（一）明傳奇開場形式和開場詞的運用模式

對於明傳奇開場形式和開場詞的運用範式，李漁《閒情偶寄‧詞
曲部》中有一番論述：

> 開場數語，謂之「家門」。雖云為不多，然非結構已完，胸
> 有成竹者，不能措手。即使規模已定，猶慮做到其面，勢有阻
> 撓，不得順流而下，未免小有更張。是以此折最難下筆。……未
> 說「家門」，先有一上場小曲。如《西江月》、《蝶戀花》之類，
> 總無成格，聽人拈取。此曲向來不切本題，止是勸人對酒忘憂、

4　李漁《閒情偶寄》卷三‧《中國古典戲曲論著集成》本，第 7 冊第 64–65 頁。

逢場作戲諸套語。予謂詞曲中開場一折，即古文之冒頭、時文之破題，務使開門見山，不當借帽覆頂。即將本傳中立言大義，包括戲文，與後所說「家門」一詞，相為表裏。前是暗說，後是明說。暗說似破題，明說似承題。如此立格，始為有根有據之文。……然「家門」之前，另有一詞。今之梨園，皆略去前詞，只就「家門」說起。[5]

從李漁的論述看來，傳奇作品的開場用兩首開場詞是較為常見的，也有作品僅使用一首「家門詞」而略去前詞。關於「家門詞」的廣義和狹義之分，前已論述，這裏僅指開場中詳說劇情的一首詞，即狹義上的家門詞。以開場詞數量作為區分依據，使用一首及兩首開場詞的兩種類型，是明代較為通用的開場形式。據筆者統計，現存明傳奇共有 243 種作品運用了開場詞，其餘 24 種傳奇包括明確可判斷為使用了其他文體作為「副末開場」的作品，以及因劇本第一齣殘缺致使無法判斷是否使用了開場詞的作品。而在這 243 種傳奇作品中，僅使用一首開場詞的共計 112 種，使用了兩首開場詞的共計 120 種，使用了三首開場詞的共計 11 種。這也就意味着，明傳奇在「副末開場」中使用一首或兩首開場詞是較為固定的模式。

相對而言，使用兩首開場詞的形式是較為規範的模式。李漁一說即可為證。另外孔尚任的《小忽雷傳奇》開場按語也說明了這一問題：

傳奇大意二曲，一敘命筆之由，一述家門始末，乃上下兩本之發端。演者疲於供應，又分為四本，因各製小調，撮其要領，每本亦皆有開場矣。一分為二，二分為四，雖小道，必有可觀者焉。[6]

5　李漁《閒情偶寄》卷三，《中國古典戲曲論著集成》本，第 7 冊第 65–66 頁。

6　孔尚任《小忽雷傳奇》，中州古籍出版社 1986 年版，第 15 頁。

　　孔尚任《小忽雷傳奇》開場以四首開場詞統領全劇四個部分,可謂傳奇開場形式的新創,突破了以往傳奇作品開場使用兩首開場詞的固定形式。這也說明在曲家眼中,運用兩首開場詞的「副末開場」是較為規範和標準的。今以梁辰魚《浣紗記》的第一齣《家門》為例加以說明:

　　【紅林檎近】〔末上〕佳客難重遇,勝遊不再逢。夜月映臺館,春風叩簾櫳。何暇談名說利,漫自倚翠偎紅。請看換羽移宮,興廢酒杯中。　　驥足悲伏櫪,鴻翼困樊籠。試尋往古,傷心全寄詞鋒。問何人作此,平生慷慨,負薪吳市梁伯龍。〔問內科〕借問後房子弟,今日搬演誰家故事,那本傳奇?〔內應科〕今日搬演一本范蠡謀王圖霸,勾踐復越亡吳。伍胥揚靈東海,西子扁舟五湖。〔末〕原來此本傳奇。待小子略道家門,便見戲文大意。

　　【漢宮春】范蠡遨遊,早風流倜儻,歷遍諸侯。因望東南霸起,越國遲留。尋春行樂,遇西施、浙水溪頭。姻緣定,將紗相贈,雙雙遂結綢繆。　　誰料邦家多事,共君投異國,三載羈囚。歸把傾城相借,得報吳讎。佳人才子,泛太湖、一葉扁舟。看今古,浣溪新記,舊名吳越春秋。〔下〕[7]

　　梁辰魚此劇一般被視為明傳奇體制確立的代表作品,它的開場形式便較為規範。第一首詞《紅林檎近》略說「命筆之由」,第二首詞《漢宮春》詳述家門大意。稍有缺憾的是,此劇開場省去了四句下場詩。一般來說,下場詩也是開場形式的組成部分,以另一部標誌着傳奇體制確立的作品為例,《鳴鳳記》第一齣《家門大意》為:

　　【西江月】〔末上〕秋月春花易老,賞心樂事難憑。蠅頭蝸角

7　梁辰魚《浣紗記》,《六十種曲》本,第 1 冊第 1 頁。

總非真，惟有綱常一定。　　四友三仁作古，雙忠八義齊名。龍飛嘉靖聖明君，忠義賢良可慶。且問後房子弟，今日搬演誰家故事？〔內應〕是一本《同聲鳴鳳記》。〔末〕原來是這本傳奇，聽道始終，便見大意。

【滿庭芳】元宰夏言，督臣曾銑，遭讒竟至典刑。嚴嵩專政，誤國更欺君。父子盜權濟惡，招朋黨、濁亂朝廷。楊繼盛，剖心諫諍，夫婦喪幽冥。　　忠良多貶斥，其間節義，並著芳名。鄒應龍，抗疏感悟君心。林潤復巡江右，同戮力、激濁揚清。誅元惡，芟夷黨羽，四海賀升平。

前後同心八諫臣，朝陽丹鳳一齊鳴。

除奸反正扶明主，留得功勳耀古今。[8]

《鳴鳳記》的開場即為規範、標準的開場模式——第一首詞一般略說「命筆之由」或作諸套語，其後以「內場問答」的形式過渡到第二首開場詞，這首詞一般為長調，用以陳述劇情大意，最後還有四句下場詩作結。從中我們也可以看到開場詞在傳奇開場形式中的重要地位。

只使用一首開場詞的形式，並非全如李漁所謂的「略去前詞」，也有只用前詞而略去「家門詞」的。略去前詞而僅報家門的，如顧大典《葛衣記》、屠隆《綵毫記》等傳奇作品，在雜劇方面，則有傅一臣《蘇門嘯雜劇》十二種為突出代表。試舉《綵毫記》第一齣《敷衍家門》為例：

〔末上〕高人妙理通絃索，換羽移宮且為樂。

請看誰第一燈明，照見蓮花都不着。

【滿庭芳】灑落天才，昂藏俠骨，風流千古青蓮。萬金到手，

一日散如煙。許氏清虛慕道，與夫君同隸神仙。官供奉淋漓詩
酒，傲睨至尊前。　名花邀綵筆，遭讒去國，湖海飄然。正遇永
王構逆，抗節迍邅。豪士挺身救難，賴汾陽叩闕陳冤。金雞赦，
還鄉復爵，夫婦得重圓。

　　高常侍含沙妒寵，郭令公納爵酬恩。

　　許夫人采真洞府，李供奉大隱金門。[9]

僅用一首《滿庭芳》詞來敘述戲文大意。僅用前詞，而不報家門的，
如沈璟《博笑記》、梅鼎祚《長命縷記》、紀振倫《三桂記》等傳奇作
品，也包括呂天成《齊東絕倒》、車任遠《蕉鹿夢》、王應遴《衍莊新
調》等雜劇作品。

（二）從宋元南戲到明傳奇：傳奇開場形式的定型

　　明傳奇「副末開場」的形式沿襲宋元南戲而來，這一形式在明代
有一個逐漸定型的過程。

　　從現存的南戲作品來看，戲文中的開場形式較不規範，尚未形成
一種固定的形式。以《永樂大典》中三種南戲的開場形式來分析。《張
協狀元》開場以間夾說白的兩首詞和五支諸宮調組成。開頭以《水調
歌頭》和《滿庭芳》兩首詞作勸人對酒忘憂、逢場作戲諸套語，並引
出劇名。其後以《鳳時春》、《小重山》、《浪淘沙》、《犯思園》、《繞
池遊》五曲作為「諸宮調唱出來因」，交代劇情大意。可見《張協狀元》
的開場是極其複雜的，從明清傳奇的「副末開場」來看，這種冗長的
開場形式在後世被逐漸淘汰了。

　　相比而言，《宦門子弟錯立身》和《小孫屠》的開場則較簡潔。前

9　屠隆《綵毫記》，《六十種曲》本，第 5 冊第 1 頁。

者只以一首《鷓鴣天》詞略述劇情大意並道出劇名：

> 完顏壽馬住西京，風流慷慨煞惺惺。因迷散樂王金榜，致使
> 爹爹捍離門。　為路歧，戀佳人，金珠使盡沒分文。賢每雅靜看
> 敷演：《宦門子弟錯立身》。[10]

　　而《小孫屠》連續使用了兩首《滿庭芳》，前一首略說「命筆之由」，後一首詳述劇情大意：

> 〔末上白〕【滿庭芳】白髮相催，青春不再，勸君莫羨精神。
> 賞心樂事，乘興莫因循。浮世落花流水，鎮長是會少離頻。須知
> 道，轉頭吉夢，誰是百年人？　雍容弦誦罷，試追搜占傳，往
> 事閒憑。想像梨園格範。編撰出樂府新聲。喧嘩靜。佇看歡笑，
> 和氣藹陽春。
>
> 後行子弟，不知敷演甚傳奇？〔眾應〕《遭盆吊沒興小孫屠》
> 〔末再白〕
>
> 【滿庭芳】昔日孫家，雙名必達，花朝行樂春風。瓊梅李氏，
> 賣酒亭上幸相逢。從此娶為夫婦。兄弟謀苦不相從。因往外，瓊
> 梅水性，再續舊情濃。　暗去梅香首級，潛奔它處，夫主勞籠。
> 陷兄弟必貴，盆吊死郊中。幸得天教再活，逢嫂婦說破狂蹤。三
> 見鬼，一齊擒住，迢斷在開封。〔末下〕[11]

從形式上來看，《小孫屠》的開場形式已經基本符合明傳奇開場的規
範，不但使用了各司其職的兩首詞，兩詞之間也出現了「內場問答」
的形式。從創作時代上來說，《張協狀元》為元代早期的南戲劇本，而
《宦門子弟錯立身》和《小孫屠》時代晚於《張協狀元》，由此推知，

10　錢南揚《永樂大典戲文三種校註》，中華書局 2009 年版，第 219 頁。

11　錢南揚《永樂大典戲文三種校註》，第 257－258 頁。

元末明初的南戲劇本，其開場形式基本為明傳奇所承襲，而《張協狀元》那種複雜、冗長的開場形式已被淘汰。這一事實，《琵琶記》、《拜月亭記》兩本南戲作品的開場也可為證。清陸貽典抄本《校抄新刊元本蔡伯喈琵琶記》（《古本戲曲叢刊初集》據以影印）為《琵琶記》較早的版本，保存了元南戲的基本面貌。此本第一齣即使用了《水調歌頭》和《沁園春》兩詞。《拜月亭記》現存各本都經過明人改編，其中明世德堂刊本《新刊重訂出相附釋標註月亭記》（《古本戲曲叢刊初集》據以影印）為較早版本，此本第一折《末上開場》（目錄中為「副末開場」）也使用了《滿江紅》和《西江月》兩首詞，兩詞之間也出現了「內場問答」的形式。據此可推知，元末明初之際已出現基本符合明傳奇規範的「副末開場」的形式，所運用的兩首詞的角色功能也逐漸明確。這一形式在明傳奇體制確立之後為多數曲家所承襲和接受。

　　雖然元末已出現了基本符合傳奇開場定式的南戲作品，但這一開場定式為明人所普遍接受和運用大致是在嘉靖中期以後。總體來說，明代前期的傳奇創作尚處於未成熟的階段。這種不成熟體現在兩個方面。一方面，明前期傳奇作家的創作活動主要以整理和改變宋元南戲為主，據郭英德統計，明成化元年乙酉（1465）至萬曆十四年丙戌（1586），知名傳奇作家的戲曲創作中，可大致考知改編舊本或是創製新劇的傳奇作品共 68 種，其中改編了宋元南戲和金元雜劇的作品共 41 種 [12]。儘管統計的年代下限與筆者所述存在差異，但明代前期以改編舊本為創作主流的事實當無疑問。另一方面，即使是創製新劇，明代前期的傳奇作家對於戲曲藝術的把握也基本處於摸索階段。就開場形式而言，這一階段的傳奇劇本中出現了較為罕見的使用三首開場詞的現象，如《伍倫全備記》的開場：

12　參見郭英德《明清傳奇戲曲文體研究》，商務印書館 2004 年版，第 57 頁。

〔末〕【西江月】書會誰將雜曲編，南腔比曲兩皆全。若於倫理無關緊，縱是新奇不足傳。　風日好，物華鮮，萬方人樂太平年。今宵搬演新編記，要使人心忽惕然。

戲場子弟，今宵搬演誰家故事，那本傳奇？〔內應〕勸化風俗，伍倫全備記。一家人五倫全備，兩兄弟文武兼全。

【臨江仙】每見世人搬雜劇，無端誣賴前賢。伯皆負屈十朋冤，九原如可作，怒氣定衝天。　這本五倫全備記，分明假託揚傳。一場戲裏五倫全，備他時世曲，寫我聖賢言。

【西江月】亦有悲歡離合，始終開闔團圓。白多唱少，非干不會把腔填。要得看的，個個易知易見。　不免插科打諢，妝成喬態狂言。戲場無笑不成歡，用此誅人觀看。

伏以天生萬物，人為最靈。……

此是戲場頭一節，首先出白是生來。[13]

此劇開場連用三首詞，並於第三首詞後附有一段冗長的說教性唸白，最後是兩句下場詩，引出生腳登場。

以三首詞作為開場的形式在明代傳奇的創作中是較為罕見的，除了《伍倫全備記》之外，如前文所述，尚有邵燦《香囊記》、姚茂良《金丸記》、姚茂良《雙忠記》、李開先《寶劍記》、鄭之珍《勸善記》、陸采《南西廂記》、陸采《明珠記》、更生子《雙紅記》、無名氏《金印記》無名氏《韓湘子升仙記》。這些傳奇作品多數作成於明中葉以後，表明在明傳奇體制基本確立之後，其開場形式也漸趨穩定。

總的來說，在明代戲曲的劇本結構中，「副末開場」成為開場詞

13　無名氏《伍倫全備記》卷一，《古本戲曲叢刊初集》本，第 40 冊第 1a－2b 頁。

運用的固定形式。尤其對於明傳奇來說，開場形式幾乎是李漁所謂的「一定而不可移者」。相比而言，明雜劇對開場形式的要求相對寬鬆，其中值得注意的是明雜劇的開場體制對於開場詞的運用是一個從無到有的過程，關於明雜劇開場體制的嬗變問題將在下一章着重討論。

二　定場詞

從詞作在劇本結構中的落位而言，定場詞一般多見於第二齣劇中人物（主要是生腳）初次登場時。對於定場詞的使用，傳奇和雜劇大相徑庭。據筆者統計，265 種明傳奇於定場白中使用了詞體的作品共計 158 種，約佔總數的三分之二；而 219 種明雜劇中只有汪廷訥《廣陵月》，傅一臣《蘇門嘯雜劇》十二本中的《賣情紮屯》、《義妾存孤》、《蟾蜍佳偶》、《鈿盒奇姻》四本，方疑子《鴛鴦墜》、無名氏《種松堂慶壽茶酒筵宴大會》使用了定場詞，共計 8 種。就定場白的文體而言，明雜劇更傾向於使用定場詩，明傳奇則以定場詞為主。

關於「定場詞」的稱謂，李漁《閒情偶寄》中有詳論：

> 開場第二折，謂之「沖場」。「沖場」者，人未上而我先上也。必用一悠長引子。引子唱完，繼以詩詞及四六排語，謂之「定場白」，言其未說之先，人不知所演何劇，耳目搖搖；得此數語，方知下落，始未定而今方定也。此折之一引、一詞，較之前折「家門」一曲，猶難措手。務以寥寥數言，道盡本人一腔心事，又且蘊釀全部精神，猶「家門」之括盡無遺也。同屬包括之詞，而分難、易於其間者，以「家門」可以明說，而「沖場」引子及定場詩、詞，全用暗射，無一字可以明言故也。[14]

14　李漁《閒情偶寄》卷三，《中國古典戲曲論著集成》本，第 7 冊第 67 頁。

從李漁的論述來看，定場詞屬於傳奇第二齣「定場白」的類型之一。定場白的文體一般以詩和詞兩類為主。現分別以沈璟的兩部傳奇作品為例加以說明。《紅蕖記》第二齣使用的是定場詩：

> 【鳳凰閣】〔生冠服上〕男兒未遇，恨殺青袍誤我。飯牛白石枉悲歌。苦被鹽車困驥，朱顏虛過，抱赤心雙眉暗鎖。紅鸞未照，射雀金屏慣左。知他何處附絲蘿。都上心來廝湊合，憑誰剖破？只淺酌長吟較可。

> 誰堪枳棘尚棲鸞，羞向空庭看合歡。驚夢秋風孤客枕，誤人春色一儒冠。下官姓鄭，名德淋，字交甫……[15]

此劇之「定場」在生上唱完引子《鳳凰閣》之後，用了一首七絕作為定場白，其後再自報家門，向觀眾介紹姓名字號、籍貫、身份、家世等情況。再看《埋劍記》的第二齣的「定場」：

> 【真珠簾】〔生上〕青袍未得沾恩寵。紅塵冗，尚埋沒皇家樑棟。愛日彩衣明，捧日丹誠炯。蝶攘蜂喧春事早，稱人意婚鸞匹鳳。願相將，共事慈幃，天長地永。

> 【鷓鴣天】先達誰當薦陸機，五陵衣馬自輕肥。未開水府珠先見，不掘豐城劍自輝。　吹玉笛，舞羅衣，並將歌舞報恩暉。金鞭留當誰家酒，拂柳穿花信馬歸。小生姓郭，名仲翔，字飛卿……[16]

《埋劍記》的定場白使用的便是《鷓鴣天》詞。詩和詞這兩種韻文在「沖場」的體制中，就功能而言並無本質的區別。因此，戲曲作家運用詞作進行定場白的創作，可以看作是一種習慣性的定式。這種習慣性主要體現在以下三點：

15　沈璟《紅蕖記》，《沈璟集》本，上冊第 6 頁。

16　沈璟《埋劍記》，《沈璟集》本，上冊第 156 頁。

　　第一，定場詞選用《鷓鴣天》調的慣常性。據統計，158 首定場詞共用 21 調，其中《鷓鴣天》一調的作品共有 108 首，處於絕對的壓倒性優勢。明人以《鷓鴣天》作為定場詞的方式是承襲元人南戲而來的。隨着明人的傳奇創作，這種做法漸漸成為明傳奇創作中約定俗成的定式。關於這一點，第一章第三節已作詳論，此不贅述。

　　第二，明人創劇，定場詞一調往往不註詞牌名。明人傳奇如邵燦《香囊記》、姚茂良《金丸記》、沈采《還帶記》、沈鯨《鮫綃記》、沈璟《桃符記》等，於第二齣定場詞前，並不註出詞牌名。這也表明，定場詞往往選擇常用的詞調，這種定式多為曲家所熟知，詞調自然不須特別註明。這種情形類似傳奇開場「後場問答」的簡潔化，由於「後場問答」的形式較為固定，多數曲家在創作時往往以「問答照常」四字簡單帶過。

　　第三，定場詞功能的趨同性。對於定場白在劇本結構中的功能，李漁概括為：「務以寥寥數言，道盡本人一腔心事，又且蘊釀全部精神，猶『家門』之括盡無遺也。」[17] 一般來說定場詞由生腳所唸，而生腳在戲曲作品中往往都是正派人物，因此曲家對於定場詞的創作是較為重視的。就思想內容而言，定場詞所表達的內容要求與人物的身份相吻合，一般用以展示人物性格，抒發人物的思想情感或言明身世處境，使觀眾對於人物有一個大致的形象定位。比如李開先《寶劍記》的定場詞《鷓鴣天》：「脫卻儒衣掛戰袍，學文爭似督龍韜。才衝霄漢星芒動，嘯倚崆峒劍氣高。　　悲賊子，笑兒曹，爭誇朱紫占中朝。十年塞北勞千戰，汗馬秋風尚未消。」[18] 該詞為生腳林沖所唸，既略說棄文從武的身世背景，又展示了主人公的英雄氣概。再如湯顯祖《牡丹

17　李漁《閒情偶寄》卷三，《中國古典戲曲論著集成》本，第 7 冊第 67 頁。

18　李開先《寶劍記》，《李開先集》本，下冊第 752 頁。

亭》的定場詞《鷓鴣天》:「刮盡鯨鰲背上霜,寒儒偏喜住炎方。憑依造化三分福,紹接詩書一脈香。　能鑿壁,會懸樑,偷天妙手繡文章。必須砍得蟾宮桂,始信人間玉斧長。」[19] 這首詞展現的則是生腳柳夢梅的自信和抱負,以及他寒窗苦讀卻尚未得意科場的處境和立志考取功名的決心。

三　收場詞

相比於上述幾種常見的劇中詞作類型,「收場詞」是極為罕見的,僅見雜劇作品。從這個意義上來說,明人對收場詞的運用並不能視為某種定式,但出於收場詞在雜劇劇本結構中的特殊落位和功能,在此一併予以說明。

明雜劇運用了收場詞的作品為朱權《卓文君私奔相如》和朱有燉《蘭紅葉從良煙花夢》二本。朱權《卓文君私奔相如》的收場為:

〔正唱〕【離亭宴煞】不因漢相如一操求凰計,致令得卓文君推輪負軛。成就了碧桃花下鳳鸞交。〔云〕俺兩個好似那生鐵球兒拋在江心裏,〔唱〕管取團圓只到底。

〔旦云〕憶昔相逢那一宵,一操求凰把妾挑。不是妾身多薄幸,只因司馬太風騷。　效神鳳,下丹霄,比翼雙飛上泬寥。鼓翮天上鳴曉日,光騰八表姓名高。

題目蜀太守揚戈後從,成都令負弩前驅。
正名陳皇后千金買賦,卓文君私奔相如。[20]

19　湯顯祖《牡丹亭》,《湯顯祖戲曲集》本,上海古籍出版社 2010 年版,上冊第 235 頁。

20　朱權《卓文君私奔相如》,《古本戲曲叢刊四集》本,商務印書館 1958 年版,第 41 冊第 22b–23a 頁。

　　這裏「憶昔相逢那一宵」之後的韻文，雖未註出詞牌名，但從句格上來看，是一首《鷓鴣天》詞。這首詞在劇終收場處的作用與傳奇「副末開場」中渾說大意的「開場詞」頗為相近。

　　再看朱有燉《蘭紅葉從良煙花夢》雜劇的收場：

〔末供前事一節了〕〔老孤云〕祗候，便去蘭家喚紅葉兒來。〔旦上云一節了〕〔老孤云〕看來他告給的都是。今合准他從良。將紙筆來判與他。〔末、旦跪聽吏唸〕【滿庭芳詞云】年少佳人，青春才子，算來天與成全。不材縣尹，阻隔好姻緣。蓬蓽門庭，守志煙花，有松柏貞堅。誰曾見，淤泥淺水，長出並頭蓮。　　人間真罕有，重尋舊約，又入桃源。結百年歡愛，堪羨堪憐。幸遇風流太守，雲箋上寫與佳篇。煙花夢，神靈感應，永遠共團圓。〔末云〕謝了相公配合之恩。〔旦唱〕

　　【鴛鴦煞】得團圓永遠成姻契。謝尊觀判斷皆完備。願相公壽比山高，福與天齊。唱道美滿恩情，天生配對。百載夫妻成就了終焉計。美話堪題，都寫入煙花夢兒裏。

題目　強巴鑾自把猱兒送，
　　　干風情打入迷魂洞。
正名　徐彥麟還鄉風雪天，
　　　蘭紅葉訴良煙花夢。[21]

這裏明確提示所唸的是《滿庭芳》詞。從這首詞的內容來看，是對全劇內容的概說。我們將這首詞與明傳奇「副末開場」中的家門詞作比較，以傳奇《金鎖記》第一齣《滿庭芳》詞為例，詞云：

　　　　竇女沖齡，從姑未配，蔡郎卻墜龍淵。竇翁名就，幾載離家
　　園。蔡母索逋被害，張驢母解救生全。感恩德，移家同住，誰想
　　又逢奸。　　砒霜藥蔡母，誤傷張嫗，竇氏遭冤。幸臨刑飛雪，天
　　救嬋娟。適遇竇翁刷卷，得金鎖冤案昭然。還堪羨、蔡郎榮貴，
　　夫婦永團圓。[22]

兩首詞是具有極高的相似性的：起首先帶出生、旦兩位主人公，然後
敘說劇情，最後以大團圓結尾。由此可見，無論從詞作內容還是詞作
所承擔的功能來看，這首收場詞基本等同於傳奇的家門詞。

　　另外一個值得注意的現象是，與朱權《卓文君私奔相如》的收場
詞不同，這首《滿庭芳》是「吏」所唸，且前有提示云：「將紙筆來判
與他」，可知這首詞是雜劇收場的判詞。一般來說，元明雜劇的收場
判詞多用詩，極少用詞的。關於雜劇收場的判詞，顧學頡在《元明雜
劇》中說：

　　　　元雜劇在全劇將結束的時候，照例由一個地位較高的人出場
　　作斷，對劇情作最後處理；然後唸一首詩，或七字句的順口溜，
　　也偶有唸詞的。詩內容是概括劇中重要情節，並含有褒貶判斷的
　　意義，很像判詞，元刊本中叫做「斷出」或「斷了」。它的位置
　　是在第四折最末一曲之後，題目正名之前；也偶有放在「煞」、
　　「尾」之前的。唸完了斷詞和題目正名，就收場，全劇結束。[23]

收場運用判詞或斷詞的情況在明前期雜劇作品中較為多見。如朱有燉
《李亞仙花酒曲江池》一劇之收場：

　　　　〔外扮使命上〕元和李氏，聽我評論。亞仙妓女，不失人倫。
　　生居柳陌，長在花門。有仁有義，守分甘貧。容德兼備，出眾超

22　袁于令《金鎖記》卷上，《古本戲曲叢刊三集》本，第 3 冊第 1a 頁。

23　顧學頡《元明雜劇》，上海古籍出版社 1979 年 9 月第 1 版，第 46 頁。

群。父為府尹，夫作參軍。賜爵封號，汧國夫人。流芳百世，稱羨千春。一家忠義，望闕謝恩。〔旦唱〕

【尾聲】立芳名喧滿鳴珂巷，輔風教知音共賞。成一雙美滿好夫妻，做一段風流話兒講。

　　題目　鄭元和風雪打瓦罐。
　　正名　李亞仙花酒曲江池。[24]

可知此劇收場判詞是由「使命」所斷，文體則是四言詩。再如朱有燉《劉盼春守志香囊怨》一劇收場，於「色長判斷唸云」之後有一段篇幅較長的韻文概括劇情大意並作褒貶之斷。

　　最後需要說明的是，明雜劇劇末收場詩詞的體制本自元雜劇而來。但隨着明人雜劇創作的改良革新，題目正名移前，收場判詞及收場詩詞的運用也隨之消失。尤其是到了明代後期，明雜劇模仿傳奇體制，出現了開場詞的形式，從功能上來說完全可以取代劇末收場詩詞的概括劇情大意的作用。

第二節　戲曲敘事結構中詞作的多重功能

　　關於戲劇的構成，亞里士多德認為：「作為一個整體，戲劇包括戲景、性格、情節、言語、唱段和思想。」[25] 這其中，情節是戲劇的根本和靈魂，人物的性格、思想和命運的變化都通過情節的編制得以展現。作為敘事性文學，戲曲的「情節」往往等同於其敘事結構。從這

24　朱有燉《曲江池》，《奢摩他室曲叢》本，第 17 冊第 22a 頁。

25　亞里士多德《詩學》，第 64 頁。

個意義上來講，戲曲作品也只有通過構建劇本的敘事結構才能實現對劇情的敘述和對人物的刻畫。臧懋循《玉茗堂傳奇引》曾說：「事必麗情，音必諧曲。是聞者快心而觀者忘倦。」[26] 這也就意味着戲曲寫情須自情節和敘事出發。從另一個方面來說，戲曲又是帶有強烈抒情性的文體。戲曲文學「事」與「情」兼重的審美特徵，就文本結構而言，不僅因為戲曲曲詞獨特的抒情性，同時在一定程度上也歸因於賓白中詩、詞等韻文的運用。本節所要探討的是詞在戲曲敘事結構中所承擔的功能。

一　戲曲時間背景的交代

　　一般來說，一部完整的戲曲作品由多個場景和事件組成，這與其他敘事性文學並無差異。但不同的是，戲曲作品的文本創作往往需要考慮到劇場演出的效果。戲曲文學「案頭」文本和「場上」劇本的統一，使得戲曲的敘事結構呈現出區別於其他敘事性文學的特徵。其中最主要的即為戲曲的代言體特徵 —— 劇本主體之曲白全部交由場上人物。因此，從這個意義上來說，除了戲曲的抒情話語之外，情節、劇情背景（包括時間和空間）以及情節具體發生的場景等敘事層面的話語權也交由場上人物，並通過觀眾的想像和認知完成具體情節及相關背景的構建。

　　戲曲中的詞承擔背景交代與場景構建的功能，與它處於戲曲賓白的位置密切相關。一般來說，曲詞多抒情，賓白多敘事。孔尚任說：

　　　　詞曲皆非浪填，凡胸中不情不可說，眼前景不能見者，則借

26　臧懋循《玉茗堂傳奇引》，見《牡丹亭研究資料考釋》，上海古籍出版社 1987 年版，第 56 頁。

詞曲以詠之。又一事再述，前已有所說白者，此則以詞曲代之。

　　若應作說白者，但入詞曲，聽者不解，而前後間斷矣。[27]

曲詞重抒情詠歎，而所抒寫之情往往建立在賓白敘事的基礎之上。也就是說，曲和白的分工是較為明確的。正是基於曲白分工的認識，處於賓白中的詞在戲曲敘事結構中也部分承擔了敘事層面的功能。

　　首先看詞作對敘事時間的提示。戲曲作品尤其是傳奇作品在對時間的處理上往往是跳躍性的。儘管曲家對於劇情的把握基本以年代的先後為順序，但在具體的情節展開過程中，完整情節的時間少則幾個月，多則幾十年，是不可能將其中所有的場景都涵蓋的。這也就意味着，以一齣或一折為單位的話，戲曲對於所述故事所採取的只能是幾個具有代表性片段的選擇。正是由於戲曲敘事結構中時間點的確定是零散的、跳躍性的，戲曲作家對於情節片段轉換之後時間交代的處理往往需要巧妙的構思，而人物的上場詞正好提供了一定的思路。

　　我們以湯顯祖《紫釵記》為例來作論述。此劇情節伊始的時令為立春。第二齣生上定場詞其上闋云：「盛世為儒觀覽遍，等閒識得東風面。夢隨彩筆綻千花，春向玉階添幾線。」明確說明開場情節發生在春日。當然，此處定場詞對於時間的提示作用並不是特別明顯，因為李益自報家門畢後補充說：「今日元和十四年立春之日。」[28] 但是並非每一齣、每一折戲曲都會出現這樣明確言明情節時間的情況。《紫釵記》第五、第六兩齣敘寫霍小玉元宵觀燈，燈影裏墜落紫釵，被李益所拾。元宵夜是李、霍愛情故事的第一個重要場景，因此湯顯祖對於元宵時間的交代着重下了筆墨。第五齣老旦、旦、浣紗齊上，三人輪唸了一闋《憶秦娥》，開頭便道明了元宵時令，上闋為：「元宵好，珠

27　孔尚任《桃花扇》凡例，《古本戲曲叢刊五集》本，第 44 冊第 2b－3a 頁。

28　湯顯祖《紫釵記》，《湯顯祖戲曲集》本，上冊第 11 頁。

簾捲盡千門曉。千門曉，禁漏花遲，玉街春早。」[29] 至第十三齣《花朝合巹》，可知李、霍二人完婚在「花朝節」之日。此後李益春闈赴試，生、旦分別之後，穿插了劉公濟節鎮登壇的情節。這一情節發生的大致時間，僅見於劉公濟的上場詞，《鷓鴣天》詞下闋為：「穿塞尾，出雲端，二月天西玉帳寒。何事連營歌吹發？漢家飛將舊登壇。」[30] 可知此時仍為二月。《紫簫記》在第十七齣《春闈赴洛》之前的敘事節奏是十分緊湊的，時間的推移較為緩慢。至第三十三齣，劇情發展已至七夕節，湯顯祖為霍小玉和浣紗設計的上場詞也具有較強的時令相關性：

　　【臨江仙】〔旦〕炎光初洗輕塵雨，飛星寄恨迢迢。〔浣〕金風玉露翠華搖，暫停鮫泣翠，相看鵲填橋。　〔旦〕占得歡娛今夜好，一年幽恨平消。〔浣〕彩樓人語暗香飄，不知誰得巧？空度可憐宵。[31]

　　從這首詞看，李、霍二人分別已逾一年。至第三十六齣，旦上場詞為：「露冷蓮房墜粉，霜清竹院餘香。偏照畫堂秋思朗，垂簾半捲瀟湘。幾回斷鴻影裏，無言立盡斜陽。」[32] 從這首《河滿子》詞中可知，這一齣情節發生的時間為秋天。詞後又云：「奴家自別李郎，三秋杳無一字。」也就是說此時已距第三十三齣七夕節有兩年時間了。到了第四十二齣，李益的上場詞《南鄉子》其首句便是「一去幾驚秋」，也暗示劇情時間的大幅度遞進。由此可見，《紫釵記》一劇的下半部分，敘事的時間跨度已經拉大，相比於前半部分敘事結構的緊湊，後半部分的敘事則相對集中，即在大跨度的時間維度中選取了幾個特定的場

29　湯顯祖《紫釵記》，《湯顯祖戲曲集》本，上冊第 23 頁。

30　湯顯祖《紫釵記》，《湯顯祖戲曲集》本，上冊第 75 頁。

31　湯顯祖《紫釵記》，《湯顯祖戲曲集》本，上冊第 126 頁。

32　湯顯祖《紫釵記》，《湯顯祖戲曲集》本，上冊第 138 頁。

景進行敘說。

　　以上多為時令及月份等較為寬泛的時間信息提示，戲曲中的詞作也有用來說明一日之中晨昏之分的。比如《紫釵記》第十三齣的人物上場詞《好事近》上闋為：「紅曙捲窗紗，睡起半拖羅袂。何似等閒睡起，到日高還未。」[33] 由此可知，此齣情節開始自清晨。除了湯顯祖《紫釵記》之外，明傳奇其他作品中也見有以詞作提示劇情所發生的時間的。指明為春天的如沈齡《三元記》第二齣《浣溪沙》詞：

　　　　水滿池塘花滿枝。亂紅深處囀黃鸝。東風輕軟弄簾幃。　　日正長時春晝永，燕交飛處柳煙迷。花前正好捧金巵。[34]

鄭之文《旗亭記》第十四齣則寫到夏日，其《踏莎行》詞為：

　　　　長夏臨池，池翻荷小，小亭盼望人歸未。未知安否竟何如？如今悄沒印書至。　　至苦分離，離愁不去，去家經月還經歲。歲時老景年孩兒，兒夫京洛多留滯。[35]

從內容上來看，戲曲中交代劇情時間背景這一作品的詞作，主要是寫景狀物或是借景抒情類的作品。戲曲作家對於這類詞作的處理無疑對劇情的發展有着一定的意義。

二　敘事空間場景的建構

　　戲曲中詞作的第二個文本功能，是對敘事場景的構建，主要體現為對作品敘事空間的處理。如果說戲曲作品的敘事時間只是單一的線性的話，敘事空間則多有重複。如《牡丹亭》第十齣《驚夢》與

33　湯顯祖《紫釵記》，《湯顯祖戲曲集》本，上冊第 54 頁。

34　沈齡《三元記》，《六十種曲》本，第 2 冊第 2 頁。

35　鄭之文《旗亭記》卷上，《古本戲曲叢刊二集》本，第 29 冊第 17a 頁。

第十二齣《尋夢》的空間場景都是花園；第二十齣《鬧殤》，杜麗娘病亡，葬於梅花庵觀，至第二十四齣，柳夢梅病臥梅花觀中，場景再現。由於戲曲演出舞臺的局限性，作品的敘事場景一般全由場上人物通過唱唸曲白將大意傳達給接受者。正是在這樣一種文學的二次創作過程中，戲曲作品完成了其敘事場景的抽象構建。

　　從具體的場景類型來說，戲曲中的詞作多被用於以下幾種場景的構建：

　　第一，閨閣場景的書寫。明代戲曲作品塑造了大量的柔美癡情的女性形象，在安排這些女性人物出場時，戲曲作家往往選擇深閨蘭房作為場景，並以一闋上場詞對閨閣空間作一番大致描繪，藉以引起香閨之思或抒發傷春之歎。如梅鼎祚《玉合記》第三齣安排旦腳柳氏沖場，用一首《臨江仙》展現了深閨內外的靜謐和淒清：

> 幽閨欲曙聞鶯囀，紅窗月影微明。好風頻謝落花聲。隔幃殘燭，猶照綺屏箏。　　繡被錦茵眠玉暖，炷香斜嫋煙輕。淡蛾羞斂不勝情。暗思閒夢，何處逐雲行。[36]

這首詞本為五代毛熙震所作，梅鼎祚套用於此，這也說明曲家對於戲曲空間場景的構建一般都是抽象和籠統的。這也是詩、詞、曲等抒情性文學與小說等敘事性文學在敘事上差異的體現，前者是詩化的、高度凝練的，後者則可以達到細節化和具體化的效果。再如汪廷訥《投桃記》第五齣旦腳黃舜華的定場，也是同樣的例子。上場詞《浣溪沙》云：

> 斗帳沉沉睡不醒，流鶯川外弄新聲。炷香斜嫋篆煙輕。　　手碾鳳團聊解渴，坐看燕子獨關情。乍晴乍雨近清明。[37]

這首詞將深閨的幽靜與蘭房外的流鶯燕語形成對比，自然是對黃氏久

居深閨、百無聊賴之苦悶的隱喻，於是才有了下文瞞着母親和丫鬟，往宅後臨街的樓上眺望春色，偶然聽到潘用中笛聲，兩相鍾情的情節。可見，這首《浣沙溪》詞在由蘭房到臨街的樓上再到宅外這一由內而外的敘事空間的移動中起到了關鍵的預設作用。

　　第二，關塞、宮闕場景的勾勒。戲曲作品的題材是極其廣泛的，因此劇中所涉及到的場景也較為多樣。即使是一劇之中，由於場景的不確定性，敘事空間往往會有跳躍的轉換。這其中最為突出的就是從閨閣到邊關。這一對組合也通常是明代戲曲才子佳人敘事模式中兩個重要的情節設置點，前者象徵着愛情，而後者代表功名，這也是許多作品展示矛盾衝突的地方。湯顯祖《紫釵記》即為突出一例。李益春闈赴試，得中狀元，正欲回長安與霍小玉重聚，卻遭盧太尉奸計，只得前往邊關劉公濟節鎮處任參軍。湯顯祖用第十九齣的《鷓鴣天》和第二十九齣的《臨江仙》劉節鎮的兩闋唸詞來實現這一場景化的處理，其中如「曉風蕭瑟獵旌竿，畫戟油幢劍氣攢」，「穿塞尾，出雲端，二月天西玉帳寒」，「塞夜搖風角，微垣曉動星芒」等詞句便是對朔方河西這一情節空間的大致勾勒。鄭若庸《玉玦記》第九齣也以「甲帳牙旗擁道傍，雕戈鏤鎧晝生光」（《浣溪沙》）等句描摹節度使幕府的狀貌。戲曲作品中還有對宮闕場景的描繪，如無名氏《金印記》第二十八齣敘寫蘇秦魏國獻策，場景為魏國朝廷。對於這一敘事空間的處理，作者連用了兩首《鷓鴣天》：

　　　　蓬萊瑞氣繞衣冠，鐘鼓高城□夜闌。雲度星河雙闕曙，春垂雨露九天寒。　　文共武，列朝班，聖澤咸沾海宇寬。佇看賢臣同獻策，鳳凰臺上沐恩光。

　　　　皇都春色曙蒼蒼，紫禁□官列上行。金闕疏鐘人語少，西山月落漏聲長。　　星散漫，燭熒煌，禁柳拖煙拂畫牆。朝罷獨歸青

瑣去，衣襟猶帶御爐香。[38]

值得注意的是，李開先《寶劍記》第六齣也安排了類似的情節，寫朝廷升殿，內有傳奉，外有奏章。該齣也由黃門沖場，以一首《鷓鴣天》詞起到提示敘事空間轉換的作用：「一自登雲上九霄，攀龍長近赭黃袍。不因對策三千字，安得金門候早朝。　　文共武，盡英豪，天顏喜色醉仙桃。金爐香盡螭頭暗，玉珮聲來雉尾高。」[39] 從語句上看，這首詞與上引第一首《鷓鴣天》有相近之處。我們發現，明代戲曲中「黃門」腳色的上場白往往是詩、詞，且多為七律和《鷓鴣天》調，格調多莊重肅穆。利用詩、詞等作品來對宮闕樓宇進行大致描述，進而完成對宮廷場景的轉換，是明代戲曲較常用的手法。

　　第三，是對宴會類情節的鋪排。劇作家對於戲曲作品中慶賞宴會類情節的處理多取用詩詞作品。就具體的詞作而言，一般分為兩類。第一類以寫景狀物為主，極寫筵席之完備隆重。如《鸚鵡裘》中《琴挑》一齣：

　　〔淨〕小廝，筵席可曾完備？

　　〔院子〕完備多時了。

　　〔二淨〕怎見得？

　　〔院子〕〔水調歌頭〕銀屏光閃電，錦幔影籠霞。分鋪綺席，新奇美麗盡堪誇。器必商彝周鼎，味選山珍海錯，耀得眼昏花。清謳擅吳楚，妙舞出燕巴。　　罷箜篌，翻羯鼓，又琵琶。觥籌飛急，更點月團茶。香爐金猊還爇，燈吐玉蟲頻剪，花影任教斜。正是歡娛不問夜，潦倒盡忘家。

38　無名氏《金印記》，《明清傳奇選刊》本，中華書局 1988 年版，第 93 頁。

39　李開先《寶劍記》，《李開先集》本，下冊第 762 頁。

〔淨〕既已完備了……[40]

劇作家在宴會類場景的處理方式上，基本與上引這一片段的形式相近。一般以一問一答的對話形式來帶出對具體場景的描摹。從劇中腳色的人物身份而言，佈置筵席的腳色一般是身份較為低下的人物，這與他們能誦唸一闋詞來講述筵席的情況是極不相稱的。再如朱鼎《玉鏡臺記》第八齣《成婚》的相關片段，也是同樣的安排方式：

〔貼〕今日與小姐畢姻，筵席安排了未？

〔末〕安排完備了。

〔貼〕怎見得？

〔末〕〔西江月〕但見翠幄金屏燦爛，寶璫玉珮鏗鏘。珊瑚枕上繡鴛鴦，花底香風蕩漾。　玉瑣平鋪紈袴，青墀鼎沸絲簧。洞房花燭夜燦煌，爭看神仙儀仗。

〔貼〕有什麼酒饌？

〔末〕〔臨江曲〕雞蹠猩唇羅五鼎，紅肥錦縷飛霜。肉臺盆內總膏粱，珍庖調玉膾，仙府飫瓊漿。　玉薤流霞蘭葉翠，煙浮蟻綠鵝黃。蘭陵美品鬱金香，松醪盛玉碗，結盞候仙郎。

〔末下，貼〕請親母、新郎出來。[41]

上引對話出現在第八齣之首，對這一齣所要講述的完婚之事作了鋪墊。在類似的情節預設中，以詞作的形式來築起一個虛擬的空間場景，相比於白話的平鋪直敘，往往更加形象和生動。第二類詞以敘事和抒情為主。如果說第一類側重對具體虛擬場景的直觀勾勒，且詞作

40　袁于令《鸞鎞裘》卷上，《古本戲曲叢刊二集》本，第 104 冊第 19b 頁。

41　朱鼎《玉鏡臺記》，《六十種曲》本，第 5 冊第 17－18 頁。

的誦唸者更大意義上是第三人稱的話，那麼第二類作品則通過對宴會
參與者以第一人稱的方式來講述。同樣是對婚禮情節的鋪敘，無名
氏《金貂記》則安排了儐相這一腳色來參與這一場景的建構，此劇第
四十二折寫到：

> 〔淨扮儐相〕請新人交拜。〔交拜〕〔淨〕〔滿庭芳〕伏以天喜初
> 臨，紅鸞高照，今朝兩姓聯姻。華堂設席，鼓樂振唅唅。才子佳人，
> 玉手共沾香，寶鼎氤氳。祝天地、轉歸房內，撒帳笑生春。　　交杯
> 雙勸酒，夫先入口，婦後粘唇。願五男二女，七子奇珍。男作翰林
> 學士，女配青鎖名臣。從此後、榮華富貴，福祿壽無垠。[42]

這首儐相誦唸的詞與朱鼎《玉鏡臺記》中兩首描述筵席的詞作所呈現
出來的風貌就大相徑庭。從內容上看，這種類似於祝詞、賀詞的作
品，雖然對劇情發展並未起到關鍵作用，但卻能較好地承擔起設置劇
本空間場景的功能。相同的例子還見於沈璟《埋劍記》第四齣，先以
院子所唸的一首《臨江仙》詞大致描繪華堂齊整之貌，其後以一首《華
堂春》來描述筵席上舉觴祝壽的情節：

> 帝城春曉，正簾幕畫長，樓臺清曉。寶運當千，佳辰餘五，
> 嵩岳誕生元老。帝遣阜安宗社，人仰雍容廊廟。盡都道，是文章
> 班馬，薰庸周召。　　師表，方春遇、雨水君臣，須信從來少。玉
> 帶金魚，朱顏綠鬢，占斷人間榮耀。篆刻鼎彝將遍，整頓乾坤都
> 了。願歲歲，見柳梢綠色嫩，桃英紅小。[43]

這首詞從內容上看是一首祝壽詞，為生、末、旦、外、小旦、小丑等
腳色輪流誦唸，這樣的編排方式正是為了突出筵席上把盞言歡的氛圍。
　　上文大致描述了戲曲中的詞作在劇本敘事框架內的時間、空間等

場景的設置時所起到的作用。相對來說，這類詞作在戲曲劇本中的出現率要略遜於劇中人物情感抒發的代言體詞。就詞本身的審美特徵而言，後者在敘事框架內的運用更符合詞體抒情的特徵，因此無論從使用率還是從重要性來說，用於表達劇中人物思想情感的詞作都佔有主導地位。

三　抒情主體情志的外化

　　這部分所要討論的即上文提到的詞作在劇本的敘事框架中所體現的另一種功能。如果說上文所探討的「劇情背景的交代與場景的構建」，更多體現的是詞在敘事層面上的作用的話，那麼這裏所謂「情感的言說與心靈的外化」，則主要借助於詞作的抒情功能來完成劇中人物思想情感的表達。從作品的敘述主體來看，前者多由劇中次要的腳色來完成，比如上文提到的儐相、院子；而後者則主要是為生、旦這兩類抒情主人公設計的。

　　作為戲曲作品中的主要人物，男女主人公在借助詞作抒情言志時，由於腳色的分化，詞作所承擔的具體功能又有區別。相對來說，用於旦腳的詞作多為抒情之作，以情感的言說為主要功能；用於生腳的詞作則多為言志之作，以心志的外化為主要功能。譬如張鳳翼的《紅拂記》，第二齣安排生腳李靖上場，其上場詞《鷓鴣天》即為典型的言志之作：

> 投筆由來羨虎頭，須教談笑覓封侯。囊中黃石包玄妙，腰下青萍射斗牛。　　調羹鼎，濟川舟，雲龍風虎豈難投？功名未到英雄手，且與時人笑敝裘。[44]

44　張鳳翼《紅拂記》，《六十種曲》本，第 3 冊第 2 頁。

　　傳奇的定場詞一般均為生腳所唸，內容也大致相近，以展示一劇主要人物的志向抱負、性格情志。此劇第三齣即安排旦腳出場，其上場詞《更漏子》則是濃豔清麗的抒情作品：

> 玉爐香，紅蠟淚，偏照畫堂秋思。眉翠薄，鬢雲殘，夜長衾枕寒。　　梧桐樹，三更雨，不道離情苦。一葉葉，一聲聲，空階滴到明。[45]

值得注意的是，這首詞襲改自溫庭筠《更漏子》一詞而來，唯「不道離情苦」一句本作「不道離情正苦」。溫詞自是離情傷懷之作，此處被作者套用於旦腳紅拂身上用以展示其性情。一般來說，戲曲開場生、旦輪流上場的形式是明代傳奇創作中較為常見的。李漁曾專論傳奇「出腳色」的形式：「本傳中有名腳色，不宜出之太遲。如生為一家，旦為一家，生之父母隨生而出，旦之父母隨旦而出，以其為一部之主，餘皆客也。雖不定在一齣、二齣，然不得出四、五折之後。太遲則先有他腳色上場，觀者反認為主，及見後來人，勢必反認為客矣。」[46] 在李漁看來，生、旦兩家一般於戲曲正文第一、第二齣時輪流上場是適合劇作演出的。這正是考慮到為劇中主要人物定下性格基調，對於全劇情節發展是具有奠基作用的。除了《紅拂記》，我們注意到梅鼎祚《長命縷記》、顧大典《青衫記》、周朝俊《紅梅記》以及沈璟的《雙魚記》、《義俠記》、《墜釵記》三劇等諸多傳奇作品都是第二齣生上場詞，第三齣旦上場詞。這可以說是明代戲曲創作中的一種慣用模式。

45　張鳳翼《紅拂記》，《六十種曲》本，第 3 冊第 4 頁。

46　李漁《閒情偶寄》卷三，《中國古典戲曲論著集成》本，第 7 冊第 68 頁。

第四章

詞與明代戲曲創作之演變

　　本章討論的明代戲曲創作之演變，可以從形式和內容兩個方面來理解。就形式而言，主要指明代戲曲在體制方面的嬗變。這其中既包括傳奇，也包括雜劇。明傳奇體制的嬗變最主要的內容是從宋元舊本向明清傳奇演進的過程。這一過程包含着明初對宋元舊本的改編以及嘉靖、萬曆年間傳奇體制的確立。關於這兩方面內容的研究，學界所取得的成果頗為豐富。就詞與明傳奇體制之關係而言，最能體現傳奇經南戲發展演變這一過程的當屬劇本首齣的開場詞和第二齣的定場詞，關於這兩點已在第三章第一節和第一章第三節作出闡述。因此，本章重點討論的是詞與明雜劇體制嬗變的關係。而對明代戲曲在內容方面的演變，筆者將視角主要放置於明傳奇的創作。從思想內容上看，明代前期的戲曲創作，傳奇作品（事實上也包括雜劇）多為歌功頌德和宣揚封建倫理綱常的教化類作品；而自嘉靖中以後，尤其是到了萬曆年間，伴隨着文人作家的自覺追求，戲曲作品所展現的精神風貌和藝術特徵都有了較為明顯的轉變。

第一節　明雜劇開場詞的運用及其開場體制的嬗變

　　從目前的戲曲史研究來看，明人對雜劇體制的革新，是一個不可否認的現象。元明之際的雜劇，一般嚴守元雜劇的體制規範，即一本四折，一人主唱且用北曲曲調。在經過明人改革之後，雜劇的創作形式顯得靈活多變，在唱腔、折數、唱法等多方面，都對元雜劇的規範實現了突破。關於明雜劇在唱腔、折數等體制方面的變化問題，已有較多的研究。然而，不可忽視的是，明人對雜劇的改造除了在上述涉及戲劇體制的幾個方面有所突破之外，在雜劇開場運用開場詞的創作

形式上，也體現了雜劇作家對南戲與傳奇的模仿和學習。

一　傳奇影響下的明雜劇開場形式嬗變

　　明初的雜劇作家一般固守元人舊範，在作品的開場方式上，往往分為「末」上場和「開」兩種，又因某些作品第一折前還有楔子，因此具體來說有如下三種：

　　第一，不加楔子，第一折開首由末登場。如王子一《劉晨阮肇誤入天台》第一折開首為「〔沖末扮太白星官引青衣童子上〕吾乃上界太白金星是也……」[1]；谷子敬《呂洞賓三度城南柳》第一折開首為「〔正末道扮上云〕貧道姓呂名岩字洞賓……」[2]；楊景賢《馬丹陽度脫劉行首》第一折開首為「〔正末上〕貧道姓王名喆字害風……」[3]。所舉三例的差別在於第一個例子中為「沖末」，而二三為「正末」，王國維論元雜劇的腳色時指出元雜劇「除末、旦主唱，為當場正色外，則有淨、丑。而末、旦二色，支派彌繁。今舉其見於元劇者，則有外末、沖末、二末、小末，且有老旦、大旦、小旦、旦倈、色旦、搽旦、外旦、貼旦等」[4]，將沖末視為腳色。現今的研究者一般認為「沖末」並非腳色，「沖末」開場是受南戲第二齣「生上沖場」的影響，其實從具體的形式來看，雜劇的「沖末」開場更接近南戲「副末開場」的形式。

　　第二，第一折前加楔子，由末登場。如李唐賓《李雲英風送梧桐葉》一劇的楔子開首為「〔沖末引正旦上〕小生姓任名繼圖字道

1　　王子一《劉晨阮肇誤入天台》，《古本戲曲叢刊四集》本，第 94 冊第 1a 頁。

2　　谷子敬《呂洞賓三度城南柳》，《古本戲曲叢刊四集》本，第 42 冊第 1a 頁。

3　　楊景賢《馬丹陽度脫劉行首》，《古本戲曲叢刊四集》本，第 38 冊第 1a 頁。

4　　王國維《宋元戲曲史》，第 112 頁。

統……」[5]；楊文奎《翠紅鄉兒女兩團圓》則為「沖末大旦同淨福童、安童上，大旦云……」[6]。

第三，不用「末」上場，而以「開」的形式。如劉兌的《金童玉女嬌紅記》，其開場只有「瑤池金母上開」，「孛老同二俅上開」。

從開場形式上來看，明初的雜劇基本沿用元雜劇體式。但隨着南戲在明初的發展和傳奇體制的確立，元雜劇那套固有的程式使得它在與南戲、傳奇的競爭中多處於下風。因此，明人開始思考對雜劇進行改革，汲取南戲和傳奇的特點。從明雜劇革新後的開場形式來看，雜劇作家的創作顯然是受到了傳奇的影響，具體體現在：

第一，對「副末開場」名稱的使用。明代後期的部分雜劇作品出現了以「副末開場」或「開場」的名稱，來代替上文所舉「××上」、「××上開」等形式的現象，借鑒和模仿了明傳奇的開場形式。「副末開場」的形態雖於宋元南戲時定型，但從現有的南戲劇本來看，都沒有使用這一名稱，如未經明人修改的《永樂大典》所收三種戲文即是如此。《張協狀元》、《小孫屠》用「末上白」，《宦門子弟錯立身》用「末出白」。目前已知的明代南戲作品中，最早使用了「副末開場」這一名稱的是蘭茂的《性天風月通玄記》。此劇現存清乾隆抄本，劇前有引，從引文中的「予於甲戌春暇一日」，可知此劇作於景泰五年甲戌（1454），但作為清抄本，極有可能被演出藝人改編過，因為我們現在看到的文本恐非明代原貌。同樣作於明初的《伍倫全備記》也使用了「副末開場」，該劇有明萬曆世德堂刊本。而成書於嘉靖三十八年己未（1559）的《南詞敍錄》則有記載：

5　　李唐賓《李雲英風送梧桐葉》，《古本戲曲叢刊四集》本，第 38 冊第 1a 頁。

6　　楊文奎《翠紅鄉兒女兩團圓》，《古本戲曲叢刊四集》本，第 43 冊第 1a 頁。

　　　　開場，宋人凡句欄未出，一老者先出，誇說大意，以求賞，
　　　　謂之開呵。今戲文首一齣，謂之開場，亦遺意也。[7]

因此可以說，「副末開場」這一名稱是明人在南戲創作過程中，至少在
嘉靖年前已被明人使用了。因此明代後期的部分雜劇作品使用「副末
開場」或「開場」的名稱，不可能襲自元人之法，而是受到了明傳奇
創作的影響。使用「副末開場」的雜劇如孟稱舜的《桃花人面》，他
的另一部雜劇《殘唐再創》則標為「末上開場」。同樣作為一位傳奇
作家，孟稱舜還作有七種傳奇。因而他的雜劇受傳奇創作影響也是很
自然的事情。與孟稱舜《殘唐再創》一樣，王應遴《逍遙遊》也用了
「末上開場」。署名為「虎林沖和居士」的《歌代嘯》則使用了「開場」
這一名稱[8]，其《楔子》為：

　　〔開場〕【臨江仙】謾說矯時勵俗，休牽往聖前賢。屈伸何必
　　問青天。未須磨慧劍，且去飲狂泉。　　世界原稱缺陷，人情自古
　　刁鑽。探來俗語演新編。憑他顛倒事，直付等閒看。

　　且聽咱雜劇正名者：

　　沒處洩憤的是冬瓜走去拿瓠子出氣，
　　有心嫁禍的是丈母牙疼灸女婿腳跟，
　　眼迷曲直的是張禿帽子教李禿去戴，
　　胸橫人我的是州官放火禁百姓點燈。[9]

此劇開場以《臨江仙》詞配四句「正名」形式，兼用了傳奇「副末開場」

7　徐渭《南詞敘錄》，《中國古典戲曲論著集成》本，第 3 冊第 246 頁。

8　《歌代嘯》一劇的著作權歸屬向來存有爭議，今人雖多將此劇列於徐渭名下，但也
　　有研究者提出非徐渭所作。孫書磊《南圖藏舊精抄本〈歌代嘯〉作者考辨》（《戲
　　曲藝術》2010 年第 3 期）一文即認為該劇的作者為《凡例》的撰寫者「沖和居士」。

9　徐渭《四聲猿》，《徐渭集》本，中華書局 1983 年版，第 4 冊第 1233 頁。

和雜劇楔子中的「正名」。該劇凡例對此有所解說：

> 今曲於傳奇之首總序大綱曰開場。元曲於齣內或齣外另有小
> 令曰楔子，至曲盡又別有正名，或四句，或二句，檃括劇意，亦
> 略與開場相似。余意一劇自宜振綱，勢既不可處後，故特移正名
> 向前，聊准楔子，亦所以存舊範也。且正名亦未必出歌者口中，
> 今於曲盡仍作數語，若今之散場詩者，大率可有可無。至各齣末
> 則一照元式，不用詩。[10]

北雜劇的「正名」一般在劇尾，南雜劇則與南戲相似，將「正名」置
於劇首，只是南戲中稱為「題目」。到了明改本的戲文中，「題目」被
「副末開場」的下場詩所取代，明傳奇沿用了這一體例。上引凡例中所
謂元曲「至曲盡又別有正名，或四句，或二句，檃括劇意」，當指北
雜劇用於劇尾的「正名」，從形式和功能上來看，與傳奇總序大綱的
開場相似。在考慮到這一功能的前提下，作者將《歌代嘯》的「正名」
移至劇首，視為「楔子」。因「楔子」只存在於雜劇體制之中，而南
戲和傳奇並無，所以這一處理也合乎「舊範」。因此可以說，《歌代嘯》
的開場實際上是雜劇「楔子」和傳奇「副末開場」雜合而成的。相對
於《歌代嘯》作者對元人「舊範」的有所保留，明代後期的雜劇作家
則完全脫離元人「楔子」的藩籬，以傳奇「副末開場」的形式取而代
之。李漁在《閒情偶寄》中曾寫到：「元詞開場，止有冒頭數語，謂之
『正名』，又曰『楔子』，多則四句，少者二句，似為簡捷。然不登場
則已，既用副末上場，腳才點地，遂爾抽身，亦覺張皇失次。增出家
門一段，甚為有理。……至於末後四句，非止全該，又宜別俗。元人
楔子，太近老實，不足法也。」[11]明人對雜劇開場形式的革新大抵也是

10　徐渭《四聲猿》凡例，《徐渭集》本，第 4 冊第 1232 頁。

11　李漁《閒情偶寄》卷三，《中國古典戲曲論著集成》本，第 7 冊第 66 頁。

出於對元雜劇楔子「不足法」這一局限的認識。

　　第二，對開場詞的使用。如果說明雜劇對「副末開場」名稱的使用只是形式上的借用的話，那麼由末腳誦唸開場詞的引入則是實質性的模擬，也是判斷雜劇開場是否符合傳奇「副末開場」形式的必要條件。因此像汪道昆《高唐夢》一劇的開場，以末上唸一闋詞並加以二句韻文，實質上也是「副末開場」的形式。一般而言，開場詞是南戲和傳奇「副末開場」體制的組成部分，用於略說劇本大意。開場詞的運用在宋元南戲中便已存在。在現存的南戲劇本中，我們能看到這樣的例子，比如《張協狀元》在四句「題目」之後，有《水調歌頭》和《滿庭芳》二闋詞；《元本蔡伯喈琵琶記》也是類似的情況，它的兩首開場詞分別為《水調歌頭》和《沁園春》。明傳奇的開場體制接續南戲而來，一般用一至三首開場詞。明雜劇又受到傳奇的影響，出現了模仿傳奇使用開場詞的作品。從現存的雜劇作品來看，確定為明人所作的雜劇作品中，使用了開場詞的共有三十多首。從這類作品創作時間的先後來看，最早的為楊慎所作的《宴清都洞天玄記》。該劇有前後序跋共四篇，題寫時間分別為「嘉靖丁酉春日」、「嘉靖壬寅冬十月」、「嘉靖壬寅冬十月」、「嘉靖戊午」，其中最早的年份為嘉靖十六年丁酉（1547），則可知此劇當作於此年之前。因此，可以說在嘉靖中期以後，明代雜劇開始部分地接受了傳奇使用開場詞的形式。而明傳奇的體制確立也大致在嘉靖中期，嘉靖二十二年癸卯（1543），梁辰魚作成《浣紗記》，嘉靖二十六年丁未（1547），李開先作成《寶劍記》，這兩部作品往往被認為是傳奇勃興的開端和標誌。這兩個時間點的恰巧重合，也從側面反映了明代後期繁榮發展的傳奇對雜劇產生影響的事實。

　　除了上述兩點之外，部分作品還借用了傳奇開場中「後場問答」的形式，同樣可以視為明雜劇取法傳奇的例證。總之，雜劇發展到明

代，它的革新除了唱腔、折數等方面受到南戲和傳奇的啟發與影響之外，開場形式對南戲和傳奇「副末開場」的學習和模仿也是不可忽視的重要現象。

二　明雜劇開場詞和開場形式的類型化論述

從戲曲體制的角度來看，「副末開場」或「家門開場」的劇本形式專就南戲和傳奇而言。南戲劇本結構中的「家門」，指「在未演正戲之前，先有末腳登場，報告戲情，明人稱為『家門』」[12]。明人作傳奇雖多以「家門」之名用於第一齣齣目，但也使用其他如「大略」、「始末」、「提綱」等名稱，不一而足。儘管如此，明傳奇「家門」形式基本沿襲了南戲的體制，一般以詞兩闋、後場問答和下場詩構成。作為戲劇「家門」的組成部分，開場詞有較為固定的形式和功能，前一首詞多為渾寫大意之作，而後一首詞多以長調敘說劇情。李漁在《閒情偶寄》中對此有所闡發：

> 開場數語，謂之「家門」，雖云為字不多，然非結構已完胸有成竹者，不能措手。……未說家門，先有一上場小曲，如《西江月》、《蝶戀花》之類，總無成格，聽人拈取。此曲向來不切本題，只是勸人對酒忘憂、逢場作戲諸套語。予謂詞曲中開場一折，即古文之冒頭、時文之破題，務使開門見山，不當借帽覆頂。即將本傳中立言大義包括成文，與後所說家門一詞，相為表裏。前是暗說，後是明說。暗說似破題，明說似承題。如此立格，始為有根有據之文。[13]

12　錢南揚《漢上宧文存續編》，第 17 頁。

13　李漁《閒情偶寄》卷三，《中國古典戲曲論著集成》本，第 7 冊第 66 頁。

李漁指出「家門」中的兩闋詞以「互為表裏」為最佳，前一首詞略說本傳的「立言大義」，後一首詞詳敍劇情，這樣兩首詞便形成了一種文義上的銜接，有根有據，不至於變為逢場作戲的套語。當然也有戲曲作品的前一首詞多為套語，如陸采《南西廂記》的「副末開場」，第一首詞《南鄉子》即為套語：

> 吳苑秀山川，孕出詞人自不凡。把筆戲書雲錦爛，堪觀，光照空濛五色閒。　　天意困儒冠，且捲經綸臥碧山。那個榮華傳萬載？徒然，做只詞兒盡意頑。[14]

而其後《臨江仙》、《燭影搖紅》二闋詞則分別作為略說大意、詳敍劇情之用。此外，還有部分開場詞被用以闡說劇作家的創作主旨，如《伍倫全備記》的副末開場，《鷓鴣天》一詞中「若於倫理無關緊，縱是新奇不足傳。……今宵搬演新編記，要使人心忽惕然」等句指明此劇專為揄揚倫理綱常而作，目的在於感化人心。因而，從明傳奇的「副末開場」的具體創作情況來看，開場詞的功能大抵可以分為渾寫大意、敍說劇情和闡明創作主旨這三個方面。明雜劇開場形式模擬傳奇而來，對於開場詞的運用，在功用方面也大致與傳奇開場詞相符合。

　　首先討論明雜劇以開場詞為核心的開場形式。明雜劇承襲元人雜劇而來，明初作品的開場形式多以「正名」的形式出現。沈自徵《霸亭秋》即以「楚項王淚濕泥人臉，杜秀才痛哭霸亭秋」二句開場；葉憲祖《碧蓮繡符》則以「仲夫人妒害佳人，秦公子契合嘉賓。章解元傭書寄跡，陳碧蓮出閣成親」四句開場。明人改革之後，出現了類似南戲「家門大意」的開場形式，筆者主要探討的正是這後一種情況。

　　從使用開場詞的數量上來看，根據第一章第二節的表 1－3 可知，明雜劇開場基本只用一首開場詞。那麼，在使用了一首開場詞的情況

14　陸采《南西廂記》卷上，《古本戲曲叢刊初集》本，第 64 冊第 1a 頁。

下，雜劇的開場形式主要變化即在於開場詞之外的內容運用。從具體的作品文本來看，可分為三類，試論如下：

第一類純粹以一首詞作為開場。如袁于令的《雙鶯傳》，楔子只用了半闋《滿庭芳》。相對而言，這一類的開場形式略顯簡單。

第二類開場形式在一首開場詞之外，往往還有配以四句韻文，如呂天成《齊東絕倒》的開場：

〔末上〕【西江月】瞎漢總然犯法，乖兒卻會藏親。齊東野語古來聞，鄒孟揣摩虞舜。　　女向琴床自保，身逃濱海誰尋。分明往牒曲中真，聽取詼諧可信。

皋陶拿不着殺人的賊，

商均趕不轉朝子的翁。

傲象饒不過禪位的帝，

囂母放不下逃海的農。[15]

這樣一種以開場詞和四句韻文組成的形式，相對而言是較為普遍的。關於這四句韻文，前引《歌代嘯》的開場寫明四句韻文為「雜劇正名」。到了萬曆年間，這四句韻文已經發展成為「下場詩」的樣式了。汪道昆《大雅堂雜劇》四種，均以開場詞和二句或四句韻文來敘述家門，只是與《齊東絕倒》及上文所舉《歌代嘯》的淺近通俗的正名相比，《大雅堂雜劇》中的正名更加規範和文雅，如《五湖遊》的開場：

〔末上〕【浣溪紗】落落淮陰百戰功，蕭蕭雲夢起悲風。齊城七十漢提封。　　棄國直須輕敝屣，藏身何用歎良弓。百年心事酒杯中。

15　呂天成《齊東絕倒》，《盛明雜劇初集》本，中國戲劇出版社 1958 年版，第 1a－1b 頁。

　　我愛鴟夷子，迷花不事君。

　　紅顏棄軒冕，白首臥煙雲。[16]

「我愛鴟夷子」四句與其說是正名，不如說更接近「下場詩」的樣式。孟稱舜的兩部雜劇《桃花人面》和《殘唐再創》也運用了這一類的開場形式。《桃花人面》的正名為「笑春風兩度桃花，題紅怨傷心崔氏。喜成親再世姻緣，死相思癡情女子。」[17]而《殘唐再創》的則為「氣黃巢稱兵造反，眾節度應詔勤王。仗忠肝重興帝室，憑義膽再創殘唐。」[18]從內容上看，它們是對劇情的概括，起到了按時情節及與渾說大意的開場詞相呼應的效果。

　　第三類開場形式，汲取了更多的明傳奇元素，在開場詞和四句韻文之外還輔以後場問答的形式。《宴清都洞天玄記》的開場便是如此：

　　〔末上開〕【蘇武慢】堪歎浮生，年來歲去，偏有許多忙事。蝸角勞勞，蠅頭攘攘，只為虛名微利。白髮難饒，朱顏易老，日月長繩怎繫。細思之何苦奔馳，陽焰空花身世。　　好回首、放浪山林，逍遙雲水，火宅風塵都棄。紫府丹丘，藍岑翠巘，別是一壺天地。青鳥喉歌，紅鸞掌舞，金醴朝朝長醉。宴清都，拍手群仙，且聽洞天玄記。

　　〔問云〕可惜良辰美景，休要亂道胡支。請問後房子弟，搬演何代傳奇？

　　〔內應云〕宴清都洞天玄記。

　　〔末〕好，好。這故事容成公傳與彭祖，廣成子授與軒轅，迷

16　汪道昆《五湖遊》，《盛明雜劇初集》本，第1a頁。

17　孟稱舜《桃花人面》，《盛明雜劇初集》本，第1a－1b頁。

18　孟稱舜《殘唐再創》，《盛明雜劇二集》本，第1a頁。

方者執文泥象，知音者得意忘言，來者形山道人，好做好看。[19]

《宴清都洞天玄記》開場「請問後房子弟，搬演何代傳奇」的語句，全然是明傳奇的用法。這樣一種後場問答形式交代了劇名，並引出腳色和正戲，這也是明傳奇內場問答的一般功能。

其次討論明雜劇開場詞所承擔的功能。明代雜劇中，共有三十二種雜劇運用了開場詞。從具體的詞作功能來看，可分為以下幾種：

第一種用以敘說劇情。其中最突出的代表就是傅一臣的《蘇門嘯》。《蘇門嘯》由《買笑局金》、《賣情紮屯》、《沒頭疑案》等十二種雜劇組成，皆取材或改編自凌濛初編撰的白話小說集《初刻拍案驚奇》和《二刻拍案驚奇》。從折數上來看，每種雜劇由四至八折組成，最少的《買笑局金》僅四折，《賢翁激婿》、《死生冤報》則為八折。各本開首均有「開場詞」一闋，每一本詞牌均不同，但都用諸如《東風齊著力》、《玉燭新》、《解連環》等中長調。選擇中長調的詞牌用以敘說劇情，完全是借鑒了傳奇開場詞中「家門」一闋的形式。以為第一種雜劇《買笑局金》為例，其開場詞《東風齊著力》為：

> 錦陣花營，擽蒱博塞，將仕豪奢。會逢遊冶，蜜騙作生涯。楚館先邀諧謔，萋萋妓，鬥菽呈葩。綺叢裏，雲雨打當，風月排衙。　　巧計更看誇，暗埋伏、八門十面擒拏。郊原賃屋，設計倩嬌娃。喬粉貴官姬妾，小閣內、買快流霞。三十鍬，春深繡幕，一擲無賒。[20]

此劇本事出於洪邁《夷堅志》，而取材於凌濛初《二刻拍案驚奇》中的《沈將仕三千買笑錢王朝議一夜迷魂陣》，演李密、鄭賢二人設局

19　楊慎《宴清都洞天玄記》，《古本戲曲叢刊四集》本，第 1a–1b 頁。

20　傅一臣《買笑局金》，《傅惜華藏古典戲曲珍本叢刊》本，學苑出版社 2010 年版，第 13 冊第 1a 頁。

騙取沈將仕錢財之事。李、鄭二人覬覦富豪沈將仕，先邀他到「楚館」
與妓女蓁蓁「諧謔」作樂；後又設計在「郊原賃屋」，與眾妓女冒充
大官「王朝議」妻妾一家，設下賭局。沈將仕盡輸三千兩，最後得漁
翁說破，方知中計。結合劇情，我們也可以看到上引開場詞基本完成
了對該劇內容的概說。其餘十一首各本開場詞均與此類似，以敘事的
形態起到敘說劇情、提綱挈領的作用。

　　第二類用以渾寫大意。所謂渾寫大意，即略帶本劇情節，並借此
有所闡發。相比於第一類，渾寫大意的開場詞從形式上看多為小令，
而非中長調；從內容上看，敘事性成分被削弱，而抒情感懷的內容有
所增加。

　　將開場詞用以渾寫大意的雜劇，可以以孟稱舜的兩種雜劇為例。
敘演崔護和葉蓁兒愛情故事的《桃花人面》，雖以葉蓁兒死而復生、
得以與崔護完婚的大團圓情節作為結尾，但全劇的基調始終都是悲劇
性和抒情化的。在劇中，崔護二訪桃園未能再遇佳人，於是題詩門
上：「去年今日此門中，人面桃花相映紅。人面只今何處在？桃花依舊
笑春風。」葉蓁兒見到這首詩後，愁緒滿懷，終一病而亡。這首詩既
是全劇情節發展之樞紐，也是孟稱舜所要表達的悲劇思想的附着體。
前者可以從《鷓鴣天》這首開場詞的上闋找到註腳：「年去年來花自
忙，搬將紅紫鬥新妝。花容人面兩相似，一夜秋風總斷腸。」[21] 此四句
韻味與崔護《題都城南莊》詩意如出一轍，「總斷腸」也暗示了崔護與
葉蓁兒在作品前半部分中的愛情悲劇；而後者的深意則可從《鷓鴣天》
詞的下闋探知一二：「停歌板，對斜陽，閒憑燕子訴興亡。昔年好事
今成夢，只有相思恨轉長。」[22] 大團圓的結局，在作者看來只是好夢一

21　孟稱舜《桃花人面》，《盛明雜劇初集》本，第 1a 頁。

22　孟稱舜《桃花人面》，《盛明雜劇初集》本，第 1a 頁。

場，長久的只有相思和由相思而來的幽恨，正如該劇的散場詩所寫：「滿樹桃花花正肥，萬般幽恨在今時。年年灑向花前淚，為問花開知不知。」[23] 這種悲劇情懷，才是孟稱舜通過全劇所要表達的思想內容；而這種思想內容，作者也通過極其精煉的方式濃縮到一首只有五十五個字的《鷓鴣天》中去了。另一本雜劇作品《殘唐再創》，全名《鄭節度殘唐再創》，別名《英雄成敗》，劇演黃巢、鄭畋兩個開始同為天涯淪落人，最終命運卻截然相反的英雄人物。作為歷史劇，《殘唐再創》雖然表面上褒揚鄭畋剿滅黃巢叛亂，再創殘唐，批判黃巢叛亂致使「屍積渭城邊，燕巢林木上，血滿長安市」[24]，但更深層次的，則是基於歷史滄桑感之上的直接抒發和對明末社會現實的側面寫照。通過開場詞《菩薩蠻》中的「誰弱與誰雄？同生蝸角中。……興亡如過電，得失浮雲變」[25]，我們也能體會到作者所要表達的思想內容，與劇末散場詩的意味相同：「幾遍江山換姓名，舊時宮闕已成塵。可憐今日捐軀者，誰是當年受福人？」[26]

　　第三類用以闡明創作意圖。由於開場詞置於全劇之首，在發揮它提綱挈領、提示情節的作用之外，劇作家也往往會將自己緣何創作這部作品的原因通過開場詞敘述出來。上引《宴清都洞天玄記》和《歌代嘯》的開場詞便是如此。今以上文所述三個功能分類為參照，對三十二種明雜劇中的開場詞進行了一番梳理，並大致依作家生卒年先後順序錄出如下：

23　孟稱舜《桃花人面》，《盛明雜劇初集》本，第 25a 頁。

24　孟稱舜《殘唐再創》，《盛明雜劇二集》本，第 17a 頁。

25　孟稱舜《殘唐再創》，《盛明雜劇二集》本，第 1a 頁。

26　孟稱舜《殘唐再創》，《盛明雜劇二集》本，第 22a 頁。

表4-1　明雜劇作品開場詞及其類型一覽

作品		開場詞	開場詞的功能
楊慎《宴清都洞天玄記》		《蘇武慢》（堪歎浮生）	闡明創作意圖
徐渭《歌代嘯》		《臨江仙》（謾説矯時勵俗）	闡明創作意圖
汪道昆《大雅堂雜劇》四種	《高唐夢》	《如夢令》（歲事悠悠轉轂）	渾寫大意
	《洛水悲》	《臨江仙》（金谷園中生計拙）	渾寫大意
	《五湖遊》	《浣溪紗》（落落淮陰百戰功）	渾寫大意
	《遠山戲》	《畫堂春》（花間素女抱雲和）	渾寫大意
葉憲祖	《易水歌》	《鷓鴣天》（笑煞男兒軟似綿）[27]	闡明創作意圖
	《三義記》	《西江月》（畫燭燒來狼藉）；《劉老慈悲可羨》	敘説劇情
許潮《裴晉公綠野堂祝壽》		《蝶戀花》（菊花摧殘秋天已暮）	渾寫大意
呂天成《齊東絕倒》		《西江月》（瞎漢總然犯法）	闡明創作意圖
車任遠《蕉鹿夢》		《西江月》（混沌那曾鑿竅）	渾寫大意
王應遴《衍莊新調》		《西江月》（何事無中生有）	渾寫大意
孟稱舜	《桃花人面》	《鷓鴣天》（年去年來花自忙）	渾寫大意
	《殘唐再創》	《菩薩蠻》（幾人載酒看花坐）	渾寫大意
祁麟佳《錯轉輪》		《畫堂春》（浮雲解笑北邙堆）	渾寫大意
凌濛初《宋公明鬧元宵》		《青玉案》（東風夜放花千樹）	渾寫大意
程士廉《帝妃春遊》		《鷓鴣天》（禁城柳色已拖金）	渾寫大意
袁于令《雙鶯傳》		《滿庭芳》（歌院雙鶯）	敘説劇情

27　《易水歌》一劇開場詞，見於日本內閣文庫所藏明萬曆刻本；《盛明雜劇》二集本亦收錄該劇，卻刪去這首《鷓鴣天》詞。參見黃仕忠《日本內閣文庫藏明刊雜劇七種考》，東南大學學報2005年第4期。

（續上表）

作品		開場詞	開場詞的功能
傅一臣《蘇門嘯》雜劇十二種	《買笑局金》	《東風齊着力》（錦陣花營）	敘説劇情
	《賣情紮屯》	《玉燭新》（豔冶簾前站）	敘説劇情
	《沒頭疑案》	《解連環》（程式貪花）	敘説劇情
	《截舌公招》	《水龍吟》（尼奸設騙兩家）	敘説劇情
	《智賺還珠》	《醉蓬萊》（汪俠仙倜儻）	敘説劇情
	《錯調合璧》	《解語花》（繩武迷留）	敘説劇情
	《賢翁激婿》	《玲瓏四犯》（公子揮金）	敘説劇情
	《義妾存孤》	《燕春臺》（先妾後妻）	敘説劇情
	《人鬼夫妻》	《玉女迎春滿》（衛玉崔生）	敘説劇情
	《死生冤報》	《鳳凰臺上憶吹簫》（浪子短情）	敘説劇情
	《蟾蜍佳偶》	《金人捧露盤》（九韶郎）	敘説劇情
	《鈿盒奇姻》	《華胥引》（上谷佳人）	敘説劇情
張龍文《旗亭宴》		《西江月》（寥落一生無可）	渾寫大意
收春醉客《曲中曲》		《西江月》（題起曲中事業）	渾寫大意

　　從上表可知，明人創作雜劇，若用開場詞，僅作一闋（唯《三義記》開場用了兩首半闋《西江月》，中間隔以二十句七言韻文用以詳陳劇情）。從功能類型上來看，以渾寫大意和敘說劇情為最多；但考慮到傅一臣《蘇門嘯》雜劇十二種的特殊性，若將其排除在外的話，可以說，明雜劇的開場詞基本以渾寫大意為主。這兩個特點也與雜劇一般體制短小、內容精煉的特點相關。這也可以看出雜劇作家在模仿傳奇開場形式的同時，充分考慮了雜劇的體制特點。

第二節　從詞作功能看明代戲曲「理」、「情」之變

關於明代戲曲的分期，筆者持前後兩分法，以嘉靖中──嘉靖二十二年癸卯（1543）前後為界分為前後兩期。從形式上看，前期的雜劇多遵元人舊範，後期多受傳奇影響，出現體制的變革和南雜劇的創作；傳奇的分界則更為明顯，嘉靖二十二年癸卯（1543），梁辰魚作成《浣紗記》，嘉靖二十六年丁未（1547），李開先作成《寶劍記》，這兩部作品往往被認為是傳奇勃興的開端和標誌。從內容上來看，前期的戲曲創作，無論是雜劇還是傳奇（南戲），多為歌功頌德、宣揚封建倫理綱常的教化類作品；而自嘉靖中以後，尤其是到了萬曆年間，伴隨着文人作家的自覺追求，戲曲作品所展現的精神風貌和藝術特徵，都有了較為明顯的轉變。

一　重理：詞作的教化功能與明代前期教化劇創作

明王朝初立之時，推行嚴厲的思想整肅，明代前期的戲曲創作也被籠罩在這樣一種環境下而體現出特有的風格──強調戲曲的政治教化功能。這種戲曲的創作觀念是自上而下的，與統治者的愛好與倡導有關。據李開先記載：「洪武初年，親王之國，必以詞曲一千七百本賜之。……人言憲廟好聽雜劇及散詞，搜羅海內詞本殆盡。又武宗亦好之，有進者即蒙厚賞。」[28] 李開先所述雖未必屬實，但統治階層中不但存在着戲曲創作的現象，而且明太祖第十七子寧王朱權編纂《太和正音譜》，都從一定程度上反映了統治階層對戲曲的重視。對於戲

28　李開先《閒居集》卷六，《李開先集》本，上冊第 370 頁。

曲文學的發展而言，這種重視帶來的負面效應便是統治階層的觀念自上而下地向戲曲創作滲透。這種對於重視戲曲感化、教育作用的創作觀念，自然是與統治階級為鞏固統治而進行的思想整肅相一致的。對此，朱權《太和正音譜》序言有所總結和闡發：

> 禮樂之盛，聲教之美，薄海內外，莫不咸被仁風於帝澤也，於今三十有餘載矣。近而侯甸郡邑，遠而山林荒服，老幼瞽盲，謳歌鼓舞，皆樂我皇明之治。夫禮樂雖出於人心，非人心之和，無以顯禮樂之和；禮樂之和，非自太平之盛，無以致人心之和也。故曰「治世之音安以樂，其政和」。是以諸賢形諸樂府，流行於世，膾炙人口，鏗金戛玉，鏘然播乎四裔，使鴂舌雕題之氓，垂髮作社之俗，聞者靡不忻悅。雖言有所異，其心則同。聲音之感於人心大矣。[29]

在朱權看來，正是由於「皇明之治」和「太平之盛」，才能有「禮樂之和」，進而感化人心取得「人心之和」。朱權在自己的戲曲詞作中也實踐着這一戲曲主張。他保留下來的雜劇《沖漠子獨步大羅天》，便是一部神仙道化劇；而另一部描寫才子佳人的雜劇《卓文君私奔相如》，更是略顯牽強地增加了許多教化意義的內容。該劇第一折一開場便借司馬相如之口大篇幅地闡發對「古之賢人」、「古之達人高士」、「君子之為學」以及對君臣之道、邦國綱紀等的看法。而在第二折寫二人夜遁時，卓文君讓司馬相如乘車，自己駕車，並說：「男尊女卑，理之常也。夫唱婦隨，人之道也。今先生乘車，妾為之御，斯乃婦道之宜。雖於倉皇之際，焉敢失其義乎？」[30]另一位藩王朱有燉的雜劇創作受教化論的影響更加明顯。除了神仙道化劇，朱有燉還創作了《天香

29　朱權《太和正音譜》自序，《中國古典戲曲論著集成》本，第 3 冊第 11 頁。

30　朱權《卓文君私奔相如》，《古本戲曲叢刊四集》本，第 41 冊 10a 頁。

圍牡丹品》、《十美人慶賞牡丹園》、《瑤池會八仙慶壽》等歌頌「皇明之治」的宮廷劇，也有《搊搜判官喬斷鬼》、《清河縣繼母大賢》和《趙貞姬身後團圓夢》等勸人向善的教化劇。

　　與統治階級的倡導相應，明代前期的戲曲作家對於戲曲作品的教化功能也有所接受和認識。對此，李開先在《改定元賢傳奇後序》中提到：

> 傳奇凡十二科，以神仙道化居首，而隱居樂道次之，忠臣烈士、逐臣孤子又次之，終以神佛、煙花、粉黛。要之激勸人心，感移風化，非徒作，非苟作，非無益而作之者。今所選傳奇，取其辭意高古，音調協和，與人心風教俱有激勸感移之功。[31]

李開先看重戲曲作品「激勸人心，感移風化」，並將「與人心風教俱有激勸感移之功」列為選評作品的標準之一。結合具體的創作實踐，從宏觀的角度來看，明代前期出現了數量眾多的教化劇，或是符合當時整個劇壇創作風氣的；若細論之，也可看到，這些作品中出現了較多的教化成分，甚至歷來重典雅、富情致的詞體，也被戲曲作家用以教化論的詞作。這種戲曲中的詞作用以承擔教化作用的現象，主要體現在大量承載教化論的戲曲創作觀念，以及直接進行說教或間接發揮「感移風化」的詞作的湧現。試以大致成書於前期的戲曲作品為考察對象，將上述三種類型的詞作摘出統計如下：

31　李開先《閒居集》卷五，《李開先集》本，上冊第 317 頁。

表 4－2　明代前期傳奇作品中教化類詞作及其類型一覽

作者	戲曲作品	相關詞作
華山居士	《投筆記》	第三齣：《玉樓春》（春來處處聞啼鳥）（b） 《菩薩蠻》（我心匪石不可轉）（b） 第五齣：《木蘭花》（心懷經濟）（b）
邵燦	《香囊記》	第一齣：《鷓鴣天》（一曲清歌酒一巡）（a） 《沁園春》（為臣死忠）（a） 第二齣：《鷓鴣天》（洙泗千年道不傳）（b） 第四齣：《臨江仙》（曉鏡離鸞羞睹影）（b） 第二十三齣：《醉落魄》（孝當竭力）（b） 第三十齣：《玉樓春》（芙蓉秋老顏非故）（b） 第三十一齣：《踏莎行》（漢室堂堂）（b）
姚茂良	《雙忠記》	第一齣：《滿庭芳》（士學家源）（a） 第二齣：《臨江仙》（早步蟾宮高折桂）（b） 第六齣：《踏莎行》（人語沙頭）（b） 第二十六齣：《菩薩蠻》（悄然一室如懸磬）（b） 第三十一齣：《菩薩蠻》（東風吹綠王孫草）（b）
	《精忠記》	第一齣：《滿庭芳》（南渡功臣）（a）
沈采	《還帶記》	第一齣：《畫堂春》（梨園名號始於唐）（a） 第二十齣：《蝶戀花》（雪案螢窗攻筆硯）（b） 第二十一齣：《長相思》（不第歸）（b） 第二十三齣：《西江月》（磊落丰姿如舊）（b）
沈齡	《三元記》	第三齣：《鷓鴣天》（重義輕財大丈夫）（b）
李開先	《斷髮記》	第一齣：《鷓鴣天》（一覽殘篇百感興）（b） 第二十四齣：《踏莎行》（楓老丹明）（b）
	《寶劍記》	第一齣：《鷓鴣天》（一曲高歌勸玉觴）（a） 第十八齣：《浣溪沙》（一舉高科已十春）（b） 第二十齣：《鷓鴣天》（一別慈親出汴京）（b） 第二十二齣：《木蘭花》（一夜悶愁愁不撇）（b） 第三十九齣：《阮郎歸》（夜來風雨急相催）（b）
丁鳴春	《鄒知縣湘湖記》	第一齣：《滿庭芳》（儒學何生）（b）

（續上表）

作者	戲曲作品	相關詞作
陳羆齋	《躍鯉記》	第一折：《滿庭芳》（獨對青燈）（a） 《水調排歌》（姜詩勤養母）（b） 第二折：《鷓鴣天》（十年窗下書勤讀）（b）
謝讜	《四喜記》	第四十二齣：《菩薩蠻》（魁名幸顯趨庭教）（b）
鄭之珍	《勸善記》	上卷·元旦上壽：《鷓鴣天》（天經地義孝為先）（a） 中卷·開場：《西江月》（古聖書囊奧妙）（a） 壽母勸善：《鷓鴣天》（天地分明有鬼神）（b） 過奈何橋：《西江月》（小字忠臣烈婦）（b） 《西江月》（世上善男信女）（b） 善人升天：《鷓鴣天》（濟濟陽間修善群）（b） 下卷·開場：《鷓鴣天》（日暖風和景物鮮）（a） 目連坐禪：《西江月》（西域菩提馥鬱）（b） 目連尋犬：《西江月》（昔日深蒙點化）（b）
張瑀	《還金記》	第一齣：《臨江仙》（聖主賢臣扶社稷）（b）
張鳳翼	《祝髮記》	第一折：《千秋歲》（華堂芳宴）（a） 《萬年歡》（國士徐君）（a） 第二折：《鷓鴣天》（江左風煙隔虜塵）（b）
	《灌園記》	第一齣：《東風齊着力》（華屋珠簾）（b）
	《虎符記》	第一折：《賀聖朝》（滿斟綠醑酌賓主）（a）
沈鯨	《雙珠記》	第一齣：《法曲獻仙音》（足學王生）（a） 第十三齣：《清平樂》（夫妻猶比翼）（b）
張四維	《雙烈記》	第二十八齣：《賀聖朝》（君恩似海深難報）（b）
江楫	《芙蓉記》	副末開場：《滿江紅》（時事堪嗟）（a）
無名氏	《伍倫全備記》	第一齣：《鷓鴣天》（書會誰將雜曲編）（a） 《臨江仙》（每見世人搬雜劇）（a） 第二齣：《西江月》（自古神仙造酒）（b） 《西江月》（莫戀歌樓妓館）（b） 《西江月》（世上三般敗事）（b） 第六齣：《鷓鴣天》（娶婦何須要富家）（b）

（續上表）

作者	戲曲作品	相關詞作
		《鷓鴣天》（娶婦何須要貴門）（b） 《鷓鴣天》（要娶由來為祖先）（b） 第十四齣：《木蘭花慢》（慈闈生日）（b） 第二十三齣：《浪淘沙》（歲月去堂堂）（b） 第二十六齣：《沁園春》（酌泉為酒）（b）
無名氏	《白袍記》	第一折：《西江月》（一段新奇故事）（a）
無名氏	《古城記》	第一齣：《順水歌頭》（往事如夢幻）（a）
無名氏	《四美記》	第一齣：《西江月》（大明一統天下）（a）
無名氏	《鳴鳳記》	第一齣：《西江月》（秋月春花易老）（a）

說明：

　　a、b 表示戲曲作品的兩種詞作類型，a 為承載教化論的戲曲創作觀念的詞作，b 為直接進行說教或具有一定教化意義並間接發揮感移風化功能的詞作。

　　第一種類型的詞作，以傳奇首齣開場詞為主。明初無名氏所作的《伍倫全備記》，其開場詞用作闡釋教化論戲曲觀的特徵，已被研究者所認識。該劇副末開場《鷓鴣天》一詞中「若於倫理無關緊，縱是新奇不足傳。……今宵搬演新編記，要使人心忽惕然」等句指明此劇專為揄揚倫理綱常而作，目的在於感化人心。直接受《伍倫全備記》影響的是邵燦的《香囊記》，該劇第一齣《家門》第一首開場詞《鷓鴣天》為：

　　　　一曲清歌酒一巡，梨園風月四時新。人生得意須行樂，只恐花飛減卻春。　　今即古，假為真，從教感起座間人。傳奇莫作尋常看，識義由來可立身。[32]

在邵燦看來，戲曲作品是可以起到「感起座間人」的載道教化作用的，不能以尋常的眼光來看待。第二首開場詞《沁園春》又云：

為臣死忠，為子死孝，死又何妨。自光嶽氣分，士無全節。觀省名行，有缺綱常。那勢利謀諛，屠沽事業，薄俗偷風更可傷。怎如那歲寒松柏，耐歷冰霜。　　閒披汗簡芸窗，謾把前修發否臧。有伯奇孝行，左儒死友，愛兄王覽，罵賊睢陽。孟母賢慈，共姜節義，萬古名垂有耿光。因續取五倫新傳，標記紫香囊。[33]

可以看出，作品繼承了《伍倫全備記》的創作意圖，宣揚以忠孝、節義為主要內容的綱常倫理。在這兩部成書於明成化前的戲曲作品之後，較有代表性的作品則是作於弘治、正德間的《還帶記》和作於嘉靖二十六年丁未（1547）的《寶劍記》，這兩部作品的開場詞分別為：

梨園名號始於唐，由來幾度登場。詼諧謔語似猖狂，出入綱常。　　務要循規蹈矩，休輕換羽移商。酒邊今古又周郎，訂誤須防。（《畫堂春》，《還帶記》第一齣）[34]

一曲高歌勸玉觴，開收風月入吟囊。聯金輟玉成新傳，換羽移宮按舊腔。　　誅讒佞，表忠良，提真託假振綱常。古今得失興亡事，眼底分明夢一場。（《鷓鴣天》，《寶劍記》第一齣）[35]

兩首詞中均有「綱常」二字，所不同的是，前者所表達的是作者沈采對於戲曲作品特徵的一般認識──即使是「詼諧」、「猖狂」的戲曲語言，所承載的依然是要合乎綱常的情節和思想，而作品《還帶記》敘演裴度還帶故事，旨在勸人行善積德，也正符合「出入綱常」這一標準。而後者直接點明了作者李開先創作該劇的意圖是，鞭撻奸佞，褒揚忠良，重振封建綱常。

33　邵燦《香囊記》，《六十種曲》本，第 1 冊第 1 頁。

34　沈采《還帶記》，《古本戲曲叢刊初集》本，第 35 冊第 1a 頁。

35　李開先《寶劍記》，《李開先集》本，下冊第 751 頁。

　　第二種類型的詞作，具有明顯的教化、勸世功能，內容以臣忠、子孝、妻貞、母賢、友信等正面內容和戒賭、戒酒等反面題材為主。在這部分詞作中，最值得注意的是上表所列《伍倫全備記》的詞作。該劇第二齣《兄弟遊玩》寫伍倫全、伍倫備、安克和三兄弟春郊遊玩，安克和分別提出去酒樓、妓館、賭場玩耍，伍倫全則分別以三首《西江月》加以勸說：

> 　　自古神仙造酒，將來祭祀筵賓。用時不過兩三巡，豈至常時迷困。　　善性化為兇狼，富家變作艱貧。拋家失業病纏身，一世為人混沌。

> 　　莫戀歌樓妓館，休貪美色嬌聲。分明是個陷人坑，世上呆人不省。　　樂處易生哀悲，笑中真有刀兵。等閒錯腳入門庭，便是蝦蟇落井。

> 　　世上三般敗事，無如賭博為先，任他財寶積如山，不勾賭場數遍。　　輸錢易如覆水，還本難若升天。誰家受用是贏錢？歷數從頭便見。[36]

隨後，安克和又提議去遊僧寺和道觀，伍倫全指出「佛是夷狄之法，無父無君之教」，「道教是中國之法，然非聖人之道」。到了末尾，下場詩又有「年少遊觀甚不宜，須知三教莫如儒」等句。通過勸戒酒、色、賭三敗事和比較儒、釋、道三教，作者在此所要宣揚的是符合儒家觀念的封建倫理。

　　上面所提到的勸三敗事是從反面題材的角度來進行說教，與此相反，大部分詞作都是通過正面內容來發揮感移風化的功能的，且以體現婦道和孝道的妻賢（貞）和子孝的內容為主。前者如《伍倫全備記》

36　無名氏《伍倫全備記》卷一，《古本戲曲叢刊初集》本，第 40 冊第 4b–5a 頁。

第六齣《央媒義親》，作者連用三首《鷓鴣天》來談論男女婚姻，駁斥婚娶為得錢財、取官爵的觀點，指出「家法好」和「性貞專」是擇妻的標準。恪守婦道的綱常往往是與婚姻觀念緊密相關的。類似的作品還有沈鯨《雙珠記》第十三齣的這首《清平樂》：

> 夫妻猶比翼，動止均休戚。一旦風波成汨沒，此意不勝脈脈。　狡童昧彼綱常，那如義重糟糠。白璧元無瑕玷，青蠅莫損其光。[37]

這首詞為王楫之妻郭氏所誦唸。王楫從軍，營長李克成貪戀郭氏美貌，謀欲霸佔，郭氏以此詞顯其忠貞之心。此外，還有直接點出「婦道」的詞作，如邵燦《香囊記》第四齣《臨江仙》詞：「曉鏡離鸞羞睹影，孤琴久絕朱弦。只應腸斷柏舟篇。姆儀崇四德，教子慕三遷。　燕爾新婚諧伉儷，嬌容尚怯芳年。躬持婦道未能全。職供南澗藻，心戀北堂萱。」[38]

體現婦道詞作自然是多為旦角所唸，而彰顯孝道的作品則往往以生角所唸之詞為主，如李開先《寶劍記》第二十齣的《鷓鴣天》：「一別慈親出汴京，相思日夜淚盈盈。故鄉回首知何處，遊子懷歸夢未醒。　愁野渡，苦山行，幾聲哀雁旅魂驚。白雲流水青山外，好景留連倦客情。」[39] 這首詞為生腳林沖所唸。另如鄭之珍《勸善記》上卷「元旦上壽」一齣的《鷓鴣天》：「天經地義孝為先，力孝須當自少年。玉食豈如藜藿美，藍袍爭似彩衣鮮。　心上地，性中天，光明瑩潔即神仙。浮雲富貴成何事，浪得虛名在世傳。」[40] 這首詞則是生角傅羅卜的

37　沈鯨《雙珠記》，《六十種曲》本，第 12 冊第 36 頁。

38　邵燦《香囊記》，《六十種曲》本，第 1 冊第 36 頁。

39　李開先《寶劍記》，《李開先集》本，下冊第 788 頁。

40　鄭之珍《目連救母勸善記》卷上，《古本戲曲叢刊初集》本，第 80 冊第 2a 頁。

定場詞。

　　從表達教化意義的手法來看，相比於勸賭、戒酒色類作品的直接性，體現忠、孝、仁、義等正面內容的詞作則顯得比較含蓄，並具有一定的抒情意味，有助於劇中人物思想活動的描寫和形象的刻畫。但總的來看，本文所討論的明代前期教化劇中的特定詞作仍然具有重載道而缺情采的特性：第一，詞作的教化功能的發揮。從詞史的角度來看，這類包含勸世、說教內容的詞或可上溯至辛棄疾的勸酒詞[41]；此後，金元兩代的道教詞中也有部分勸世之作；到了明代，詞勸世這一功能被很大程度地發揮。在明代前期戲曲作品中，這部分詞作是為適應戲曲作品的內容結構所需而湧現的。此後，值得注意的是萬曆末至崇禎間的程公遠撰寫的勸世書《醒心諺》二卷。該書上下卷各有《西江月》詞 103 首，《鷓鴣天》2 首；上卷多闡發忠、孝、仁、義等正面內容，而下卷則以戒嫖、戒毒等方面題材為主[42]。詞作每調一題，上卷第一、二分別首題「調引」和「勸世」，其後八首分別以孝、悌、忠、信和禮、義、廉、恥為題。詞多以直接說教的形式來闡發勸世的內容，如《西江月·勸世》首二句為「孝悌為人之本，亦當忠信兼全」。從詞作的數量規模和內容上來看，程公遠《醒心諺》詞，是詞作教化、勸世功能在明代極致發揮的集中體現。第二，詞體審美性的缺失。無論是闡發戲曲作家教化觀詞作理論的作品，還是借由劇中生、旦的腳色體現教化功能的作品，都顯得枯燥無味。第三，詞體通俗文學性的體現。如果將上述一、二兩點相結合，明代前期戲曲中這類詞作的通俗文學性則可概括為：內容貼近民間，文辭俚俗易懂。

41　辛棄疾作有兩首以勸酒為內容的詞，分別為《沁園春·將止酒、戒酒杯使勿近》和《沁園春·城中諸公載酒入山，余不得以止酒為解，遂破戒一醉，再用韻》，可參見唐圭璋《全宋詞》，第 3 冊第 1915、1916 頁。

42　可參見饒宗頤、張璋《全明詞》，中華書局 2004 年版，第 5 冊第 2674－2700 頁。

二　主情：詞作的抒情特色與明代後期言情劇創作

如上文所述，明代前期的戲曲創作在內容上多反映「忠孝節義」等封建道德倫理，顯示出明顯的「重理」傾向。相比較而言，明代後期的戲曲創作，隨着「主情」文學思潮的興起和相關戲曲創作理論的演進，開始出現重視真情抒寫、主張以情反理的風貌，而且湧現出了大量的言情劇。與此對應，言情劇中詞體的運用與創作逐漸趨向成熟，一改教化劇中詞作缺乏情采、枯燥無味的風格，呈現出了濃厚的抒情特色。

（一）明代後期的主情思潮與言情劇創作

從整個明代文學的演進這一主線來看，弘治至嘉靖中，是文學風貌開始發生轉變的一段時期。這一轉變進程中，值得注意的便是注重真情抒寫的文學思潮及其在詩文、戲曲、小說等領域形成的影響。若從明代戲曲創作這一條線索來看，後期的戲曲創作一方面已無法迴避文壇重情觀念的趨勢，另一方面，以湯顯祖為傑出代表的劇作家群體也開始自覺地追求「主情」的創作主張。如此內外兩方面的作用，使得明代後期的戲曲題材主旨由前期的「重理」轉為了「主情」。

明人注重真情抒寫的文學思潮，首先出現於詩文領域。早在弘治、正德年間，前七子領袖李夢陽就提出了詩歌應「貴情」的要求。另一位前七子成員康海也持詩文作品應體現作者「性情」的主張，李開先在《對山康修撰傳》中記載康海曾說：

> 古人言以見志，其性情狀貌，求而可得，此孔子之所以於師襄而得文王也。要之自成一家，若傍人籬落，拾人唾咳，效顰學步，性情狀貌，灑然無矣，無乃類諸譯人矣乎？君子不作鳳鳴，

而學言如鸚鵡，何其陋也。[43]

可見，康海所提倡的「言以見志」，是要求作品對於真實性情的展現。到了嘉靖，徐渭在《南詞敘錄》中便指出「曲本取於感發人心」[44]，好的作品應「從人心流出」[45]。而李開先在《思賢集序》一文中更是直接提出了「真情」與「至情」，他說：

> 人之常情與同情，內亡不無悼者，人之真情與至情，內賢無不思者。遼國主於李才人之亡也，為之詩詞諸制，積成數卷，句工辭麗，調雅思深，自是王言，有非文士墨客所可企及者。讀之似猶夫常情與同情，味之無非真情與至情云。以大國之力，淑女名姬，宜無不可致者，何獨與一才人惓惓若是，以其賢不易得，是以思不忍置耳。[46]

這種對「真情」與「至情」的訴求，在萬曆年間，到了湯顯祖那裏被提升到了超越生死的高度，並且成為明代戲曲創作中最耀眼的「主情」旗幟。

與理論的提倡相一致，明代後期的戲曲創作也體現出了明顯的言情化趨向。首先，從內容與題材上來看，明代後期戲曲作品中數量最多、成就最大的是描寫男女愛情的言情劇。以傳奇作品為例，據郭英德統計，明萬曆十五年至清順治八年，以描寫男女愛情為題材的言情劇比重約佔一半[47]。而從藝術成就上來看，最突出的自然是湯顯祖的《牡丹亭》。《牡丹亭》之前，則有描寫潘必正和陳妙常愛情故事的《玉

---

43   李開先《閒居集》卷十，《李開先集》本，上冊第 593 頁。

44   徐渭《南詞敘錄》，《中國古典戲曲論著集成》本，第 3 冊第 243 頁。

45   徐渭《南詞敘錄》，《中國古典戲曲論著集成》本，第 3 冊第 243 頁。

46   李開先《閒居集》卷五，《李開先集》本，上冊第 313－314 頁。

47   參見郭英德《明清傳奇史》，江蘇古籍出版社 1999 年版，第 261 頁。

簪記》，本事出於唐傳奇《柳氏傳》的《玉合記》；之後又有徐復祚《紅梨記》、袁于令《西樓記》以及歷來頗受好評，被認為是可與《牡丹亭》並列的吳炳的《粲花別墅五種曲》。再從雜劇創作來看，前七子成員康海與王九思率先發聲，重視雜劇作品對於人物情感和個性的表現。這一戲曲藝術的要求，經由嘉靖時期徐渭的《四聲猿》創作，被灌注入更為強烈的精神——對於人性的展現以及作家熱烈情感的抒發。在這一藝術原則的影響下，明代後期的雜劇在重視言情這一點上，基本與傳奇創作的風貌相一致。如繼承湯顯祖「至情」觀的《桃花人面》。該劇敘寫崔護「桃園三訪」，並以葉蓁兒死而復生，與崔護得成眷屬作結的愛情故事。祁彪佳對孟稱舜的這部雜劇作品，給予了很高的評價：「作情語者，非寫得字字是血痕，終未極情之至。子塞具如許才，而於崔護一事，悠然獨往，吾知其所鍾者深矣。」[48]

其次，從戲曲作品的藝術特色上來看，隨着文人作家對作品審美性追求的自覺，明代後期的戲曲作品，尤其是言情劇，在人物情感描寫和形象塑造方面顯得尤為重視。僅以這些作品中的女性形象為例，自湯顯祖在《牡丹亭》中塑造了「夢其人即病，病即彌連，至手畫形容傳於世而後死。死三年矣，復能溟莫中求得其所夢者而生」[49]的杜麗娘形象以來，有情女子成為諸多作品所描繪和謳歌的對象。一方面，劇作家往往將她們的愛情提升到「至情」的高度，凸顯出她們對愛的熱烈嚮往，上文提到的孟稱舜《桃花人面》中的起死回生的葉蓁兒、吳炳《西園記》中人鬼相戀的趙玉英，都是大膽追求愛情的有情女子形象；另一方面，劇作家以細膩多樣的手法展現這些女子的性格和情感。高濂《玉簪記》對陳妙常細膩生動的心理刻畫便是一例。在《寄

48　祁彪佳《遠山堂劇品》，《中國古典戲曲論著集成》本，第 6 冊第 171 頁。
49　徐朔方《湯顯祖全集》，北京古籍出版社 1998 年版，第 2 冊第 1153 頁。

弄》一齣中，陳妙常月下彈琴，潘必正借請教琴藝之機言語挑逗而惹
怒陳妙常。然而，在潘必正正要告辭之時，陳妙常先是提醒他「花蔭
深處，仔細行走」，得到「借一燈行如何」的回覆之後，又「急關門」，
隨後唱了一曲〔朝元歌〕：

> 你是個天生後生，曾佔風流性。無情有情，只看你笑臉兒來
> 相問。我也心裏聰明，臉兒假狠，口兒裏裝做硬。待要應承，這
> 羞慚怎應他那一聲。我見了他假惺惺，別了他常掛心。我看這些
> 花陰月影，淒淒冷冷，照他孤另，照奴孤另。[50]

高濂的這些描寫和曲文編排，將陳妙常傾慕潘必正但又羞怯畏懼的心
理表現得淋漓盡致。總之，在主情思潮影響和戲曲創作手法推動的多
重影響之下，明代後期的言情劇創作蔚然可觀。

（二）言情劇中詞體的運用與詞體抒情審美特徵的復歸

　　作為以抒情為主要特徵的文體，詞在明代後期言情劇中的角色
與功能，與明代前期教化劇中的作品有明顯的差異。以詞體本色論視
之，這種差異可以說是詞在戲曲創作生態中抒情審美特徵的一種復歸。

　　從詞體在言情劇中的運用與功能上來看，其抒情特色主要體現
在：

　　第一，景物的描摹與氛圍的烘托。在描寫男女愛情的劇作中，詞
所擔負的職責之一便是對劇中場景浪漫化的描摹，進而起到烘托戲劇
氛圍的效果。就抒情功能而言，這一點是間接性的。詩、詞、曲這類
比較重視抒情性的文體，為達到良好的抒情效果，景物的描繪往往是
先決性的。劉勰《文心雕龍・物色》指出：「歲有其物，物有其容；情

以物遷，辭以情發。」[51] 強調景和情是密切相關並進而影響到文學創作的。具體到詞這一體裁，景物的描寫無疑對其抒情性的展現有着重要作用，正如金聖歎認為的「寫景是填詞家一半本事」[52]。明代的劇作家在鋪敍情節、提升情致時也十分重視對寫景狀物詞的運用：

> 幽閨欲曙聞鶯囀，紅窗月影微明。好風頻謝落花聲。隔幃殘燭，猶照綺屏箏。　繡被錦茵眠玉暖，炷香斜嫋煙輕。淡蛾羞斂不勝情。暗思閒夢，何處逐雲行？（《臨江仙》，《玉合記》第三齣《懷春》）[53]

> 輕打銀箏墜燕泥，斷絲高罥畫樓西。花冠閒上午牆啼。　粉籜半開新竹徑，紅苞落盡舊桃蹊。不堪終日閉深閨。（《浣溪沙》，《鸞鎞記》第三齣《閨詠》）[54]

> 疏雨才收淡苧天，微雲綻處月娟娟。寒雁一聲人正遠。添幽怨，那堪往事思量遍。　誰道綢繆兩意堅，水萍風絮不相緣。舞鏡鸞虛腸寸斷。芳容變，好將憔悴教伊見。（《漁家傲》，《西樓記》第二十二齣《自語》）[55]

上引三首詞均為襲改之作，分別襲自毛熙震、孫光憲、杜安世之詞。從具體內容來看，第一首《臨江仙》和第二首《浣溪沙》側重狀物，第三首《浣溪沙》側重寫景。前兩首詞均用於第三齣旦角出場時，且均寫閨情。《臨江仙》一詞上闋寫閨中之人在清晨初醒時的所聞所見，

51　楊明照等《增訂文心雕龍校註》，中華書局 2000 年版，第 566 頁。

52　金聖歎《唱經堂批歐陽永叔詞十二首》，《金聖歎全集》本，江蘇古籍出版社 1985 年版，第四冊第 761 頁。

53　梅鼎祚《玉合記》，《六十種曲》本，第 6 冊第 5 頁。

54　葉憲祖《鸞鎞記》，《六十種曲》本，第 6 冊第 3–4 頁。

55　袁于令《西樓記》，《六十種曲》本，第 8 冊第 79 頁。

下闋寫由見聞引發的所思——聞到的是落花聲，見到的是殘燭影，思的則是「暗思閒夢，何處逐雲行」。如此寫閨情，似是大膽，實則委婉，陳廷焯曾評毛熙震的這首詞「婉轉纏綿，情深一往，麗而有則，耐人尋味」[56]，也是基於詞中主人公因景生情的抒寫特色。第二首《浣溪沙》從「銀箏」、「花冠」等閨中之物的描摹進而抒發終日空守幽閨的寂寥與苦悶。兩首詞對於閨情的書寫，既與齣目「懷春」、「閨詠」相符，便於情節的展開，又為兩位劇中女主人公——柳氏與趙文姝在整個劇中對愛情的嚮往與渴求打下了性格基調。第三首《漁家傲》在《西樓記‧自語》一齣中，為旦腳穆素徽所唸。該劇寫穆素徽與于叔夜的愛情故事，兩人先於西樓相會，私定終生；後因叔夜被囚禁，素徽遷居杭州，兩人不得相見，各染相思之病。素徽又誤得叔夜死訊，悲痛欲絕。《自語》一齣全寫穆素徽的哀歎和悲慨，於此，吟誦這首《漁家傲》詞正顯得妥帖。該詞上闋以「疏雨」、「微雲」和「寒雁」寫出極為清冷的圖景，與詞前的〔破陣子〕曲中「繞砌寒蛩賽悲噫，滿院秋花照淚妝」互為呼應；上闋末尾轉為抒情，並由下闋「舞鏡鸞虛」的典故將獨自一人思念叔夜的情感全盤托出。上述三例，均為書寫女子閨情或閨怨一類的詞作，從劇作家運用這些作品的最終目的來看，自然是希望借助這些作品所呈現的思想情感來為劇中人物的內心活動找到一個外部的落腳點。但從具體的表達過程中，我們可以看到，詞作本身在寫景狀物方面的特色在為人物抒情起到「興」的作用的同時，也為劇作在特定情節下的環境塑造提供了時間、地點以及節氣等細節交待。

　　第二，人物情感的展現與性格的刻畫。從抒情功能的角度來看，這一點是直接性的，也更符合明代後期文人作家重視抒寫真情、真人

56　陳廷焯《白雨齋詞話》，《詞話叢編》本，第 4 冊第 3885 頁。

的「主情」的創作主張。在戲曲創作中，劇作家在展現劇中人物的情感和刻畫人物性格時，往往會使用更為大膽的筆調。汪廷訥《彩舟記》在描寫吳太守之女憑窗刺繡，偶見「豐標玉立」的書生江情，便不覺「神隨目往，夢與人俱」之時，以一首《蘇幕遮》寫她的相思之苦，其下闋為：「悶懷深，清夢杳。一種幽思，教我和誰道？生怕鳳幃人易老，斷魂無奈鶯聲巧。」[57] 表達相思愁緒顯得直接而大膽，「教我和誰道」一句更是以接近口語化的表達方式體現了吳女率真的性格，同時也可以想見她的思念之切，與「生怕鳳幃人易老」一句相合。與此類似的，還有王驥德《題紅記》第五齣《宮中春怨》旦腳翠屏上場所唸的《望江南》詞，其詞為：

> 蛾眉誤，羞作漢宮人。弱態不禁憔悴盡，愁心況是別離新。空度可憐春。　　雙鸞鏡，底事照孤鸞。罷繡不知衣上淚，還家長記夢中身。無奈只銷魂。[58]

「雙鸞鏡」與「照孤鸞」的對比刻畫出翠屏不堪幽居、閨中自憐的形象。類似的詞作，在明人的傳奇作品中是較為多見的。另外，劇作家們在細膩地刻畫眾多有情女子之外，也塑造了許多重情義的書生形象。沈璟《紅蕖記》中書生鄭德璘泊舟湘潭，邂逅商女韋楚雲，心生傾慕，但又因兩舟或前或後，不得相見。沈璟刻畫鄭德璘的內心活動時，借用了牛希濟的《生查子》詞：「新月曲如眉，未有團圓意。紅豆不堪看，滿眼相思淚。終日擘桃穰，人在心兒裏。兩朵隔牆花，早晚成連理。」該詞本寫相思之情，「未有團圓意」即是寫不得相見的阻隔，「滿眼相思淚」則寫出相思之苦。此後，韋楚雲所乘的船趁早先行，而鄭生所乘的船為風雨所阻。鄭生聽說韋舟沉沒，痛苦萬分，便

57　汪廷訥《彩舟記》卷上，《古本戲曲叢刊二集》本，第 19 冊第 20a 頁。

58　王驥德《題紅記》卷上，《古本戲曲叢刊二集》本，第 41 冊第 9b 頁。

將事情的始末告知漁翁：

> 曾遞紅綃詩句，紅箋錦字相酬。傳情閒處正垂鉤，驀地娘親偢倸。　恩愛未沾些個，病腸贏得多愁。我那韋娘呵，他生未卜此生休，說甚天長地久。（《西江月》，《紅蕖記》第十六齣）[59]

該詞淺顯近俗，但足見鄭生痛徹心扉的狀貌。結合《紅蕖記》的具體劇情來看，沈璟對這兩首詞的運用，對於展現鄭生真摯深沉的情感，無疑起到了重要的刻畫作用。

總的來說，無論是間接含蓄的表達，還是直白真摯的展現，明代後期言情劇中詞體的運用已經一改教化劇中了無生趣的風貌。這可以說是一種詞體抒情審美特徵的復歸。

在具體討論這種復歸之前，有必要對詞體抒情的審美特徵作一番解說。相比於詩、文，詞的結構、功能、創作主體與社會文化意義等諸多方面，都決定了詞這一文體的審美特徵以抒情為主。陳廷焯《白雨齋詞話》推溫庭筠詞「全祖離騷，獨絕千古」[60]，認為他的作品「皆含深意」，「第自性情」[61]。劉熙載在《詞概》中也指出「詞家先要辨得情字，詩序言發乎情，文賦言詩緣情，所歸於情者，為得其正也」[62]。只是劉熙載此處言說的「情」是廣義上的，而並非狹義上的愛情之「情」。關於後者，錢鍾書《宋詩選註》一書的序文中認為：

> 宋代五七言詩講「性理」或「道學」的多得惹厭，而寫愛情的少得可憐。宋人在戀愛生活裏的悲歡離合不反映在他們的詩裏，而常常出現在他們的詞裏。如范仲淹的詩裏一字不涉及兒女

59　沈璟《紅蕖記》，《沈璟集》本，上冊第 53 頁。

60　陳廷焯《白雨齋詞話》，《詞話叢編》本，第 4 冊第 3777 頁。

61　陳廷焯《白雨齋詞話》，《詞話叢編》本，第 4 冊第 3778 頁。

62　劉熙載《詞概》，《詞話叢編》本，第 4 冊第 3711 頁。

私情，而他的《御街行》詞就有「殘燈明滅枕頭敧，諳盡孤眠滋味；都來此事，眉間心上，無計相迴避」這樣悱惻纏綿的情調，措辭婉約，勝過李清照《一剪梅》詞「此情無計可消除，才下眉頭，又上心頭」。據唐宋兩代的詩詞看來，也許可以說，愛情，尤其是在封建禮教眼開眼閉的監視之下那種公然走私的愛情，從古體詩裏差不多全部撤退到近體詩裏，又從近體詩裏大部分遷移到詞裏。[63]

錢鍾書先生在這裏着重指出了文人對於愛情書寫的文體選擇從古體詩、近體詩一直轉移到詞。也可以說，在文學發展的進程中，相比於詩、文，詞承擔起了更多的言情功能，也更具抒情的審美特徵。

在簡單地闡發了詞以抒情為主要審美特徵之後，我們可以發現明代後期言情劇中的詞體運用是對唐五代及兩宋抒情詞的選擇性復歸。具體而言，可以從主、客觀兩個方面來看：

首先，「主情」的創作宗旨和作家的自覺追求，在主觀上決定了言情劇中的用詞須蹀武唐宋詞的抒情風格。關於這一點，上文已多有闡述。

其次，以《花間集》、《草堂詩餘》為主要代表的唐宋詞的傳佈，在客觀上為言情劇用詞提供了基本的素材和模仿的範本。從一定意義上來看，明代後期劇作家在用詞時追求淺近、豔麗的審美趣味與整個明代後期詞人的詞體觀念是相一致的。其外在表現，則是多收豔詞的《花間集》和《草堂詩餘》在明代的廣泛傳播；而明人對於詞體重情致、多豔麗的性質的認同，則是其內在根源。楊慎指出詞之本色是「風華情致」的六朝之風[64]。王世貞認為「詞須婉轉綿麗，淺至儇俏，

63　錢鍾書《宋詩選註》自序，人民文學出版社 1989 年版，第 7－8 頁。

64　楊慎《詞品》卷一，《詞話叢編》本，第 1 冊第 425 頁。

挾春月煙花於閨幨內奏之,一語之豔,令人魂絕,一字之工,令人色飛」[65],他在討論詞的正宗與變體時也指出「《花間》以小語致巧,世說靡也。《草堂》以麗字取妍,六朝隃也。即詞號稱詩餘,然而詩人不為也。何者,其婉孌而近情也,足以移情而奪嗜。其柔靡而近俗也,詩嘽緩而就之,而不知其下也」[66]。此說也同時足以說明《花間集》和《草堂詩餘》作為巧致、豔麗的詞集,在明代廣為接受的事實。從具體的創作實踐來看,以作家為例,明代劇壇雙星 —— 湯顯祖和沈璟在劇作用詞中便十分親睞《花間集》中的豔詞,據筆者統計,湯顯祖「臨川四夢」加之《紫簫記》一劇,五部作品襲用收於《花間集》之前人詞作共有十例;沈璟《紅蕖記》一劇襲用收於《花間集》之前人詞作有八例。以具體作品為例,歷代以感傷為基調,或以濃豔為風格的作品,多被不同作家用之於不同的作品:如李煜《虞美人》(春花秋月何時了)一詞分別為梁辰魚《浣紗記》、無名氏《鳴鳳記》、張鳳翼《竊符記》、楊柔勝《玉環記》、馮夢龍《灑雪堂》、張琦《詩賦盟》、金懷玉《望雲記》等傳奇作品所用,秦觀《菩薩蠻》(蟲聲泣露驚秋枕)一詞也被王錂《春蕪記》、許自昌《節俠記》、孟稱舜《二胥記》、陳玉蟾《鳳求凰》等傳奇作品以及傅一臣《蟾蜍佳偶》等雜劇作品所用。與此相對應的,則是劇作家的原創詞作,也呈現出了《花間》、《草堂》一路的風格。

65   王世貞《藝苑卮言》,《詞話叢編》本,第 1 冊第 385 頁。

66   王世貞《藝苑卮言》,《詞話叢編》本,第 1 冊第 385 頁。

第五章

明代戲曲詞的襲舊現象論

　　第五、第六章將着重討論明代戲曲中詞作的「舊」與「新」的問題，所謂新舊，專就明代戲曲中詞作的原創性而言。簡單地講，在明代的戲曲作品中，既存在蹈襲唐宋舊作的情況，也有戲曲作家新創的作品，主要取決於戲曲作家的創作能力。一方面，在戲曲作家群中，僅部分作家可以稱得上是詞、曲兼擅的，也就是說，明代的戲曲作家絕大部分是「非專業」的詞人；另一方面，即使是詞、曲兼擅的作家，他們的詞創作也未必都能與前人作品相提並論。因此從這兩個方面的因素來看，明代戲曲作家在戲曲創作中蹈襲唐宋舊作的現象既有其存在的合理性，也體現出一定的研究意義。對於後者，從戲曲中詞作的具體落位來說，可分兩種，一種是開場詞，另一種是戲曲正文中的詞作。考慮到明人開場詞具有極高的原創性和值得探討的詞史意義，筆者在這裏要討論的是第一種。

第一節　戲曲詞襲舊現象概述

　　從文學創作的角度來說，作為融合了詩、詞、曲的綜合性文學體裁，戲曲文本的創作尤其講究博搜精採、融會貫通。王驥德《曲律》即指出：

> 　　詞曲雖小道哉，然非多讀書，以博其見聞，發其旨趣，終非大雅。須自《國風》、《離騷》、古樂府及漢、魏、六朝、三唐諸詩，下殆《花間》、《草堂》諸詞，金、元雜劇諸曲，又至古今諸部類書，俱博搜精採，蓄之胸中，於抽毫時，掇取其神情標韻，寫之律呂，令聲樂自肥腸滿腦中流出，自然縱橫該洽，與剿襲口耳者不同。[1]

1　王驥德《曲律》卷二，《中國古典戲曲論著集成》本，第 4 冊第 121 頁。

他提出劇作家「須讀書」的觀點，也是基於戲曲創作須繼承和吸收前
代諸文學之精髓這一認識。臧懋循在《元曲選後集序》中也說：

> 詞本詩而亦取材於詩，大都妙在奪胎而止矣。曲本詞而不盡
> 取材焉，如六經語、子史語、二藏語、稗官野乘語，無所不供其
> 採掇，而要歸於斷章取義，雅俗兼收，串合無痕，乃悅人耳。[2]

以戲曲創作運用詞體的角度來說，明代戲曲作家這種「無所不供其採
掇」的創作模式，一方面體現在對前人舊篇的襲用上，以唐宋詞為
主；另一方面則表現為仿作、改寫等詞的二次創作，其對象或來源也
以詞為主，間採詩作。從文學作品的原創度而言，前者純粹引用，絲
毫不帶戲曲作家二次創作的成分（不包括原詞因被引入戲曲作品，與
劇情結合而帶來的全新解讀）；後者則介於襲用和原創之間，包含有戲
曲作家的創作成分。

　　關於明代戲曲中詞作的著作權及其來源的問題，汪超《明代戲
曲中的詞作初探：以毛晉〈六十種曲〉所收傳奇為中心》一文已作大
致論述。該文將戲曲中的詞作著作權的情況分為前人所作和歸屬明人
兩類；而屬前人所作的又分為劇中是否提示或註明為前人所作兩種情
況，著作權歸屬明人的又分襲改前人和首見於戲曲劇本兩種情況。該
文所述對這幾種情況的分類，就明代戲曲運用詞作的具體現象而言，
是符合實際且較為合理的，但也存在着一定的缺陷。第一，就詞作的
來源而言，明代戲曲作家對於戲曲詞二次創作的素材不限於唐宋詞，
還包括唐宋詩；第二，就著作權而言，屬前人成篇的詞作不限於唐宋
詞人，也包括明代詞人和宋元時期的話本小說作者。有鑒於此，本節
擬以明代戲曲中詞作採源的角度來考察戲曲詞的襲舊現象。

　　明代戲曲中的詞作，據其襲改的情況，可分為三大類型：

2　臧懋循《元曲選》序二，中華書局 1989 年版，第 3–4 頁。

　　第一，純粹引用前人成篇，不經過二次創作。清人孫郁《天寶曲史》一劇之凡例中有一條即為：「每折承接處，俱選用唐句，若詩餘則依事新撰，不襲用舊本也。」[3] 這本戲曲中的詞俱為新創而非蹈襲之作，從反面的角度來說，也就意味着襲用唐宋舊詞的現象也是存在的。比如湯顯祖《紫釵記》第四十八齣的《菩薩蠻》（赤闌橋盡香街直）一詞。這首《菩薩蠻》詞其實是宋詞人陳克的作品，為《全明詞》誤收。再以梅鼎祚的《玉合記》為例。這部傳奇作品中共有 12 首詞襲改自前人作品，其中 5 首作品引用前人成篇。現將《玉合記》中襲改詞作的情況羅列如下：

　　《臨江仙》（幽閨欲曙聞鶯囀），改自毛熙震《臨江仙》（幽閨欲曙聞鶯轉）；

　　《小重山》（春入神京萬木芳），改自和凝《小重山》（春入神京萬木芳）；

　　《歸國遙》（春欲暮），引自韋莊《歸國遙》（春欲暮）；

　　《小重山》（正是神京爛熳時），引自和凝《小重山》（正是神京爛熳時）；

　　《集浣溪沙》（萬戶傷心生野煙），集自王維《菩提寺私成口號》、劉長卿《上陽宮望幸》、羊士諤《郡中即事三首》（其二）、李益《過五原胡兒飲馬泉》、盧綸《赴虢州留別故人》詩句；

　　《少年遊》（長安古道馬遲遲），改自柳永《少年遊》（長安古道馬遲遲）；

　　《女冠子》（求仙去也），改自薛昭蘊《女冠子》（求仙去也）；

　　《法駕導引》（朝元路），引自陳與義《法駕導引》（朝元路）；

3　孫郁《天寶曲史》凡例，《古本戲曲叢刊三集》本，第 1b 頁。

《長相思》（朝有時），引自劉克莊《長相思・寄遠》（朝有時）；

《訴衷情》（燒殘絳蠟淚成痕），引自王益《訴衷情》（燒殘絳蠟淚成痕）；

《生查子》（侍女倚妝奩），改自韓偓《懶卸頭》（侍女動妝奩）；

《更漏子》（相見稀），改自溫庭筠《更漏子》（相見稀）；

　　除了《歸國遙》（春欲暮）等五首詞全為引用前人成篇之外，其餘作品均存在不同程度上的改編。

　　第二，襲用前人單篇詞作並經過不同程度的改動。相比於第一種類型，這一襲改形式具有一定的原創成分。從戲曲作家的創作心理來講，對於詞作的襲改往往出於劇本創作所需，或為符合劇中人物身份，或為結合劇本具體情節。如湯顯祖《紫釵記》第二齣的生腳定場詞：

　　　　盛世為儒觀覽遍，等閒識得東風面。夢隨彩筆綻千花，春向玉階添幾線。　　上書北闕會留戀，待漏東華誰召見。殷勤洗拂舊青衫，多少韶華都借看。[4]

這首詞襲自毛滂《玉樓春》而來，原詞為：

　　　　小園半夜東風轉，吹皺冰池雲母面。曉披閣閣見朝陽，知向碧階添幾線。　　小煙弄柳晴先暖，殘雪禁梅香尚淺。殷勤洗拂舊東君，多少韶華聊借看。

可見湯顯祖對於原詞的改動主要在上闋第一、三兩句和下闋的第一、二兩句。之所以作如此改動，正是出於生腳書生身份的考慮以及傳奇定場詞多體現生腳功名抱負的慣例。無名氏《范雎綈袍記》第三折也

4　湯顯祖《紫釵記》，《湯顯祖戲曲集》本，上冊第 11 頁。

襲用了這首詞，由於是為旦腳設計的上場唸詞，因而改作多了一份閨閣氣息：

> 小樓昨夜秋風轉，吹破水池雲母面。曉來披鏡照容妝，試向碧窗添幾線。　繡房寂寞單衣冷，半吐桂花香尚淺。無情紅葉落滿階，多少光陰都借看。[5]

再從改動的篇幅來看，明人對於戲曲中襲用詞作的改動並無定式，少則幾個字，多則好幾句詞。如李煜《虞美人》（春花秋月何時了）一詞，明人在戲曲中對其改動篇幅不一。無名氏《鳴鳳記》改為：「春花秋月何時了，往事知多少？小樓昨夜又東風，故國不堪回首月明中。　斷機投杼心猶在，只是朱顏改。問兒青瑣有何言，報道一封朝奏九重天。」[6]而楊柔勝《玉環記》第五齣的改作則為：「暮迎朝送何時了，往事傷多少？小樓昨夜又西風，怨雨愁雲錦帳中。　雕鞍玉砌今何在？只慮朱顏改變。春兒問我幾多愁，卻是一江春水向東流。」[7]

　　第三，襲用自前人多篇詩、詞作品，拆分重組而成，即所謂「集句詞」。這一形式與第二種類型所不同的是，戲曲作家對於這類詞的處理往往較少存在字句改動的現象，而是保留原作詩句、詞句的原貌，以詞調句格重新組合。如陳與郊《鸚鵡洲》第五齣《菩薩蠻》一詞：

> 文窗繡戶垂羅幌，江南綠水通朱閣。花髻玉瓏璁，單衫杏子紅。　彩雲歌處斷，柳拂旌門暗。鸚鵡伴人愁，春歸十二樓。[8]

5　無名氏《范睢綈袍記》，《古本戲曲叢刊二集》本，第 7 冊第 4a 頁。

6　無名氏《鳴鳳記》，《六十種曲》本，第 2 冊第 115 頁。

7　楊柔勝《玉環記》，《六十種曲》本，第 8 冊第 9 頁。下闋「只慮朱顏改變」一句似應作「只慮朱顏改」。

8　陳與郊《鸚鵡洲》卷上，《古本戲曲叢刊二集》本，第 11 冊第 10b 頁。

該詞上闋四句分別襲自鮑照《擬行路難》、蘇軾《轆轤歌》、溫庭筠《舞曲歌辭・屈柘詞》和南朝民歌《西洲曲》，下闋四句則取自宋之問《春日鄭協律山亭陪宴餞鄭卿同用樓字》、沈佺期《昆明池侍宴應制》、韓偓《效崔國輔體四首》和滕邁《春色滿皇州》。從中也可以看到，明代戲曲詞所襲改之素材並非只限前人詞作，也可以是古、近體詩歌和民歌。只是相比於對詩歌作品的襲用和重組，前人詞作具有文體方面的先天優勢。因此以唐宋詞為素材的集句詞較為多見，如王異《弄珠樓》第二齣《山花子》，分拆重組秦觀和李清照《山花子》詞而來；沈自晉《望湖亭記》第三齣有《蝶戀花》詞，則襲自王詵、俞克成和蘇軾三人的同調詞而來。

　　就戲曲詞襲改的來源而言，從上文對於襲改類型的論述也可看到，明人直接引用及進行二次創作的詞作素材不僅限於前人詞作。不可否認，從素材的文體比例來看，唐宋舊詞在這部分襲改的作品中佔有壓倒性優勢。除了唐宋詞之外，明代戲曲作品中不屬於完全為明人原創的作品，其來源還包括：

　　第一，前代詩歌作品。由於詩、詞文體的相似性，詩歌作品中斷章殘句是完全可以進入到詞作的結構中的。其中一種類型即為集句詞（更確切的說法是集詩句詞），已論述於上文。另一種是明人戲曲詞中部分詞句對前人詩作的套用。如湯顯祖《紫釵記》第二十九齣《臨江仙》一詞：

> 河漢千年鳳舞，煙沙萬里龍荒。封侯只愛酒泉鄉。關山瞻漢月，戈劍宿胡霜。　　紫塞夜搖風角，微垣曉動星芒。翩翩書記舊河梁。幕中邀謝鑒，麾下得周郎。[9]

9　湯顯祖《紫釵記》，《湯顯祖戲曲集》本，上冊第 110 頁。

該詞末尾「幕中邀謝鑒」二句即襲用自楊巨源《上劉侍中》詩。汪廷訥《三祝記》第二齣《鷓鴣天》一詞：

> 先達誰當薦陸機，任他衣馬逐輕肥。未開水府珠先見，不掘
> 豐城韌自輝。　　劉向閣，董生幃，殷勤晝夜不停披。養成緯武經
> 文器，好向端揆報主知。[10]

該詞上闋「先達誰當薦陸機」一句出自劉長卿《送陸澧倉曹西上》詩，「未開水府珠先見，不掘豐城韌自輝」二句則取自譚用之《寄閣記室》詩。

　　第二，前人小說、戲曲作品。這一類型的襲改詞作較為特殊，主要是以明人改編的戲曲作品為載體而「機械」地襲用而來。其中一種情況是改編自元人話本小說的，最突出的一例，就是劉兌的雜劇《嬌紅記》。此劇改編自《嬌紅傳》（一說元宋梅洞所作），保留了《嬌紅傳》原有的詩詞作品。劉兌《嬌紅記》中有 30 首詞作完全襲自《嬌紅傳》，唐圭璋先生編纂《全宋詞》時，已將這部分詞作盡收入「元明小說話本中依託宋人詞」一編之內。另一種情況是明人改編自本朝的作品，如馮夢龍《墨憨齋訂本傳奇》中存 13 種改本傳奇，共有 8 種傳奇改本與原本均有存本，《酒家傭》所據之原本《存孤記》存有散齣佚曲。馮氏改本有完全保留原本詞作的，也有稍加改動的，茲列下表說明：

表 5-1　改本與原本明傳奇作品中重複詞作數量一覽表

改本	原本	保留原作數量	改動原作數量	改本新製數量
《新灌園》	張鳳翼《灌園記》	1	1	3
《女丈夫》	張鳳翼《紅拂記》	2	4	1
《量江記》	佘翹《量江記》	7	2	2
《楚江情》	袁于令《西樓記》	3	1	0
《風流夢》	湯顯祖《牡丹亭》	3	5	0
《邯鄲夢》	湯顯祖《邯鄲記》	9	1	0
《人獸關》	李玉《人獸關》	8	0	2
《永團圓》	李玉《永團圓》	7	0	0
《酒家傭》	陸弼《存孤記》	1	0	0

　　除了改本作品外，也有明人在戲曲創作中襲用另一位明人戲曲作品中詞作的情況。如李長祚《千祥記》第十三齣《烏夜啼》詞：

　　　　曉來望斷梅香閣，宿妝殘。側着宜春髻子，怯憑欄。　　剪不斷，理還亂，悶無端。已分付催花鶯燕，借春看。[11]

湯顯祖《牡丹亭》第十齣也有极為相似的一闋《烏夜啼》：

　　　　曉來望斷梅關，宿妝殘。側着宜春髻子，恰憑欄。　　剪不斷，理還亂，悶無端。已分付催花鶯燕，借春看。[12]

湯顯祖這首詞並非前人成篇，而极可能是改自李煜名篇《相見歡》（無言獨上西樓）一詞而來。就詞作的襲改而言，二人的改作是不可能出現如此類似的情況的。《牡丹亭》作於萬曆二十六年戊戌（1598），而李長祚的《千祥記》則是晚出，據鄧長風先生考證，李長祚即生於《牡丹

11　李長祚《千祥記》上卷，《古本戲曲叢刊二集》本，第 76 冊第 16a－16b 頁。

12　湯顯祖《牡丹亭》，《湯顯祖戲曲集》本，上冊第 267 頁。

亭》成書之年，《千祥記》作於崇禎八年乙亥（1635）或稍前[13]。據此似可推知，李長祚《千祥記》中的這首《烏夜啼》詞，當是襲自《牡丹亭》而來，這也與湯顯祖這部佳作在晚明劇壇影響甚大的情形略有相合。

第二節　明代戲曲中的集句詞創作

從修辭學的角度來講，集句可以說是襲用舊詞的極端形式。目前學界對於集句詩、詞的研究，呈現出比較明顯的偏向性，就文體而言，表現為側重於集句詩的研究，而很少有對集句詞的論述；就集句詞的研究範圍而言，集中於宋人（以蘇軾、王安石為主）和清人（以朱彝尊為主）等詞人的集句詞創作。對於明代戲曲中集句作品的關注，研究者的視野則更是全部集中於劇中的下場集句詩，使得戲曲作品中的集句詞研究仍處於空白的狀態。這一方面是因為戲曲中的詞備受冷遇，另一方面大概也與集句詞作品在數量上遠不及集句詩有關。作為集句詞創作史中的現象之一，明代戲曲作品中的集句詞由於其處於劇本結構內的特殊性，仍具有一定的研究和探討的意義。

一　戲曲中集句詞的文獻概況

集句詞最早見於宋人筆下。最早製集句詞的，或說為王安石。明人陳霆《渚山堂詞話》說：

> 詩有集古句者矣，而南詞則少見用此格者。偶於半山集得一

13　鄧長風《晚明戲曲家李長祚與興化李氏遺民群》，見《明清戲曲家考略全編》，上海古籍出版社 2009 年版，下冊第 69－71 頁。

闋焉，《菩薩蠻》云：「數間茅屋閒臨水，窄衫短帽垂楊裏。花市
去年紅，吹開一夜風。梢梢新月偃，午醉醒來晚。何許最關情，
黃鸝兩三聲。」荊公退居金陵，作草堂於半山之麓，引八功德水，
浚小港於其上，疊石作橋。暇則幅巾藜杖，往來其間。因集古句
為此，俾侍者歌之。[14]

王安石創製這首集句《菩薩蠻》之事，又見於宋人吳曾的《能改齋詞
話》。陳霆還指出，相對於集句詩，集句詞的創作是很罕見的。這一論
斷基本符合宋、明兩代集句詞創作的事實。就明代而言，集句詞的作品
和創作的詞人都在少數，且多數作品往往集中於某一位詞人。比如明初
劉基作有二十九闋集句詞，其中《憶王孫》十二首，《浣溪沙》二首，《生
查子》七首，《菩薩蠻》八首[15]，在為數不多的集句詞創作者中，劉基作品
數量當屬最多的了；季孟蓮也作有十四闋集句《浣溪沙》詞，均集杜牧
之句[16]。筆者在整理明代戲曲中的詞文獻時，發現明人在進行戲曲創作
時，也運用了集句詞的形式，而這一形式僅見於傳奇作品。明代戲曲
中確定為集句詞的作品數量為（括號中數字代表集句詞數量）：梅鼎祚
《玉合記》（1），湯顯祖《紫簫記》（1），沈璟《紅蕖記》（2）、《埋劍記》
（1）、《雙魚記》（2）、《墜釵記》（1），陳與郊《鸚鵡洲》（3），汪廷訥《獅
吼記》（1），沈自晉《望湖亭記》（1），許自昌《水滸記》（2），王異《弄
珠樓》（2），楊珽《龍膏記》（5），王元壽《異夢記》（1）、《紅梨花記》
（1），蘇元俊《夢境記》（1），馮夢龍《灑雪堂》（5），李玉《占花魁》
（1），阮大鋮《牟尼合》（2），無名氏《運甓記》（1），以上共計 32 首。
今將輯得的戲曲中集句詞並查考其集句來源，所得結果列於下表：

14　陳霆《渚山堂詞話》卷三，《詞話叢編》本，第 1 冊第 372－373 頁。

15　參見饒宗頤、張璋《全明詞》，第 1 冊第 80－85 頁。

16　參見周明初、葉曄《全明詞補編》，浙江大學出版社 2007 年版，下冊第 871－
　　873 頁。

表 5-2　明傳奇中集句詞一覽表

作者	傳奇作品	集句詞	集句形式
梅鼎祚	《玉合記》	《集浣溪沙》（萬戶傷心生野煙）	集王維、劉長卿等唐人詩句
湯顯祖	《紫簫記》	《菩薩蠻》（玉釵風動春幡急）	集牛嶠、溫庭筠《菩薩蠻》詞
沈璟	《紅葉記》	《臨江仙》（一望秋光瀲灧平）	集牛希濟、孫光憲《臨江仙》詞
		《菩薩蠻》（小山重疊金明滅）	集溫庭筠、牛嶠、孫光憲《菩薩蠻》詞
	《埋劍記》	《鷓鴣天》（先達誰當薦陸機）	集劉長卿、杜甫等唐人詩句
	《雙魚記》	《鷓鴣天》（年少今開萬卷餘）	集李商隱、高駢、司空圖等唐人詩句
		《鷓鴣天》（十載論文命未通）	上闋集唐人詩句，下闋用晏幾道《鷓鴣天》詞
	《墜釵記》	《如夢令》（鶯嘴啄花紅溜）	集宋人《如夢令》詞
陳與郊	《鸚鵡洲》	《菩薩蠻》（文窗繡戶垂羅幌）	雜集鮑照、蘇軾等人詩句
		《菩薩蠻》（隔簾微雨驚飛燕）	集李珣《菩薩蠻》詞
		《浣溪沙》（入夏還餘淡薄妝）	集李珣《浣溪沙》詞
汪廷訥	《獅吼記》	《鷓鴣天》（雙龍闕下拜恩初）	集韓翃、李遠等唐人詩句
沈自晉	《望湖亭記》	《蝶戀花集句》（鐘送黃昏雞報曉）	集王詵、俞克成、蘇軾《蝶戀花》詞
許自昌	《水滸記》	《搗練子》（明月下）	集王表、陸龜蒙詩句
		《憶王孫》（手披荒草看孤墳）	集劉長卿、曹唐詩句
王異	《弄珠樓》	《鷓鴣天》（白石溪邊自結廬）	集曹唐、李九齡等唐人詩句
		《山花子》（香靨凝羞一笑開）	集李清照、秦觀《浣溪沙》詞

（續上表）

作者	傳奇作品	集句詞	集句形式
楊珽	《龍膏記》	《玉樓春》（樓臺絕勝宜春苑）	集蘇頲、李頎等唐人詩句
		《鷓鴣天》（曉樹烏啼客夢殘）	集王初、賈至等唐人詩句
		《河滿子前》（細草孤雲斜日）	集龔陳克、李煜等異調詞句
		《浣溪沙》（琪樹西風枕簟秋）	集許渾、雍陶等唐人詩句
		《減字木蘭花》（掃清海宇）	集杜甫、岑參等唐人詩句
王元壽	《異夢記》	《鷓鴣天》（年少今開萬卷餘）	集韓翃、譚用之詩句
	《紅梨花記》	《舞春風》（春風淡淡景悠悠）	集張仲素、薛能、曹松等唐人詩句
蘇元俊	《夢境記》	《天仙子集句》（繡戶窗前花影重）	雜集張泌、毛熙震等人詞句及朱灣詩句
馮夢龍	《灑雪堂》	《集句鷓鴣天》（夢筆諸郎住筆峰）	雜集李賀、陸游等唐宋人詩句及張先、辛棄疾詞句
		《集句菩薩蠻》（鷓鴣喚起南窗裏）	雜集辛棄疾、趙令時等人詞句及杜甫詩句
		《集古浣溪沙》（物換星移幾度秋）	集王勃、杜甫等唐詩人詩句
		《浣溪沙》（綠樹陰濃夏日長）	雜集高駢、劉希夷詩句及曾覿、周邦彥詞句
		《集古虞美人》（蛩聲泣露驚秋花）	集秦觀、辛棄疾等異調詞句
李玉	《占花魁》	《菩薩蠻》（翠環斜）	集蘇軾《菩薩蠻》詞
阮大鋮	《牟尼合》	《集詞菩薩蠻》（斜日畫橋芳草路）	集賈昌朝、趙令時等異調詞句
		《集詞惜分飛》（淚落闌干花着露）	集毛滂、周邦彥等異調詞句
無名氏	《運甓記》	《憶秦娥》（雲漠漠）	集康與之、朱熹《憶秦娥》詞

　　我們知道，明代的傳奇作品中存在着大量的集句詩，其中下場集句詩的創作更可謂是傳奇體制中的一種創作的慣例。從這個意義上來說，明人在傳奇作品中對於集句詞的運用，大抵也取法自集句詩而來。當然也與集句詞在宋代以降既有的創作經驗有關。與詞人單獨的集句詞創作相比，明代傳奇作品中的集句詞呈現出與集句詞一般特點相同的共性，也具有作為戲曲中詞的個性。

　　第一，集句詞的標註提示。詞人的創作出於對文學作品著作權的認識，往往在集句詞創作時明確標有集句的提示。這類提示大致可分為兩種，第一種是在詞調之下註有「集句」、「集某某」等字樣，如上文提到劉基的集句詞，在《憶王孫》、《浣溪沙》、《生查子》等詞調下均註有「集句」二字；季孟蓮的《浣溪沙》集句詞，註有「集杜牧之句」。第二種是在詞作正文中於每一句後附註所集句原作的作者。宋人集句詞如蘇軾《南鄉子·集句》（悵望送春歸），朱希真《採桑子·閨怨集句》（王孫去後無芳草）等便是此例。明人也有襲用這一形式的，如汪廷訥的「集唐句詩餘」《踏莎行》：

> 畫舸輕移艷舞回（王摩詰）。東山朝日翠屏開（沈雲卿）。簾卷春風燕復來（胡曾）。長覆舊圖棋勢盡（許渾），更取峰霞入酒杯（李嶠）。不關名利也塵埃（張祜）。[17]

這一標示類型明確提示了所集詞句之出處，後來清人朱彝尊集句詞集《蕃錦集》也沿用了這一體例。如果以詞人集句詞創作的體例規範來看，明人傳奇作品中的集句詞，在集句的標註提示方面是極為隨意的。由於附屬於傳奇作品，這一類集句詞不特意註出所集句原作的作者，這與其他襲用前人詞作的現象一樣，研究者只能依靠逐一排查來

17　饒宗頤、張璋《全明詞》，第 3 冊第 1221 頁。

考知這些詞作的襲用來源。不過也有屬第一類標註提示的，即於詞調處註出「集古」、「集詞」等。從上表所列的集句詞可知，如梅鼎祚《玉合記》中《集浣溪沙》一詞，沈自晉《望湖亭記》中《蝶戀花集句》一詞均為此例。馮夢龍據梅孝巳同名劇作更定的《灑雪堂》和阮大鋮《牟尼合》，對於劇中的集句詞基本都註明為集句作品。相比於這類集句詞，更多的作品都以不註明處理，這一點是戲曲中集句詞所具有的不同於一般集句詞的特徵。

　　第二，集句詞所用之詞調。從上表可知，明代傳奇作品中集句詞多用《浣溪沙》、《鷓鴣天》、《菩薩蠻》等調。這類詞調句格多為五、七言，較易於集句的採源（尤其是從唐人詩句中）。戲曲中集句詞在詞調選用方面多選五、七言小令的情況與一般詞人的集句詞創作是大致相近的。

　　第三，集句方式。明人的集句詞創作在集引方式上基本沿襲宋人而來，以集唐人詩句為主，同時也兼引唐宋人詞作。從詞調的特點而言，集唐人詩句的作品主要集中於《浣溪沙》、《鷓鴣天》、《菩薩蠻》等五、七言為主的詞調，而引唐宋人詞作的集句詞在詞調選用方面則較為靈活，如沈璟《墜釵記》中的《如夢令》，楊珽《龍膏記》中的《河滿子》，阮大鋮《牟尼合》中的《惜分飛》，無名氏《運甓記》中的《憶秦娥》等詞均集自前人詞作而來，這些詞調在詞人的集句詞創作中相對來說是很少見的。

二　戲曲中集句詞的類型區分

　　對於集句作品的分類，裴普賢《集句詩研究》針對集句詩的類型提出其中一種分法：依據所集詩句之對象進行區分，據此集句詩可分為兩大類，即「雜集」和「專集」，前者雜採各家詩句，不限於某家

之作，如「集唐」，後者則專採某家或一專書之作，如「集杜」等[18]。這種方法同樣適用於集句詞的分類，但考慮到詞作分調、長短句的特徵，結合具體的作品，筆者將明代戲曲中集句詞的類型大致分為以下幾類：

第一類，專集同調的詞作。所謂「專集同調」，指完成的集句詞所用的詞調與所集詞句對象的詞調相同，如集《鷓鴣天》詞即指專取前人《鷓鴣天》調下的詞作。由於同一詞調的格律一般相同，所以這種集句詞的特點是易於進行集句的選用和組合，從一定意義上來說，與集句詩相近。明代戲曲中這一類型的集句詞較為多見，如王異《弄珠樓》第二齣《山花子》（《浣溪沙》別名）一闋：

> 香靨凝羞一笑開。柳腰如醉暖相挨。眼波口動被人猜。
> 照水有情聊整鬢，倚欄無緒更兜鞋。月移花影約重來。[19]

該詞係集秦觀和李清照《浣溪沙》詞而來，分錄如下：

> 香靨凝羞一笑開。柳腰如醉暖相挨。日長春睏下樓臺。　照水有情聊整鬢，倚闌無緒更兜鞋。眼邊牽繫懶歸來。（秦觀）

> 繡面芙蓉一笑開。斜偎寶鴨親香腮。眼波才動被人猜。　一面風情深有韻，半箋嬌恨寄幽懷。月移花影約重來。（李清照）

又如沈自晉《望湖亭記》第三齣有《蝶戀花集句》詞（註：句尾數字標號為筆者所加，如遇類似情況，下不再註）：

> 鐘送黃昏雞報曉（1）。百舌無端（2），又作枝頭鬧（3）。
> 相對一樽歸計早（4）。天涯一點青山小（5）。　獨上小樓雲杳

18　參見裴普賢《集句詩研究》，台灣學生書局 1975 年版，第 2 頁。

19　王異《弄珠樓》卷上，《不登大雅文庫珍本戲曲叢刊》本，學苑出版社 2003 年版，第 11 冊第 6–7 頁。

杏（6）。燕子來時（7），綠水人家繞（8）。盡日垂簾人不到（9）。未教舒展閒花草（10）。[20]

這首詞的（1）、（5）、（6）三句，取自王詵《蝶戀花》詞：「鐘送黃昏雞報曉。昏曉相催，世事何時了。萬恨千愁人自老。春來依舊生芳草。　忙處人多閒處少。閒處光陰，幾個人知道。獨上高樓雲渺渺。天涯一點青山小。」而（2）、（3）、（4）、（9）、（10）五句取自俞克成《蝶戀花》詞：「夢斷池塘驚乍曉。百舌無端，故作枝頭鬧。報道不禁寒料峭。　未教舒展閒花草。盡日簾垂人不到。老去情疏，底事傷春瘦。相對一樽歸計早。玉山不減巫山好。」餘下（7）、（8）兩句則取自蘇軾《蝶戀花》詞：「花褪殘紅青杏小。燕子飛時，綠水人家繞。枝上柳綿吹又少。天涯何處無芳草。　牆裏秋千牆外道。牆外行人，牆裏佳人笑。笑漸不聞聲漸悄。多情卻被無情惱。」

在這一類型中，還存在較為特殊的一類，專集某家同調詞，即所集之詞句來自同一作家的同調詞作。如李玉《占花魁》第二齣《菩薩蠻》一詞上闋：

> 翠環斜慢雲垂耳，耳垂雲慢斜環翠。遲日恨依依，依依恨日遲。[21]

前兩句取自蘇軾《菩薩蠻》：「翠鬟斜幔雲垂耳，耳垂雲幔斜鬟翠。春晚睡昏昏，昏昏睡晚春。　細花梨雪墜，墜雪梨花細。顰淺念誰人，人誰念淺顰。」後兩句取自蘇軾另一首《菩薩蠻》：「落花閒院春衫薄，薄衫春院閒花落。遲日恨依依，依依恨日遲。　夢回鶯舌弄，弄舌鶯回夢。郵便問人羞，羞人問便郵。」

第二類，相對於第一類而言，集自不同詞調的作品。這一類集句

20　沈自晉《望湖亭記》卷上，《古本戲曲叢刊二集》本，第 75 冊第 5a 頁。

21　李玉《占花魁》卷上，《古本戲曲叢刊三集》本，第 41 冊第 5b 頁。

詞取材於前人不同詞調的作品。如阮大鋮《牟尼合》第六齣《菩薩蠻》
一詞：

> 斜日畫橋芳草路（1），東風欲共春歸去（2）。暝色入高樓
> （3），吳山點點愁（4）。　　着意隨堤柳（5），閒卻傳杯手（6）。
> 無人整翠鬟（7），黃昏獨倚樓（8）。[22]

從集句的情況來看，這首詞（1）、（2）兩句取自賈昌朝《木蘭花令》，
原詞如下：「都城水綠嬉遊處。仙棹往來人笑語。紅隨遠浪泛桃花，
雪散平堤飛柳絮。　　東君欲共春歸去。一陣狂風和驟雨。碧油紅旆
錦障泥，斜日畫橋芳草路。」（3）、（4）兩句取自傳為李白所作《菩
薩蠻》：「平林漠漠煙如織，寒山一帶傷心碧。暝色入高樓，有人樓上
愁。　　玉階空佇立，宿鳥歸飛急，何處是歸程？長亭更短亭。」（5）、
（6）兩句取自趙令畤（一作劉弇）的《清平樂》：「春風依舊，着意隨
堤柳。搓得蛾兒黃欲就，天氣清明時候。　　去年紫陌青門，今霄雨魄
雲魂。斷送一生憔悴，只銷幾個黃昏。」（7）、（8）兩句取自李煜《阮
郎歸》：「東風吹水日銜山，春來長是閒。落花狼籍酒闌珊，笙歌醉夢
間。　　佩聲悄，晚妝殘，憑誰整翠鬟。留連光景惜朱顏，黃昏獨倚
闌。」另外如同劇第十一齣的《惜分飛》一詞：「淚落闌干花着露，愁
到眉峰碧聚。都是相思淚，秋藕絕來無續處。　　情似雨飛絮，寂寞朝
朝暮暮。焚香獨自語，斷魂分付潮回去。」該詞分別取用毛滂《惜分
飛·富陽僧舍代作別語贈妓瓊芳》（淚濕闌干花着露），無名氏《探春
令》（綠楊枝上曉鶯啼），周邦彥《玉樓春》（桃溪不作從容住）和《尉
遲杯》（隋堤路）。

　　第三類，專集唐人詩句。這一類型與集唐詩極為相近，從擇調上
來看，也多為《浣溪沙》、《鷓鴣天》等近似「七言體」的詞調。梅鼎

祚《玉合記》第二十三齣有《集浣溪沙》一詞：

> 萬戶傷心生野煙。千門空對舊河山。紅衣落盡暗香殘。
>
> 幾處吹笳明月夜，何人倚劍白雲天。百年多在別離間。[23]

這首集句詞上闋三句分別集自王維《菩提寺私成口號》、劉長卿《上陽宮望幸》、羊士諤《郡中即事三首》（其二）三首詩作；下闋「幾處吹笳明月夜，何人倚劍白雲天」二句取自李益《過五原胡兒飲馬泉》，「百年多在別離間」一句取自盧綸《赴虢州留別故人》。再如沈璟《埋劍記》第二齣《鷓鴣天》詞：

> 先達誰當薦陸機，五陵衣馬自輕肥。未開水府珠先見，不掘豐城劍自輝。　　吹玉笛，舞羅衣，並將歌舞報恩暉。金鞭留當誰家酒，拂柳穿花信馬歸。[24]

這首詞上闋三句分別為劉長卿《送陸灃倉曹西上》、杜甫《秋興》、譚用之《寄閣記室》的詩句；下闋「並將歌舞報恩暉」句為沈佺期《奉和春初幸太平公主南莊應制》詩句，「金鞭留當誰家酒，拂柳穿花信馬歸」二句則是雍陶《公子行》詩句。

　　第四類，可以稱作是集雜體詞，顧名思義，詞作所集之句兼採古近體詩、詞等不同體裁。如沈璟《雙魚記》第二十六齣《鷓鴣天》詞：

> 十載論文命未通，一時攜手問東風。青雲舊路迎仙客，白雪時名入聖聰。　　從別後，憶相逢，幾回魂夢與君同。今宵剩把銀缸照，猶恐相逢是夢中。[25]

這首詞上闋集唐詩，第一句並非前人成句，極可能改自李涉《送魏簡

23　梅鼎祚《玉合記》，《六十種曲》本，第 6 冊第 75 頁。

24　沈璟《埋劍記》，《沈璟集》本，上冊第 136 頁。

25　沈璟《雙魚記》，《沈璟集》本，上冊第 305 頁。

能東遊二首》（其一），李涉原作為「獻賦論兵命未通，卻乘贏馬出關東。灞陵原上重回首，十載長安似夢中。」也就是說，沈璟《鷓鴣天》第一句可能拼合李詩第一句和第四句而來；第二句取自陸龜蒙《闔閭城北有賣花翁，討春之士往往造焉，因招》，亦存改動；第三、四句則取方幹《送睦州侯郎中赴闕》詩句。下闋則純引晏幾道《鷓鴣天》（彩袖殷勤捧玉鐘）詞下闋。

再如上文提到的陳與郊《鸚鵡洲》第五齣《菩薩蠻》一詞，分別襲自鮑照《擬行路難》、蘇軾《轆轤歌》、溫庭筠《舞曲歌辭‧屈柘詞》和南朝民歌《西洲曲》，宋之問《春日鄭協律山亭陪宴餞鄭卿同用樓字》、沈佺期《昆明池侍宴應制》、韓偓《效崔國輔體四首》和滕邁《春色滿皇州》等作品。這一類型集句詞在明代戲曲中是極為罕見的。

三　戲曲中集句詞的文學性分析

集句詩詞的創作，多被視為用來展示文人才情學識的文字遊戲。就文學作品的審美而言，集句作品的優劣之分，主要取決於作者對解構原作和重組新作的把握。對於集句的形式和集句詩的創作，明人徐師曾《文體明辨序說》有專論謂：「按集句詩者，雜集古句以成詩者也。自晉以來有之，至宋王安石尤長於此。蓋必博學強識，融會貫通，如出一手，然後為工。若牽合傅會，意不相貫，則不足以語此矣。」[26] 陳廷焯評朱彝尊集句詞，也認為「諸篇幅皆脫口而出，運用自如，無湊泊之痕，有生動之趣，出古人之右矣」[27]。可見，在文人眼中，集句詞的審美標準重點關注在作品的重組是否天衣無縫，自然不做作。

26　徐師曾《文體明辨序說》，人民文學出版社 1962 年版，第 111 頁。

27　陳廷焯《白雨齋詞話》卷八，《詞話叢編》本，第 4 冊第 3972 頁。

　　對於戲曲作品中集句詞的文學性分析，應持一分為二的態度。首先，將其抽離於劇本結構而以一般的集句詞創作來看待的話，我們仍然需要從文學審美的角度進行解讀；其次，結合戲曲作品具體的情節，對於戲曲中集句詞的分析還需要考慮到這些作品是否貼合劇情。概括地說，前者屬文學的審美，後者則側重文學的功能。

　　首先來看湯顯祖《紫簫記》第二十七齣《幽思》中的《菩薩蠻》，這首詞屬霍小玉的上場白，為結合劇情，茲將這段唸白錄於下方：

> 　　【菩薩蠻】玉釵風動春幡急，海棠濃露胭脂泣。香閣掩芙蓉，畫屏山幾重。　　照花前後鏡，花面紅相映。何處最相知，羨他初畫眉。櫻桃，十郎新婚一月，送別從軍，無情無緒。等閒又是杜鵑時節，好天氣困人也！[28]

可知這一齣敘演自李益前往邊塞任參軍一職後，霍小玉獨守幽閨，思念李十郎之事。湯顯祖為小玉設計的上場詞是一首集句之作。上闋第一、二兩句和下闋第三、四兩句均取自牛嶠《菩薩蠻》：

> 　　玉釵風動春幡急，交枝紅杏籠煙泣。樓上望卿卿，窗寒新雨晴。　　熏爐蒙翠被，繡帳鴛鴦睡。何處有相知？羨他初畫眉。

　　除「海棠」一句略作改動之外，其餘三句借用牛詞原句。上闋第三、四兩句則取自牛嶠的另一首《菩薩蠻》：

> 　　綠雲鬢上飛金雀，愁眉斂翠春煙薄。香閣掩芙蓉，畫屏山幾重。　　窗寒天欲曙，猶結同心苣。啼粉涴羅衣，問郎何日歸。

下闋第一、二兩句則用温庭筠的《菩薩蠻》名篇：

> 　　小山重疊金明滅，鬢雲欲度香腮雪。懶起画蛾眉，弄妝梳洗遲。　　照花前後鏡，花面交相映。新帖繡羅襦，双双金鷓鴣。

28　湯顯祖《紫簫記》，《湯顯祖戲曲集》本，下冊第 974 頁。

　　從詞作的內容上來看，這三首《菩薩蠻》皆屬閨情之作。湯顯祖在對這些作品進行解構和重組之後，所呈現出來的是一首內容完整飽滿又貼合情節發展的新作。湯顯祖的這首集句詞，上闋側重寫景而下闋用以抒情。「玉釵」二句集中寫蘭房外的春景，「香閨」二句將女主人公的視角由外而內，她所面對的是香閨畫屏，這也為下闋直抒空閨思遠之情做了鋪墊。湯顯祖對於下闋的重構尤顯文思巧妙，以對鏡梳妝之事入手寫到「畫眉」之事，既念及遠人所在，也勾起當初郎為妻畫眉的場景。相比於溫庭筠以「雙雙金鷓鴣」作結極寫孤獨之哀和閨怨之深，湯顯祖在這裏將牛嶠詞句取而代之的處理，卻完成了詞意在空間和時間兩個維度上的拉伸與擴張。可以說，湯顯祖的這首詞在集句形式的處理上是注入了一定心思的，這樣也使得這首詞也較好地融合了劇情。值得一提的是，在湯顯祖的戲曲作品中，集句詞僅此一例，而其集句詩則數量眾多。僅就每一齣的下場集句詩而言，徐朔方先生曾指出湯顯祖的佳構《牡丹亭》「每齣下場詩全部採用唐詩，詩句卻同劇情吻合無間，好像那些唐代詩人特地為他預先撰寫一樣」[29]。不過明人對於下場詩的創作卻有另一種聲音：「落詩，亦惟《琵琶》得體。每折先定下場古語二句，卻湊二語其前，不惟場下人易曉，亦另優人易記。自《玉玦》易詩語為之，於是爭趨於文。邇有集唐句以逞新奇者，不知喃喃作何語矣。」[30]在王驥德看來，傳奇下場詩宜淺近通曉，因此集唐之法不可取。不可否認，集唐下場詩與集句詞對於戲曲創作而言並不能起到本質意義上的作用，但從這些細節方面的處理，我們卻能感受到湯顯祖對於戲曲創製的精細和用心。

29　徐朔方《湯顯祖全集》前言，第 1 冊第 2 頁。

30　王驥德《曲律》卷三，《中國古典戲曲論著集成》本，第 4 冊第 142 頁。

　　與湯顯祖這首集句詞類似的，是沈璟《紅蕖記》第十六齣的一首集句詞《菩薩蠻》。沈璟雖作為吳江派的領袖，強調戲曲語言樸實甚至淺俗的本色，但其最早的傳奇作品《紅蕖記》呈現出來的卻是典雅之風。由這首集句《菩薩蠻》便可見一斑：

　　　　【菩薩蠻】小山重疊金明滅，鬢雲欲度香腮雪。金鳳小簾開，臉波和恨來。　　客帆風正急，茜袖偎檣立。極浦幾回頭，煙波無限愁。下官自從見此商女，一路同行。也來好事雖不成，卻訪得他也是長沙人氏，正要跟他船去，從容議姻。誰想他們趕早先行，後來風浪漸大，況聞表兄異夢，只得轉彎停泊。如今追想一回，又追悔一回。替他想我一回，又替他愁苦一回。好生悶人也。[31]

　　與上引湯顯祖《菩薩蠻》不同的是，沈璟的這首詞是書生鄭德璘的上場詞，既然腳色身份發生轉換，詞作的格調自然不同。這一齣情節背景為鄭生泊舟湘潭，邂逅商女韋楚雲，心生傾慕，但又因兩舟或前或後，不得相見，於是才有了這一首《菩薩蠻》的慨歎。上來一、二兩句即上引溫庭筠《菩薩蠻》詞。溫詞本寫女子，沈璟用原作「小山」二句當指商女容貌。「金鳳」二句取牛嶠另一首《菩薩蠻》詞：

　　　　柳花飛處鶯聲急，晴街春色香車立。金鳳小簾開，臉波和恨來。　　今宵求夢想，難到青樓上。贏得一場愁，鴛衾誰並頭。

牛嶠這首詞本寫男子遊於街上，香車小簾偶然掀開，得見女子而心生愛慕，詞意與鄭生邂逅商女相近。因此沈璟取用牛嶠這兩句仍寫鄭生偶見楚雲之事，這一劇情發生在第十齣和第十三齣。第十齣鄭生有獨白為：「下官適才在龍神廟中，見一起客商，有一人說送女兒上船。就

_____

31　沈璟《紅蕖記》，《沈璟集》本，上冊第 52 頁。

往鄰船探望。瞥見其中一女子，姿容絕世，顧盼傾城。」第十三齣又云：「只見此女在水窗中，時窺半面，或露全軀。……只見他瓊英膩雪，蓮蕊瑩波。」據此可知，這首集句詞上闋所寫以鄭生為視角，以楚雲為敘寫對象，極寫其美貌。下闋四句全襲孫光憲《菩薩蠻》詞：

> 木綿花映叢祠小，越禽聲裏春光曉。銅鼓與蠻歌，南人祈賽多。　　客帆風正急，茜袖偎檣立。極浦幾回頭，煙波無限愁。

孫光憲下闋「茜袖偎檣立」，從服飾和舉止來隱喻一位身姿柔美的女子，正欲細看，風急帆順，客舟頃刻間消失在煙波江上，只剩下愁緒無限。孫詞下闋所寫與沈璟所寫鄭生邂逅楚雲又不得相見之事恰巧吻合。因此，從這首集句詞的內容上來看，沈璟的創製也有明確的情節指向，這一點也與湯顯祖之作相同。

　　沈璟另有三首集句詞，其中《埋劍記》第二齣《鷓鴣天》為生腳定場詞，全集唐詩。定場詞多為書生抒寫抱負、彰顯才學之作，內容格調上往往千篇一律，而這首詞上闋又見於汪廷訥《三祝記》第二齣定場詞，可見這類作品大多與劇情本無多大關聯。類似的集句定場詞還有汪廷訥《獅吼記》第二齣《鷓鴣天》（雙龍闕下拜恩初）、王異《弄珠樓》第二齣《鷓鴣天》（白石溪邊自結廬）、楊珽《龍膏記》第二齣《鷓鴣天》（曉樹烏啼客夢殘）、王元壽《異夢記》第二齣《鷓鴣天》（年少今開萬卷餘）、馮夢龍更定《灑雪堂》第二齣《集句鷓鴣天》（夢筆諸郎住筆峰）。這幾首《鷓鴣天》定場詞，全為集唐詩之作，體格雅正。如前文已述，傳奇作品第二齣一般用生腳「沖場」，由於是劇演伊始，須為劇中主角定下人格基調，所以定場詞多為雅正之句，而不用婉約清麗的詞句。而這類詞作內容多不涉劇情，因此可以說，上述這些集句詞純為曲家應付定場詞書寫的集唐之作，無論從詞作的審美還是功能的角度來看，都顯平庸且近似。

沈璟另一首集句詞為《雙魚記》第二十六齣《鷓鴣天》：

> 〔生、外拜科〕〔生〕【鷓鴣天】十載論文命未通，一時攜手問東風。〔外〕青雲舊路迎仙客，白雪時名入聖聰。　〔二生拜科。生〕從別後，憶相逢。〔小生〕幾回魂夢與君同。〔二生合〕今宵剩把銀缸照，猶恐相逢是夢中。[32]

這首詞上闋集唐詩，分別用李涉《送魏簡能東遊二首》（其一）、陸龜蒙《閶闔城北有賣花翁討春之士往往造焉因招》、方幹《送睦州侯郎中赴闕》，下闋則為晏幾道《鷓鴣天》（彩袖殷勤捧玉鐘）一詞之下闋。從內容和格調上來看，上闋極似講述生平的定場詞之作，中正平和；而下闋採自宋詞，清麗婉約。晏詞本為書寫男女愛情之作，沈璟此處卻用於生、小生的唱白。由此可見，明人戲曲中集句詞也存在為與劇情相合而不顧詞作審美性的作品。

　　沈璟還有一首集句詞，《墜釵記》第三齣《如夢令》，這首詞雜合李清照《如夢令》（昨夜雨疏風驟）及無名氏《如夢令》（鶯嘴啄花紅溜）而來。從集句的技法上來說，由於集同調詞作，所集的兩首詞作內容相近，往往易於操作，實無巧構可言。這一類明人戲曲中的集句詞還有王異《弄珠樓》中的《山花子》（香靨凝羞一笑開），陳與郊《鸚鵡洲》中的《菩薩蠻》（隔簾微雨驚飛燕）、《浣溪沙》（入夏還餘淡薄妝）二詞等。

　　除了上述幾種情形，明人戲曲中集句詞也有生搬硬套，既不符合劇中人物身份，也屬技法低下的作品。譬如許自昌《水滸記》第三十一齣閻婆惜的上場詞《憶王孫》：「手披荒草看孤墳，懷舊長沙哭楚雲。不見當時勸酒人，淚沾巾，兩地各傷無限神。」該詞為集唐之作，內容既與劇情無涉，又與劇中人物身份不相稱，實可視為應付之作。

32　沈璟《雙魚記》，《沈璟集》本，上冊第 305 頁。

　　綜上所述，筆者認為，若衡之以文學審美和功能兩個層面，明人傳奇作品中的集句詞，是很少有「運用自如，無湊泊之痕」的上乘作品的。湯、沈二人最早的傳奇作品中那兩首《菩薩蠻》可算是其中佳作，這大概與兩人早期的戲曲創作均追求語言典雅有關，因此均取材於「花間」詞。其餘諸作，大多為戲曲作家製劇時的應付之作，一方面表現為集句技法之不精，多考慮與情節相吻合，另一方面則體現在即使用心擇取古句，也往往與劇情無涉。清人陳廷焯指出：「回文、集句、疊韻之類，皆是詞中下乘。有志於古者，斷不可以此眩奇。一染其習，終身不可語於大雅矣。若友朋唱和，各出機杼可也，亦不必以疊韻為能事。（就中疊韻尚可偶一為之。次則集句。最下莫如回文，斷不可效尤也。）古人為詞，興寄無端。行止開合，實有自然而然。一經做作，便失古意。」[33] 可見，即使是詞人眼中，集句詞的創作也因無法達到興寄自然而往往流於平庸，那麼戲曲作家的探索和嘗試，如以詞人視角來看，更可以說是勉為其難了。

第三節　戲曲詞的襲舊與唐宋詞的傳播

　　不可否認，對於唐宋詞在明代的傳播，目前的研究成果是頗豐的。就詞發展史而言，論家雖一般多以「衰微」一詞來形容明詞，但也並不否定明代在對於唐宋詞傳播方面的貢獻。這種貢獻不僅體現在正統文學層面上詞人群體的創作和評論，另外不可忽視的是，隨着明代通俗文學和市民文化的興起，唐宋詞借戲曲、小說等樣式得以實現了多層次的傳播。換句話說，明代通俗文學的創作，是唐宋詞在明代

33　陳廷焯《白雨齋詞話》卷五，《詞話叢編》本，第 4 冊第 3893 頁。

傳播的另一種驗證。就創作而言，相比於詞人的模擬、追和，明代戲曲中襲用前人詞作的手法，擁有更高的識別度。

一　從襲舊詞看明刊《草堂詩餘》的工具書特性

作為明代流傳時間最長、範圍最廣的唐宋詞選集，《草堂詩餘》對於明傳奇作家採詞入曲的創作模式產生了較大的影響。尤其是在明代中後期，《草堂詩餘》的大肆刊刻和不斷改編，正好迎合了文人作家在明傳奇戲曲結構體制確立之後，追求戲曲語言典雅化的心態。從更深層次的角度來看，明代傳奇作家之所以選擇《草堂詩餘》作為他們用於戲曲創作的「工具書」之一，除了刊刻極盛，流傳甚廣的外部原因外，更主要的還在於這部詞集自身所具備的內在形式以及在內容方面的獨特優勢。

首先，從內容上看，《草堂詩餘》所選作品的風格傾向與明代文人的審美趣味相合。《草堂詩餘》一書最初是由南宋人編選，就其功能而言，是一部應歌選詞，專供娛樂消遣。從選詞的範圍來看，以出自宋刻本的明洪武二十五年壬申（1392）遵正書堂刻本為例，該集共輯詞367闋，多收晚唐、五代、北宋詞人作品，而又以北宋為最多。所選詞人集中於周邦彥、秦觀、蘇軾、柳永、晏幾道等北宋詞人。從所選作品的風格來看，多為聲情柔曼之調、婉約豔麗之體，同時也兼具通俗淺近的風格。《草堂詩餘》這種雅俗兼收的特質，適應了明代各個階層的需求，尤其是在文化權利下移至民間，戲曲、小說等通俗文學勃興之際。正如明人何良俊在《草堂詩餘序》中所說的：「詩餘以婉麗流暢為美。如周清真、張子野、秦少游、晏叔原諸人之作，柔情曼聲，摹寫殆盡，正辭家所謂當行、所謂本色者也。後人即其舊詞，稍加隱括，便成名曲。……他日有心者，上探元聲，下採眾說，是編或帶有

裨益焉，勿謂其文句之工，足以備歌曲之用，為賓燕之娛耳也。」[34] 這段序言不但指出《草堂詩餘》選詞「婉麗流暢」、「柔情曼聲」的風格特點和「備歌曲之用，為賓燕之娛耳」的性質功能，也點明該集中的作品足以為後人的創作提供素材，只須「即其舊詞，稍加隱括」。明人戲曲創作中大量採詞於《草堂詩餘》便是極好的例證。曲家王驥德也讚賞道：「宋詞見《草堂詩餘》者，往往妙絕。」[35]

其次，從形式上看，《草堂詩餘》的編選體例使其具備天然的「工具書」性質，而易於被更多的不擅填詞的戲曲作家所接受。《草堂詩餘》在明代有「分類本」和「分調本」兩個系統。分類本《草堂詩餘》最早見於明洪武間，即上文所提到的遵正書堂刻本，分調本《草堂詩餘》最早出現在嘉靖二十九年庚戌（1550），為武陵逸史編次、開雲山農校正、顧汝所刻的《類編草堂詩餘》四卷。分開來看，分類本《草堂詩餘》分前、後二集，前集分春景、夏景、秋景、冬景四類，後集則分節序、天文、地理、人物等七大類。而每一大類下又有子目，如秋景類下分初秋、感舊、旅思、秋情、秋別、秋夜、晚秋、秋怨八個子目。對於傳奇作家，如此編排的好處在於可以依據具體的劇情來找到合適的詞作，即便是不擅作詞的曲家藝人也能收到按需採詞的效果。試以毛滂《玉樓春》（小園半夜東風轉）一詞為例，該詞見錄於節序類立春目下，自然是描寫敘說春景的，被襲改而進入明傳奇的戲曲結構內部的情況如下：

34　何良俊《草堂詩餘》序，見《唐宋詞集序跋彙編》，江蘇教育出版社 1990 年版，第 393 頁。

35　王驥德《曲律》卷四，《中國古典戲曲論著集成》本，第 4 冊第 180 頁。

表 5－3　毛滂《玉樓春》(小園半夜東風轉) 在明傳奇中襲改情況一覽:

原詞作	傳奇作品	襲改後的詞作	具體說明
毛滂《玉樓春》(小園半夜東風轉)	闕名《四賢記》	《木蘭花》(小園半夜東風轉)	見於該劇第二齣,旦上場與生、丑合唸,敘說「會遇新春」、擺酒相慶之事。
	闕名《范睢綈袍記》	《玉樓春》(小樓昨夜秋風轉)	見於該劇第三折,前一折演「范睢請母賞雪」,寫到「當此春天景致,瑞雪紛飛,不免請母親賞玩一番」,可知時值早春。
	湯顯祖《紫釵記》	《青玉案》(盛世為儒觀覽遍)	見於該劇第二齣,齣目即為「春日言懷」,為生上場詞。
	王元壽《景園記》	《玉樓春》(小園昨夜東風轉)	見於該劇第八折,該詞之後的《繡帶兒》一曲有「萬紫千紅巧鬥爭,問東君可留春信」句,可知時值春季。

　　除王元壽《景園記》一劇在第八折襲用這首《玉樓春》外,其餘三劇都在劇作開篇套用這首詞,這是與劇作家在戲曲開場交代故事發生的時間、地點等要素的慣例相一致的。

　　如果說分類本《草堂詩餘》為傳奇作家提供了情節化的詞作素材的話,那麼分調本《草堂詩餘》則為他們提供了特定詞牌下的更多素材和參考。分調本全編依詞調編排,將同調的詞作放在一起,又按詞調之篇幅分為小令、中調、長調三大類。如在小令一卷的《長相思》調下收有馮延巳、李煜等五人的不同詞作。這樣的編排形式,在一定程度上提高了傳奇作家採摘前人詞作的多樣性。其中一個突出的現象便是「集古」詞在戲曲創作中的運用。如前所論,明代戲曲作品中存在着大量的「集唐」或「集古」詩,尤以傳奇的下場詩為代表。這種

將唐人詩句進行重組的現象，之所以能在戲曲作品中被廣泛運用，除去唐詩的高度成就和詩籍的傳播流行這兩個外在因素外，更為重要的內因便是詩體的結構句式較為固定 —— 唐人之律詩、絕句無外乎五言、七言兩種句式 —— 這樣便大大提高了拼合「集唐」詩的可操作性。相對應的，由於詞體的句格變化多端，「集古」詞組合的可能性一般是建立在所取用的詞作同屬一調的基礎上的。因此，分調本《草堂詩餘》在這方面的優勢便體現出來了。譬如上文提到的王異《弄珠樓》第二齣《山花子》一詞：

> 香靨凝羞一笑開，柳腰如醉暖相挨。眼波口動被人猜。
>
> 照水有情聊整鬢，倚欄無緒更兜鞋。月移花影約重來。[36]

該詞係分拆重組秦觀和李清照《山花子》詞而來，而這兩首詞又見錄於《類編草堂詩餘》「山花子」一調下，重要的是，兩詞相鄰且都題為「閨情」。因此，可判定王異寫的這首「集古」《山花子》，很有可能直接摘錄自分調本《草堂詩餘》。另外，沈自晉《望湖亭記》第三齣，有《蝶戀花集句》詞一闋，且明確指出是「集句」詞。略作考察，可知該詞分別襲自「蝶戀花」調下所收王詵[37]、俞克成和蘇軾三人的《蝶戀花》詞：

> 鐘送黃昏雞報曉（1）。百舌無端（2），又作枝頭鬧（3）。相對一樽歸計早（4），天涯一點青山小（5）。　獨上小樓雲杳杳（6）。燕子來時（7），綠水人家繞（8）。盡日垂簾人不到（9），未教舒展閒花草（10）。

這其中，第（1）、（5）、（6）句為王詵詞，第（2）、（3）、（4）、（9）、（10）句為俞克成詞，而餘下的（7）、（8）兩句為蘇軾詞。這三首詞

36　王異《弄珠樓》卷上，《不登大雅文庫珍本戲曲叢刊》本，第 11 冊第 6–7 頁。

37　《草堂詩餘》作秦觀詞。

同樣都取自分調本《草堂詩餘》。此外，梅孝巳撰、馮夢龍據梅孝巳同名劇作更定的《灑雪堂》和無名氏所作《運甓記》等傳奇作品中，也存在上述情況，不再贅述。關於集句詞的創作，上文已作詳論。如果考慮到所集句的原作均為詞體的話，同調詞無疑具有先天的優勢。因此，從這個角度來說，分調本《草堂詩餘》為「集古」詞組合的操作提供了更大的可能性。

二　湯、沈早期作品重情采與襲《花間》詞

學界長期以來，存在着這樣一種認識，即基於湯、沈之爭的判斷，認定晚明劇壇上存在着雙峰並峙的玉茗堂派與吳江派之分，前者又稱文采派，後者則稱為格律派。如果簡單地以文學作品的形式和內容二維來闡述的話，湯顯祖強調戲曲的思想內容，而沈璟則注重戲曲的表現形式。徐朔方先生認為兩派之分是不符合實際的，一方面湯顯祖的戲曲創作是內容和形式並重的，另一方面並不存在以湯顯祖為中心的所謂的派別。然而對於沈璟的吳江派，論家的看法則較為一致，認為沈璟的戲曲創作首重格律，同時也強調戲曲語言樸素淺近的本色。然而事實上，沈璟初期的傳奇作品《紅蕖記》卻是一部文詞典雅的愛情劇作。從這個意義上來說，沈璟的初期作品與湯顯祖的《紫簫記》、《紫釵記》二劇又呈現出戲曲表現形式上的一致性。這種一致性很大程度上當受到明傳奇「文詞派」的影響 —— 在初期創作的探索過程中，與當時劇壇許多文人的創作一樣刻意追求戲曲語言的典雅化。就戲曲賓白運用詞作這一表現形式上來看，這種一致性又通過二人的早期作品大量襲用縟采清麗的《花間》詞得到驗證。

首先來看湯、沈早期作品襲用《花間》詞的情況。相比於《草堂詩餘》的流傳極盛，另一部詞選《花間集》在明代卻並不顯於世。實

際上，比之於前代，《花間集》在明代的傳播已經一改在宋、金、元時期的低迷狀態。明人不僅多次刊刻，而且對《花間集》在體例、內容上進行了刪改和增補。從傳奇創作襲用舊詞的角度來看，與明代多數作家採詞於《草堂詩餘》不同，湯、沈二人對《花間集》中的詞作青睞有加。先看湯顯祖的戲曲創作，呂天成對湯顯祖劇作的藝術特徵作過如下概括：「搜奇《八索》，字抽鬼泣之文；摘豔六朝，句疊花翻之韻。」[38]《花間集》所收作品表現出來的詞體風貌以及審美趣味，正與湯顯祖情采並重的創作理念相吻合。下表列出了湯顯祖所作五本傳奇中襲改舊詞的情況，超過半數的詞作見錄於《花間集》，其中只有牛嶠《菩薩蠻》（綠雲鬢上飛金雀）、李煜《相見歡》（無言獨上西樓）二首詞同時見收於《草堂詩餘》外，其餘作品唯《花》收之而《草》不錄。這其中，《紫簫記》、《紫釵記》二劇所用詞作數量又佔明顯優勢。

表 5－4　湯顯祖傳奇作品中襲改詞作情況一覽

傳奇作品	詞作	原詞作	花[39]
《紫簫記》	《荷葉杯》（還記夜闌相見）	顧敻《荷葉杯》（記得那時相見）	是
	《春光好》（紗窗暖）	和凝《春光好》（紗窗暖）	是
	《菩薩蠻》（玉釵風動春幡急）	牛嶠《菩薩蠻》（玉釵風動春幡急）	是
		牛嶠《菩薩蠻》（綠雲鬢上飛金雀）	是
		溫庭筠《菩薩蠻》（小山重疊金明滅）	是
	《女冠子》（星冠霞帔）	牛嶠《女冠子》（星冠霞帔）	是

38　吳書蔭《曲品校註》，第 34 頁。

（續上表）

傳奇作品	詞作	原詞作	花[39]
《紫釵記》	《青玉案》 （盛世為儒觀覽遍）	毛滂《玉樓春》 （小園半夜東風轉）	否
	《蝶戀花》 （誰剪宮花簪彩勝）	辛棄疾《蝶戀花・戊申元日立春席間作》（誰向椒盤簪彩勝）	否
	《少年遊》 （簾垂深院冷蕭蕭）	柳永《少年遊》 （簾垂深院冷蕭蕭）	否
	《荷葉杯》（枕席也來初薦）	顧夐《荷葉杯》（記得那時相見）	是
	《春光好》（紗窗暖）	和凝《春光好》（紗窗暖）	是
	《浣溪紗》 （輕打銀箏落燕泥）	孫光憲《浣溪沙》 （輕打銀箏墜燕泥）	是
	《好事近》（腕枕怯征魂）	魏夫人《好事近》《雨後曉寒輕》	否
	《好事近》（簾外雨絲絲）	吳文英《好事近》（雁外雨絲絲）	否
	《菩薩蠻》 （赤闌橋盡香街直）	陳克《菩薩蠻》 （赤闌橋盡香街直）	否
《牡丹亭》	《烏夜啼》（曉來望斷梅關）	李煜《相見歡》（無言獨上西樓）	是
	《畫堂春》 （蛾眉秋恨滿三霜）	秦觀《畫堂春》 （東風吹柳日初長）	否
	《昭君怨》（萬里封侯岐路）	卓田《昭君怨》（千里功名歧路）	否
《南柯記》	《唐多令》（何處合成愁）	吳文英《唐多令・惜別》 （何處合成愁）	否

　　再來看被認為是明代萬曆年間兩大戲曲流派的另一位創始人──沈璟，沈璟雖然往往因「湯、沈之爭」而被與湯顯祖聯繫在一起，但其實在襲用舊詞用於戲曲創作上，沈璟的早期創作與湯顯祖一樣，鍾

39　指被襲改的詞作是否見錄於《花間集》，以明萬曆三十年壬寅（1602）玄覽齋刊巾箱本為據，下同。

情於《花間集》。作為「格律派」的鉅子，沈璟的創作主張不外乎曲文重在格律和語言崇尚本色兩點。實際上，沈璟也是十分注重戲曲的娛樂消遣功能的。呂天成《曲品》便寫他「生長三吳歌舞之鄉，沉酣勝國管弦之籍……雅好詞章，僧妓時招佐酒」[40]。沈璟的散曲創作即是如此，《情癡囈語》、《詞隱新詞》等散曲集雖已失傳，但在諸多選本中保留了沈璟的套數和清曲作品。徐朔方先生認為，明代的清曲在演唱之盛和社會功能上都類似於詞在兩宋的情況，沈璟的清曲創作「絕大多數都是遊冶贈妓之作」[41]。正因為如此，具備「足以移情而奪嗜，其柔靡而近俗」特質的《花間集》，被沈璟所採納和接受是可以理解的。

沈璟多採《花間集》之詞以《紅蕖記》一劇為最突出，該劇除兩首《生查子》外，其餘詞作均只見收於《花間集》而不為《草堂詩餘》收錄：

表5－5　沈璟傳奇作品中襲改詞作情況一覽

傳奇作品	詞作	原詞作	花
《紅蕖記》	《菩薩蠻》（繡簾高軸臨塘看）	毛熙震《菩薩蠻》（繡簾高軸臨塘看）	是
	《浣溪沙》（蓼岸風多橘柚香）	孫光憲《浣溪沙》（蓼岸風多橘柚香）	是
	《臨江仙》（一望秋光瀲灩平）	牛希濟《臨江仙》（素洛春光瀲灩平）	是
		孫光憲《臨江仙》（暮雨淒淒深院閉）	是
	《生查子》（新月曲如眉）	牛希濟《生查子》（新月曲如眉）	否
	《生查子》（娟娟月入眉）	向子諲《生查子》（娟娟月入眉）	否

40　吳書蔭《曲品校註》，第30頁。

41　徐朔方《沈璟集》前言，上冊第7頁。

（續上表）

傳奇作品	詞作	原詞作	花
	《菩薩蠻》（小山重疊金明滅）	溫庭筠《菩薩蠻》（小山重疊金明滅）	是
		牛嶠《菩薩蠻》（柳花飛處鶯聲急）	是
		孫光憲《菩薩蠻》（木棉花映叢祠小）	是
	《酒泉子》（斂態窗前）	孫光憲《酒泉子》（斂態窗前）	是
	《定風波》（簾拂疏香斷碧絲）	孫光憲《定風波》（簾拂疏香斷碧絲）	是
《埋劍記》	《浣溪沙》（花謝香紅煙景迷）	毛熙震《浣溪沙》（花榭香紅煙景迷）	是
	《望江南》（多少恨）	李煜《望江南》（多少恨）	是
《雙魚記》	《鷓鴣天》（十載論文命未通）	晏幾道《鷓鴣天》（彩袖殷勤捧玉鐘）	否
《墜釵記》	《如夢令》（鶯嘴啄花紅溜）	李清照《如夢令》（昨夜雨疏風驟）	否
		宋無名氏《如夢令》（鶯嘴啄花紅溜）	否

　　湯、沈二人的早期創作，在運用詞體取材唐宋詞而均選擇《花間集》的現象，當然也有可能只是一個巧合，但其中又存在着一定的必然規律。這種規律即體現在二人早期的戲曲創作對於戲曲語言典雅化的刻意追求。王驥德《曲律》曾評湯顯祖《紫簫記》、《紫釵記》二劇「第修藻豔，語多瑣屑」[42]，呂天成《曲品》在評《紫簫記》、《紫釵記》時也認為前者「琢調鮮華，煉白駢麗」[43]，後者「仍《紫簫》者不多，然猶帶靡縟」[44]。湯顯祖第一部傳奇作品《紫簫記》確實刻意追求戲曲形式上的典雅綺麗，即使是在進一步對藝術技巧作出探索和嘗試而

42　王驥德《曲律》卷四，《中國古典戲曲論著集成》本，第 4 冊第 165 頁。

43　吳書蔭《曲品校註》，第 219 頁。

44　吳書蔭《曲品校註》，第 220 頁。

創作《紫釵記》時，仍未能完全擺脫文人傳奇的舊習，在人物賓白大量運用詞作方面甚至有過之而無不及。從湯顯祖戲曲中的詞作數量來看，據筆者統計，《紫簫記》共 19 首，《紫釵記》共 30 首，《牡丹亭》共 19 首，《南柯記》共 15 首，《邯鄲記》共 11 首。可見，五劇之中以《紫釵記》用詞數量最多，整體來說由多趨少。這與湯顯祖的戲曲創作向着「簡短利索」、「短小精悍」這一趨勢是相匹配的，也與《紫簫記》三十四齣、《紫釵記》五十三齣、《牡丹亭》五十五齣、《南柯記》四十四齣、《邯鄲記》三十齣的內容框架的由大趨小相一致。

對於沈璟的《紅蕖記》，王驥德《曲律》也認為沈璟「《紅蕖》蔚多藻語。《雙魚》而後，專尚本色」[45]。也就是說，沈璟戲曲語言風格的分界是較為清晰的。這也與他在《雙魚記》及其後的戲曲創作中否定早期《紅蕖記》的創作經驗有關。呂天成《曲品》評《紅蕖記》：

> 着意鑄裁，曲白工美。鄭德璘事固奇，無端巧合，結撰更異。先生自謂：字雕句鏤，止供案頭耳。此後一變矣。[46]

從中也可以看到，沈璟戲曲創作刻意追求詞藻華美的特徵，盡見於《紅蕖記》一劇，他自己也不否認《紅蕖記》僅為案頭之作，而此後則風格一變。

如果從當時劇壇的大環境來看，上述湯、沈二人早期戲曲創作的共同傾向，事實上也與當時戲曲崇尚文詞的風氣相一致。除湯、沈二人之外，據筆者考察，其他活躍於嘉靖、萬曆年間的傳奇作家如張鳳翼、梅鼎祚、顧大典、陳與郊、王元壽等，他們的作品在運用詞體取材唐宋詞時，也多襲改自《花間》詞。其中張鳳翼、梅鼎祚是明傳奇「文詞派」的代表。以梅鼎祚《玉合記》一劇為例，此劇敘寫韓翃和柳

45　王驥德《曲律》卷四，《中國古典戲曲論著集成》本，第 4 冊第 144 頁。

46　吳書蔭《曲品校註》，第 201 頁。

氏的愛情故事，文詞濃豔雅致，向來被視為「文詞派」代表之作。呂天成《曲品》列此《玉合記》為「中之上品」，並指出此劇「詞調組詩而成，從《玉玦》派來，大有色澤，伯龍賞之」[47]。沈德符《顧曲雜言》也說：「《玉合記》最為世所尚，然賓白盡用駢語，餖飣太繁。」[48] 從《玉合記》襲用《花間》詞的情況來看，據統計，此劇共用詞作 18 首，其中可判定為襲改舊作的共 12 首，而原作見於《花間集》者共 6 首，可見此劇採《花間集》詞的傾向也頗為明顯。另外值得注意的是梅鼎祚與湯顯祖的交遊。萬曆十四年丙戌（1586）[49]，湯顯祖在南京任職時，曾為梅鼎祚的這部傳奇寫了《玉合記題詞》，創作了《吹笙歌送梅禹金》、《招梅生篇》、《戲贈梅禹金》等交遊詩文。其中《玉合記題詞》說：「視予所為霍小玉傳，並其陳麗之思，減少其穠長之累。」[50] 這既是在戲曲創作上的自省，也表明了湯顯祖早期的戲曲創作是受到梅鼎祚的影響的。

47　吳書蔭《曲品校註》，第 238 頁。

48　沈德符《顧曲雜言》，《中國古典戲曲論著集成》本，第 4 冊第 206 頁。

49　湯顯祖《玉合記題詞》、《吹笙歌送梅禹金》等詩文作成時間，據徐朔方先生《湯顯祖年譜》定為萬曆十四年丙戌（1586）。另有「作於萬曆十三年」一說，參侯榮川《湯顯祖〈玉合記題詞〉新考》（《南京師大學報》2011 年 5 月第 3 期）一文。

50　湯顯祖《玉合記題詞》，見《湯顯祖全集》，第 2 冊第 1152 頁。

第六章

明代戲曲的開場詞創作

　　明代戲曲中的開場詞，本於宋元南戲。明人對此開場體制在繼承的同時也有新變。明代戲曲之新變，就明傳奇而言，表現為整體上的精簡化；就雜劇來說，則體現在雜劇開場運用開場詞方面從無到有的本質變化。關於明代戲曲開場詞的形式和嬗變，前文已多有論述。筆者之所以在此章選擇明人的開場詞創作，作為與前一章「襲舊」現象相對應的「新創」，主要考慮到明人開場詞具有極高的原創性和值得探討的詞史意義。從開場詞的創作來看，相對於劇本正文中詞作多為襲作的現象，明人的開場詞則基本是新創的作品，只有極個別作品襲改自前人，譬如紀振倫《三桂記》的開場詞《西江月》（世事短如春夢）襲自朱敦儒的同調詞。

　　從創作數量上來看，筆者所調查的 265 種存本明傳奇中共有 390 首開場詞，219 種存本明雜劇中共有 32 首開場詞。也就是說，現存的明代戲曲中有超過 400 首開場詞，約佔戲曲中存詞數量的 20.7%。這可以說是一個相當可觀的數量。就開場詞的功能類型而言，如前引李漁所說：「未說家門，先有一上場小曲，如《西江月》、《蝶戀花》之類，總無成格，聽人拈取。此曲向來不切本題，只是勸人對酒忘憂、逢場作戲諸套語。」若以李漁指出的「家門一詞」為參照，那麼戲曲中的開場詞即分為敘說劇情的家門詞和非家門詞。從詞的創作角度來說，家門詞主要是敘事鋪陳之作，而非家門詞則多為陳情言志之文。本章所要探討的，是這 400 首左右的明人原創詞作所體現的詞學價值。

第一節　理論性：開場詞的曲論詞角色及其曲學價值

　　本節所謂的「曲論詞」，專就戲曲開場詞中體現或闡述戲曲作家一定的創作觀念或戲曲理論的，具有評論性質的詞作而言。從把文學

批評與文學創作相結合的角度來說，戲曲中的「曲論詞」，在某種程度上類似於中國古代文學批評視野中以詩句論詩的形式[1]。需要說明的是，明人在戲曲開場詞的創作中，雖然主觀上帶有將這類「觀念」寫入開場詞的創作心理，但客觀地來講，這種創作尚無法視為是成熟、自覺的理論性創作。一方面，明人的開場詞創作相對較為零散和獨立，從戲曲作家個體而言，並不能形成諸如《二十四詩品》、《論詩絕句三十首》等較為系統和完整的理論建構；另一方面，相對於戲曲理論家，明代戲曲作家整體的理論水平參差不齊。這幾個方面的因素使得明代戲曲中開場詞的理論價值尚無法達到一定的高度，但同時也說明對其的挖掘和探討仍留有很大的餘地。

一　曲論詞的文獻概況及發展類型

鑒於明人尚未形成成熟的「曲論詞」概念，更無「曲論詞」這一名目的出現，因此本文研究的首要任務是對具有曲論意義的開場詞作出界定。筆者對於曲論詞的判斷主要基於以下幾個方面：

第一，家門詞與非家門詞之分。由於家門詞主要承擔着敍述劇情的作用，儘管也零星帶有戲曲創作觀方面的內容，但筆者更傾向於將陳說家門的開場詞視為敍事詞一類。譬如《鳴鳳記》的開場詞專述家門的一首《滿庭芳》：「元宰夏言，督臣曾銑，遭讒竟至典刑。嚴嵩專政，誤國更欺君。父子盜權濟惡，招朋黨、濁亂朝廷。楊繼盛，剖心諫諍，夫婦喪幽冥。　　忠良多貶斥，其間節義，並著芳名。鄒應龍，抗疏感悟君心。林潤復巡江右，同戮力、激濁揚清。誅元惡，芟夷黨

1　這一形式之確立首開於唐代杜甫的《戲為六絕句》以及傳為司空圖所作的《二十四詩品》，前者確立論詩絕句的標準，後者開創四言體論詩之法。清人全面繼承和發展了以詩論詩的形式，並拓展到了以詩論文、以詩論詞、以詩論曲等多種樣式。

羽，四海賀升平。」[2] 其中雖涉及作品的思想內容重在為忠良、節義流播芳名的意義，但總的來說，這首詞更偏向於敘說劇作所演之事。

第二，說理成分的有、無之分。即對非家門詞而言，需看其詞作內容是否存有說理、議論的成分，這裏的理須與戲曲創作相關。比如吳炳《療妒羹》第一齣開場詞《菩薩蠻》：「乾坤偌大難容也，婦人之妒其微者。阿婦縱然驍，兒夫太軟條。　任他獅子吼，我聽還如狗。療妒有奇方，無如不怕強。」[3] 所有說理，內容與劇情相關，但並不涉及戲曲創作、觀念、評論等內容，因此也不視為曲論詞。

第三，戲作套語與專設曲論之分。明人傳奇作品開場詞多有勸誠世人、書寫閒情之作，如姚茂良《雙忠記》開場詞《滿江紅》：「幻態如雲，須臾改變成蒼狗。人在世，一年幾度，能開笑口？俗事正猶塵滾滾，今朝掃去明朝有。歎無人、參透利名關，忙奔走。　富與貴，焉能久？貧與賤，當相守。看無常一到，便須分手。聚若青燈花上露，散如郭禿棚中偶。問眼前何物了平生？杯中酒。」[4] 這首詞顯然是勸人行樂的，也即李漁所謂「勸人對酒忘憂、逢場作戲諸套語」之作，這類作品自然也不在討論的範圍之內。

當然必須承認的是，由於對詞作內容理解的多樣性和研究者判斷的主觀性，在具體的區分操作上可能存在一定的誤差。針對這種情況，筆者採取從嚴收錄的原則，即對於存在多種詞意理解又無明顯曲論內容的詞作不納入研究的範圍。明雜劇 32 首開場詞的梳理情況已見第四章，且基本沒有曲論的內容；相對來說，明傳奇開場詞中，曲論詞佔有一定比例。以下所列，是筆者所整理的明傳奇副末開場中主要的曲論詞作品：

2　　無名氏《鳴鳳記》，《六十種曲》本，第 2 冊第 1 頁。

3　　吳炳《療妒羹》卷上，《古本戲曲叢刊三集》本，第 19 冊第 1a 頁。

4　　姚茂良《雙忠記》卷上，《古本戲曲叢刊初集》本，第 36 冊第 1a 頁。

邵燦《香囊記》:《鷓鴣天》(一曲清歌酒一巡);

姚茂良《金丸記》:《鷓鴣天》(百順順天時序)、《鷓鴣天》(財源福輳福無邊);

姚茂良《雙忠記》:《滿庭芳》(士學家源);

沈采《還帶記》:《畫堂春》(梨園名號始於唐);

鄭若庸《玉玦記》:《月下笛》(日月跳丸);

李開先《斷髮記》:《鷓鴣天》(一覽殘篇百感興);

李開先《寶劍記》:《鷓鴣天》(一曲高歌勸玉觴);

陳羆齋《躍鯉記》:《滿庭芳》(獨對青燈);

鄭之珍《勸善記》:中卷《西江月》(古聖書囊奧妙)、下卷《鷓鴣天》(日暖風和景物鮮);

陸采《南西廂記》:《南鄉子》(吳苑秀山川)、《臨江仙》(千古西廂推實甫);

陸采《明珠記》:《南歌子》(清新樂府唱堪聽);

王光魯《想當然》:《鵲枝踏》(花發千枝鶯百囀);

謝讜《四喜記》:《西江月》(人世難逢四喜);

梁辰魚《浣紗記》:《紅林檎近》(佳客難重遇);

張瑀《還金記》:《臨江仙》(聖主賢臣扶社稷);

張鳳翼《祝髮記》:《千秋歲》(華堂芳宴);

張鳳翼《竊符記》:《慶清朝慢》(古往今來);

張鳳翼《虎符記》:《賀聖朝》(滿斟綠醑酹賓主);

沈璟《紅蕖記》:《千秋歲引》(袖手風雲);

沈璟《埋劍記》:《行香子》(達道彝倫);

沈璟《義俠記》:《臨江月》(眼見人生無百歲);

沈璟《博笑記》:《西江月》(昭代名家野史);

陸華甫《雙鳳記》:《錦纏道》(富貴貧窮);

孫柚《琴心記》:《月下笛》(屈指少年);

周履靖《錦箋記》:《西江月》(身外閒愁莫惹);

屠隆《曇花記》:《玉女搖仙珮》(千秋壯氣);

梅鼎祚《玉合記》:《玉樓春》(畫堂春色濃於酒);

梅鼎祚《長命縷記》:《臨江仙》(壽星南紀正當陽);

湯顯祖《紫簫記》:《小重山》(瑞日山河錦繡新);

湯顯祖《紫釵記》:《西江月》(堂上教成燕子);

湯顯祖《牡丹亭》:《蝶戀花》(忙處拋人閒處住);

湯顯祖《南柯記》:《南柯子》(玉茗新池雨);

湯顯祖《邯鄲記》:《漁家傲》(烏兔天邊纔打照);

徐復祚《宵光劍》:《瑤輪第一曲》(乾坤一轉丸);

徐復祚《紅梨記》:《瑤輪第五曲》(華堂開);

徐復祚《投梭記》:《瑤輪第七》(瑤輪先生貌已焦);

紐格《磨塵鑒》:《無俗念》(閒暇評論);

李日華《南調西廂記》:《順水調歌》(大明一統國);

陳汝元《金蓮記》:《臨江仙》(詞曲元人稱獨步);

鄭之文《旗亭記》:《蝶戀花》(舊恨斜陽芳草暮);

卜世臣《冬青記》:《玉樓春》(長陵朽骨歸寒士);

馮夢龍《雙雄記》:《東風齊着力》(月下花叢);

馮夢龍《酒家傭》:《西江月》(公論定歸忠義);

馮夢龍《精忠旗》:《蝶戀花》(髮指豪呼如海沸);

馮夢龍《灑雪堂》:《風流子》(聽餘情至語);

馮夢龍《殺狗記》:《滿江紅》(鐵硯毛錐);

韓上桂《凌雲記》:《鷓鴣天》(閒搜奇編覽勝場);

沈自晉《望湖亭記》:《臨江仙》(詞隱登壇標赤幟);

張琦《金鈿盒》:《臨江仙》(靜掩秋窗翻稗史);

張琦《鬱輪袍》:《臨江仙》（塵世功名酬苦志）;

葉良表《分金記》:《西江月》（簫海垂天大翮）;

劉還初《李丹記》:《玉梅春》（新詞歌出天風送）;

江楫《芙蓉記》:《滿江紅》（時事堪嗟）;

單本《蕉帕記》:《滿庭芳》（淨洗鉛華）;

朱鼎《玉鏡臺記》:《燕臺春》（時序變遷）;

謝弘儀《蝴蝶夢》:《西江月》（不住年光似箭）;

紀振倫《雙杯記》:《鷓鴣天》（百歲流光暗裏馳）;

阮大鋮《燕子箋》:《西江月》（老卸名韁拘管）;

范文若《花筵賺》:《西江月》（柳七郎君死矣）;

范文若《夢花酣》:《蝶戀花》（一段風情天與錯）;

范文若《鴛鴦棒》:《玉樓春》（秋窗竹冷瀟湘紫）;

袁于令《西樓記》:《臨江仙》（白髮無根愁種就）;

袁于令《鷫鸘裘》:《臨江仙》（才子佳人天所忌）;

吳炳《綠牡丹》:《臨江仙》（利責名逋爾自忙）;

吳炳《畫中人》:《蝶戀花》（筆硯生涯猶未窘）;

吳炳《情郵記》:《臨江仙》（生死流遷人似驛）;

孟稱舜《嬌紅記》:《西江月》（醉看花前妙舞）;

孟稱舜《貞文記》:《玉樓春》（楓林一片傷心處）;

李玉《占花魁》:《臨江仙》（千古情根誰種就）;

李素甫《元宵鬧》:《西江月》（意懶一腔愁緒）;

朱寄林《倒鴛鴦》:《臨江仙》（土作饅頭人是餡）;

朱寄林《鬧烏江》:《臨江仙》（籠統乾坤大戲面）;

朱京藩《風流院》:《蝶戀花》（怨毒於人為最甚）;

張景《飛丸記》:《西江月》（春樹生香易散甚）;

童養中《胭脂記》:《水調歌頭》（盛世千年樂）;

董應翰《易鞋記》:《滿庭芳》（兩眼乾坤）;

許恒《二奇緣》:《臨江仙》（大塊有情生綠竹）;

金懷玉《望雲記》:《何陋子》（景仰先賢模範）;

薛旦《醉月緣》:《臨江仙》（才子文魔千百幻）;

陳玉蟾《鳳求凰》:《玉樓春》（冷看世界如棋疊）;

更生子《雙紅記》:《西江月》（傳奇本供歡笑）;

西泠長《芙蓉影》:《水調歌頭》（青燈閒作賦）;

心一山人《玉釵記》:《水調歌頭》（開懷吟麗句）;

青山高士《鹽梅記》:《賀聖朝》（人生總似邯鄲夢）;

其滄《三祉記》:《法曲獻仙音》（蠶繭抽絲）;

研雪子《翻西廂》:《蝶戀花》（醉墨眠書今漸老）;

東山癡野《才貌緣》:《西江月》（少化身輕蝶思）;

無名氏《伍倫全備記》:《鷓鴣天》（書會誰將雜曲編）、《臨江仙》（每見世人搬雜劇）、《西江月》（亦有悲歡離合）;

無名氏《金印記》:《水調歌頭》（揮毫奪造化）;

無名氏《古城記》:《水調歌頭》（往事如夢幻）;

無名氏《高文舉珍珠記》:《鷓鴣天》（拉友尋春郊野回）;

無名氏《草廬記》:《鷓鴣天》（換羽移商實不差）;

無名氏《韓湘子升仙記》:《沁園春》（百歲人生）、《鷓鴣天》（簾幌圍春滿畫堂）;

無名氏《薛仁貴白袍記》:《西江月》（一段新奇故事）;

無名氏《鸚鵡記》:《鷓鴣天》（戲曲相傳已有年）;

無名氏《四美記》:《西江月》（大明一統天下）;

無名氏《鳴鳳記》:《西江月》（秋月春花易老）;

無名氏《運甓記》:《齊天樂》（畫堂今日歌金縷）;

無名氏《香山記》:《鷓鴣天》（簾幌圍春滿畫堂）。

　　以上按照作家作品對明傳奇中開場詞中的曲論詞作了梳理，共計99 種明傳奇，105 首開場詞。就歷時的發展情況來說，曲論詞的內容大致以明代中葉為界分為前後兩個階段。總體而言，戲曲作家對於這類曲論詞的創作，很大程度上取決於作家自身的才思和意志，但同時也受到當時劇壇的文藝思潮的影響。

　　對這兩個方面的因素，明代前期的開場詞創作，更明顯地被烙上了當時風行劇壇的思潮的印記，而作家的創作個性處於略受壓抑的狀態。如前文所述，明王朝初立之時，推行嚴厲的思想整肅，明代前期的戲曲創作也被籠罩在這樣一種環境下而體現出特有的風格 —— 強調戲曲的政治教化功能。正如李開先所說：「要之激勸人心，感移風化，非徒非，非苟作，非無益而作之者。今所選傳奇，取其辭意高古，音調協和，與人心風教俱有激勸感移之功。」[5] 李開先從戲曲作品的社會功能的角度，提出了「激勸人心，感移風化」的創作主旨。

　　這種創作觀念在當時明人戲曲作品的開場詞中多有呈現。譬如作於明初的《伍倫全備記》，其開場詞已被研究者所認識並往往闡釋為教化論的戲曲觀。該劇副末開場《鷓鴣天》一詞中「若於倫理無關緊，縱是新奇不足傳。……今宵搬演新編記，要使人心忽惕然」[6] 等句，指明此劇專為揄揚倫理綱常而作，目的在於感化人心。直接受《伍倫全備記》影響的是邵璨的《香囊記》。該劇第一齣《家門》第一首開場詞《鷓鴣天》即云：「一曲清歌酒一巡，梨園風月四時新。人生得意須行樂，只恐花飛減卻春。　今即古，假為真，從教感起座間人。傳奇莫作尋常看，識義由來可立身。」[7] 在邵璨看來，戲曲作品是可以起到

感起觀眾識義立身的載道教化作用的，不能以尋常的眼光來看待。李開先《寶劍記》開場詞《鷓鴣天》也說到：

> 一曲高歌勸玉觴，開收風月入吟囊。聯金輟玉成新傳，換羽移宮按舊腔。　誅讒佞，表忠良，提真託假振綱常。古今得失興亡事，眼底分明夢一場。[8]

這種重視教化的創作觀念在傳奇作品中的呈現，無疑受到了儒家的文藝風潮滲透於文學領域的影響。從另一個層面來講，對於傳奇作品「誅讒佞」、「表忠良」、「振綱常」的功用，一定程度上也提升了傳奇作品的社會地位，這也為明代後期傳奇文人化起到了一定的奠基作用。

　　相對於明前期曲論詞多單一集中於戲曲教化觀，明代後期傳奇的開場詞創作，隨着文學解放思想的演進和文人創作力量的崛起，開始呈現出以言情主張為主流、以其他類型曲論為支流的多種曲論並存的趨勢。就言情主張而言，湯顯祖自然是明代後期的旗幟性人物，其「至情觀」主要見於《牡丹亭記題詞》。實際上，湯顯祖的戲曲創作的重情觀念從他的開場詞創作也可見一斑。譬如《紫簫記》的《小重山》詞，其下闋明確說到：

> 銀燭映紅綃，此時花和月，最關人。翠盤輕舞細腰身，嬌鶯囀，一曲奏陽春。[9]

另外如《紫釵記》開場詞《西江月》也說：「點綴紅泉舊本，標題玉茗新詞。人間何處說相思？我輩鍾情似此。」[10]不僅點明此本傳奇改自舊本而來，同時進一步強調了劇作「說相思」的主旨。至《牡丹亭》，

湯顯祖更是直言「世間只有情難訴」（開場詞《蝶戀花》）。從明代前期的教化論主張到湯顯祖這裏的至情觀，這中間，顯然是有一個過渡的過程的，並非一步到位。這種過渡，我們也能從傳奇開場的曲論詞當中得到一種驗證。確切地說，在嘉靖年間，明人主情的觀念開始抬頭。謝讜《四喜記》將戲曲創作所彰顯的「情」提升到與「理」同一高度。據徐朔方先生考知，此劇作於嘉靖三十六年丁巳（1557）或略後[11]，其開場詞《西江月》云：

> 人世難逢四喜，浮生不滿百年。有花有酒即神仙，雲鬢等閒霜變。　　主敬固能作聖，風流亦可稱賢。調宮弄羽樂吾天，軒冕崢嶸何羨。[12]

這裏所謂的「主敬」即代指封建綱常和道德觀念。此劇劇終散場詩亦云：「父能教子子揚名，兄弟情怡難拯。道合君臣夫婦樂，綱常風月兩堪稱。」[13]又再次強調了「情」與「理」是同等重要的。謝讜這種觀念可以說是明末教化論和言情說相結合的創作論之濫觴。再如孫柚敘演司馬相如與卓文君之事的《琴心記》，此劇作成於隆慶三年己巳（1569）或略前[14]，其開場詞《月下笛》下闋云：

> 無那，新愁積。把才子文章，美人顏色，全憑翠管，巧將一段春織。風流寫入宮商調，勸取騷場浪客。願休辭潦倒，看俯仰古今陳跡。[15]

劇中散場詩也說：「才子文章冠古今，佳人傾國更知音。花間每憶相

11　徐朔方《晚明曲家年譜》第二卷，浙江古籍出版社 1993 年版，第 19 頁。

12　謝讜《四喜記》，《六十種曲》本，第 6 冊第 1 頁。

13　謝讜《四喜記》，《六十種曲》本，第 6 冊第 108 頁。

14　徐朔方《晚明曲家年譜》第一卷，第 256 頁。

15　孫柚《琴心記》，《六十種曲》本，第 5 冊第 1 頁。

思，月下常追隔壁琴。」[16] 由此可見，孫柚的這部傳奇作品是以「才子
佳人」為主題來寫「風流」、「相思」之情的。湯顯祖之後，明末的傳
奇作品中依然存有言情之餘韻，如戲曲創作直承《牡丹亭》的范文若，
直言「多情誰用管無情，只為多情腸斷耳」（《鴛鴦棒》開場詞《玉樓
春》）；同樣以「臨川」之筆進行戲曲創作的吳炳也有「情之所到真難
忍」（《畫中人》開場詞《蝶戀花》）之語；專寫愛情題材的孟稱舜也
說「貞夫烈女世間無，總為情多難負」（《嬌紅記》開場詞《西江月》），
這與他明確指出戲曲創作「以辭足達情者為最，而協律者次之」（《古
今名劇合選序》）的觀念相同。

　　除了主情書寫這一主流，明代後期戲曲作家在開場詞中敘述創作
觀念的時候，更富有文人的個性化特徵，這些特徵共同構成了這一時
期戲曲作家對於曲論詞書寫的多樣性。因「發憤」而製曲的，如葉良
表《分金記》開場詞《西江月》謂：「簸海垂天大鵬，扶搖須借同風。
無媒碌碌老豪雄，鑽破殘篇何用。騏驥多傷伏櫪，杞楠稀遇良工。曲
高寡和古今同，慷慨悲歌感諷。」[17] 可見作者是為抒寫個人懷才不遇之
感而作。同樣的情形也見於朱京藩的《風流院》，其開場詞《蝶戀花》
下闋亦云「星斗文章成畫餅，下第無聊，嚼出宮商恨。珠斛屋金生不
幸，全憑筆佔風流勝。」[18] 認為傳奇作品應為娛樂大眾而作的，如更生
子《雙紅記》，其開場詞《西江月》云：「傳奇本供歡笑，何須故作酸
辛。」[19] 凡此種種，不僅突破了前人曲論詞多落於情、理之爭的窠臼，
也說明傳奇在明代中葉以後文人化的過程中，文人的個性思想得到了
更為大膽的書寫。

16　孫柚《琴心記》，《六十種曲》本，第 5 冊第 144 頁。

17　葉良表《分金記》卷上，《古本戲曲叢刊初集》本，第 83 冊第 1b 頁。

18　朱京藩《風流院》卷上，《古本戲曲叢刊二集》本，第 71 冊第 1a 頁。

19　更生子《雙紅記》卷上，《古本戲曲叢刊二集》本，第 55 冊第 1a 頁。

二　曲論詞的曲學價值略說

作為承載了一定曲論成分的詞作，明人戲曲中的開場詞往往可以視為戲曲作家對某種戲曲觀念的理解和書寫。儘管我們上面提到，明人在開場詞中所建構的理論往往是樸素的、非系統的，但在特定的歷史場景中，這些曲論詞所生發和闡釋的理論價值，同樣值得重視。

一般來說，一劇之開場詞，其思想內容往往與作家、作品密切相關。除了部分「套語」式的作品放置於不同的戲曲作品都無妨，甚至可有可無之外，多數開場詞具有明確的指向和關聯性。尤其對於曲論詞而言，它們往往與作家的創作理念、戲曲觀念等都有密切關係。因此，筆者對於曲論詞的曲學價值的探討，也主要結合具體的作家、作品進行展開。具體來說，曲論詞的曲學價值可以從以下幾個方面來看：

第一，曲論詞中的情、理之分。情、理之分是明代戲曲創作中一對重要的概念。戲曲作家往往會在一劇開場便道明作品在言情與崇理兩者之間的價值取向。關於這一點，上文已略作陳述。另外，現今的研究者也已經注意到結合開場詞來對一些主要的作家、作品的思想內容作出觀照，這無疑也說明了這部分開場詞是帶有一定的曲論意義的。

第二，曲論詞中的湯、沈之爭。在明代特定的歷史語境中，湯、沈之爭也可視為是「重情采」與「守音律」二者先後主次之分的指代。關於湯、沈之爭抑或文詞、格調之爭，目前的研究現狀已趨成熟和完備，因此筆者在此無意於對相關理論紛爭再做多餘的梳理，只希望以此為突破口來考察明人開場詞中相關詞作的作品價值。總的來說，湯、沈二人戲曲作品的開場詞中並不存在與此相關的作品（儘管上引湯顯祖的幾首開場詞均體現了他重在寫情的創作觀，但這種書寫並非以詞場競技為目的），這類曲論詞主要是其他戲曲作家的闡述，從內

容上來看，多為表明守音律這一觀點的作品，從創作主體來看，多為
後世所謂的「吳江派」作家。

　　這其中最值得注意的便是「吳江派」戲曲家沈自晉在其傳奇作品
《望湖亭記》中的一首開場詞，《臨江仙》曰：

　　　　詞隱登壇標赤幟，休將玉茗稱尊。鬱蘭繼有橭園人，方諸能
　　作律，龍子在多聞。　　香令風流成絕調，幔亭彩筆生春，大荒巧
　　構更超群。鰤生何所似？顰笑得其神。[20]

這首詞明確指出沈自晉推崇沈璟首重音律的主張，並將呂天成（號郁
蘭生）、葉憲祖（號橭園居士）、王驥德（號方諸生）、馮夢龍（別號
龍子猶）、范文若（字香令）、袁于令（別號幔亭仙史）、卜世臣（字
大荒）及自己並列於一派。今人對其解讀多認為沈自晉這首詞中所
列八人（包括自己）均為吳江派[21]，實際上，沈自晉這首詞下闋所列的
幾位作家，對他們的評述並不等同於上闋中「能作律」等協音律的特
徵描述。尤其是對范文若與袁于令戲曲創作特色的概括，即「風流成
絕調」，「彩筆生春」之語，如果從重情采與守音律二者分視之，似乎
更符合重情采的要求。因此僅僅以吳江派之名冠之於二人，是失之偏
頗的。從具體創作來說，二人雖然重視戲曲作品的格律要求，但也注
重文情和詞采經營。如袁于令的《西樓記》，便是一部文采雅致的言
情之作。祁佳彪《遠山堂曲品》讚此劇曰：「寫情之至，亦極情之變；
若出之於無意，實亦有意所不能到。傳青樓者多矣，自《西樓》一齣，

20　沈自晉《望湖亭記》卷上，《古本戲曲叢刊二集》本，第 75 冊第 1a 頁。

21　具有代表性的研究成果主要為錢南揚《談吳江派》一文據此詞所列八人並加顧大
　　典、史槃、汪廷訥、沈自徵、吳炳、胡邏化等六人得出吳江派的主要人物（文載
　　錢南揚《漢上宧文存》）；周育德《也談戲曲史上的「湯沈之爭」》也認為這首詞
　　所列為「吳江派」點將錄（文載《學術研究》1981 年第 3 期）。

而《繡襦》、《霞箋》皆拜下風。」[22] 如果從祁佳彪的「寫情之至」的評語來看，袁于令的這部作品實與湯顯祖寫情之作格調相近。《西樓記》第一齣開場詞《臨江仙》云：

> 白髮無根愁種就，勸君及早徜徉。風流節俠滿詞場。尊前顏似玉，燈下語如簧。　試看悲歡離合處，從教打動人腸。當筵誰者是周郎。縱思敲字句，無敢亂宮商。[23]

這首曲論詞詞尾「縱思敲字句，無敢亂宮商」二句往往被用以闡釋袁于令謹守音律的事實，但不可忽視的是，袁于令在這首詞中明確說到「試看悲歡離合處，從教打動人腸」，也就是說，他於音律之外還重視戲曲作品言情至深從而打動人心的效果。范文若戲曲創作的重情觀念直承湯顯祖而來，這點已在上文作過論述，另一位也被研究者視為吳江派主要人物的吳炳，情形也與袁于令類似，且看吳炳《情郵記》的開場詞《臨江仙》：

> 生死流遷人似驛，幾多駐足時光。黃河日夜永湯湯。愁隨刀放下，惱共髮除將。　只有情絲抽不盡，些兒露出疏狂。又拈曲譜按宮商。空中觀眾散，局外問炎涼。[24]

該詞既涉及到「情絲」之語，又言「拈曲譜按宮商」，結合具體的戲曲作品，吳炳的傳奇創作也具有既重格律又重情采的特徵。從這個意義上來講，如果非要對范、袁、吳三人進行派別的歸類，將二位歸為明末調和湯沈之爭、合而並美的一派似乎更顯妥帖。

　　第三，從曲論詞看《西廂記》、《琵琶記》的地位。作為元人戲曲作品中成就較高的兩部作品，《西廂記》和《琵琶記》在明代有很高的

22　祁佳彪《遠山堂曲品》，《中國古典戲曲論著集成》本，第 6 冊第 10 頁。

23　袁于令《西樓記》，《六十種曲》本，第 8 冊第 1 頁。

24　吳炳《情郵記》卷上，《古本戲曲叢刊三集》本，第 24 冊第 1a 頁。

地位，往往被明人奉為圭臬。王驥德云：「古戲必以《西廂》、《琵琶》稱首，遞為桓、文。然《琵琶》終以法讓《西廂》，故當離為雙美，不得會為聯璧。……《西廂》組豔，《琵琶》修質。」[25]至於《琵琶記》，呂天成《曲品》列此劇於「神品」，並指出：「勿倫於北劇之《西廂》，且壓乎南聲之《拜月》。」[26]明人傳奇開場詞也有明確體現作家推崇王實甫《西廂記》的作品。如陸采《南西廂記》的開場詞《臨江仙》：

> 千古《西廂》推實甫，煙花隊裏神仙。是誰翻改汙瑤編？詞源全剽竊，氣脈欠相連。　試看吳機新織錦，別生花樣天然。從今南北並流傳，引他嬌女蕩，惹得老夫顛。[27]

從這首詞，我們可以看出陸采之所以翻改王實甫《西廂記》不僅在於對王作的推崇，更在於對李日華改作「詞源全剽竊，氣脈欠相連」的不滿。呂天成《曲品》評云：「天池恨日華翻改，故猛然自為握管，直期與王實甫為敵。常自詡為：『天與丹青手，畫出人間萬種情。』豈不然哉？願令優人亟演之。」[28]陸采這首《臨江仙》是從正面直接來評價舊劇，他也有以相反的角度間接表達對《西廂》、《琵琶》二劇的評價的。陸采的《明珠記》開場詞《南歌子》謂：

> 清新樂府唱堪聽。遏雲行，鳳鸞鳴。宮怨閨愁，就裏訴分明。掩過西廂花月色，又撥斷琵琶聲。　佳人才子古難並。苦離分，巧完成。離合悲歡，只在眼前生。四座知音須拱聽。歌正好，酒頻傾。[29]

25　王驥德《曲律》卷三，《中國古典戲曲論著集成》本，第 4 冊第 149 頁。

26　吳書蔭《曲品校註》，第 5 頁。

27　陸采《南西廂記》卷上，《古本戲曲叢刊初集》本，第 64 冊第 1a 頁。

28　吳書蔭《曲品校註》，第 226 頁。

29　陸采《明珠記》，《六十種曲》本，第 3 冊第 1 頁。

在這首詞中，「掩過西廂花月色，又撥斷琵琶聲」可謂一語雙關，可見
陸采對於自己的戲曲創作是極為自信的。這種自信正如此劇卷末尾曲
《意不盡》所說的：「東吳才子多風度，撮俏拈芳入豔歌。錦片也似麗
情傳萬古。」[30] 同樣的語意，也見於《南西廂記》開場詞《南鄉子》，
該詞上闋云：「吳苑秀山川，孕出詞人自不凡。把筆戲書雲錦爛，堪
觀，光照空濛五色閒。」[31] 另外，鄭之珍《目連救母勸善記》下卷開場
詞《鷓鴣天》也是同樣的例子，詞曰：「日暖風和景物鮮，太平人樂太
平年。新編孝子尋娘記，觀者誰能不悚然。　　搜實跡，據陳編，括
成曲調入梨園。詞華不及《西廂》豔，但比《西廂》孝義全。」[32] 作者
在這首開場詞中自述這本傳奇雖不及《西廂記》淒豔，但在闡說孝義
方面卻勝王實甫之作。明人開場詞多有推介劇本的作品，這首詞也不
例外。作者之所以會以《西廂記》作為比較對象，自然是因為《西廂
記》在當時婦孺皆知的流行狀態。這種借前人作「推銷」之語的情況
也暗含了一定的推崇意味，如李素甫《元宵鬧》的開場詞道明了創作
的緣由：「閉室閒觀水滸，情緣草就傳奇。高明為我刪潤之，莫笑俚詞
鄙句。」（《西江月》）由此也可看出李素甫所崇尚的是高明《琵琶記》
中的語言本色。

　　第四，從曲論詞看明人對戲曲作品的改編。明人對戲曲作品的改
編，一是改訂元人作品，二是改編本朝作品。明人對於這類改編式的
創作，往往會在傳奇開場詞中予以說明，譬如上文已經提到的陸采的
《南西廂》。明末又有研雪子的《翻西廂》劇，其開場詞也說明了為何
翻改此劇的原因：「醉墨眠畫今漸老。無計消愁，獨愛翻新調。」[33] 兩

30　陸采《明珠記》，《六十種曲》本，第 3 冊第 143 頁。

31　陸采《南西廂記》卷上，《古本戲曲叢刊初集》本，第 64 冊第 1a 頁。

32　鄭之珍《目連救母勸善記》卷下，《古本戲曲叢刊初集》本，第 82 冊第 1b 頁。

33　研雪子《翻西廂》卷上，《古本戲曲叢刊三集》本，第 14 冊第 1a 頁。

例都屬翻改元人作品。明人改訂本朝作品的，以馮夢龍為例。馮夢龍好刪改古今戲曲，存有《墨憨齋定本傳奇》。据李梅实《精忠旗》更定的同名傳奇，其開場詞《蝶戀花》下闋云：「千古奇冤飛遇檜，浪演傳奇，冤更加千倍。不忍精忠冤到底，更編紀實精忠記。」。由於李作已亡佚，因此這首詞是否為李梅實原作中即已存在還是為馮氏新添，已不可知。同樣的情況也存在於《酒家傭》一劇，此劇據陸弼、欽虹江同名傳奇《存孤記》更定，二人原作也已亡佚。此劇開場詞《西江月》云：

> 公論定歸忠義，天心不佑權奸。一時顛倒費周旋，認識天心越顯。　　古往今來變態，離悲合喜因緣。謾將舊記纂新編，好倩知音搬演。[34]

由此可見，《酒家傭》一劇改訂原作是出於場上搬演的考慮。馮夢龍在《雙雄記敘》中提出了自己刪改傳奇作品的原則，一是「情節可觀」，二是「不甚奸律」，對於前者的改動主要針對劇情是否有助風化，對於後者，則重在嚴格協律。從這個角度來說，上引二詞極有可能是馮氏新創之作。

　　以上從四個角度對於明代傳奇開場詞的曲論價值作了一番簡述。就戲曲劇本研究而言，獨立於劇情之外的開場詞或許微不足道，但從戲曲研究的角度來說，我們仍不能忽視開場詞中零星閃爍的曲論光芒。

34　馮夢龍《酒家傭》卷上，《古本戲曲叢刊二集》本，第 63 冊第 1a 頁。

第二節　敘事性：開場詞的敘事詞特徵及其新變

　　本節所謂明代戲曲中開場詞的敘事特徵，主要針對開場形式中的「家門詞」而言。對於「家門詞」概念的提出，涉及到明清傳奇中「家門」的廣義和狹義之分，關於這一點，已在第一章第三節作出論述。這裏需要特別說明的是，明人戲曲作品對於家門詞的使用雖然較為普遍，但並非所有作品都會選擇以一闋開場詞來詳說劇情。譬如湯顯祖的「四夢」，前兩劇分別用《沁園春》、《漢宮春》兩首家門詞交代劇情大意，而後兩劇則並沒有沿用這一形式。但總的來說，家門詞的運用仍可視為明清傳奇開場體制中較為固定的模式。家門詞在劇本結構中所承擔的角色和特定功能使其呈現出了極為明顯的敘事詞特徵。相對於文人敘事詞的傳統書寫，家門詞的敘事特徵又顯示出了獨特的變異。

　　作為抒情性文體，詞體在其誕生之初便展現出了以抒情為主的文體特徵，在其發展演進的過程中，也基本沿着「緣情」的軌跡。但隨着中國古代敘事觀念的逐步增強，詞也借助一定的敘事手段來完成具體作品的書寫。就敘事文學的一般特徵來說，敘事詞的判定，主要根據作品是否描述或展現了具有一定過程的行為或事件。敘事詞的創作並非出現在敘事文學迅速發展的明清兩代，而是早在唐宋時期，即有詞人開始敘事詞的創作。譬如擅長寫慢詞的柳永，後人曾說：「耆卿詞，善於鋪敘，羈旅行役，尤屬擅長。然意境不高，思路微左，全失溫、韋忠厚之意。詞人變古，耆卿作俑也。」[35] 柳永詞善鋪敘的特徵，我們從他的名篇《雨霖鈴》中即可見一斑，全詞構造了一個較為完整的敘事空間和情節過程，體現了較為典型的敘事性。但我們也同樣應該看到，文人的敘事詞創作雖然將很大篇幅用於一系列行為、時間的

35　陳廷焯《白雨齋詞話》卷一，《詞話叢編》本，第 4 冊第 3783 頁。

鋪敘，但往往無法避免地去尋求一個抒情的落腳點，因為無論是以詞人創作者的角度，還是以評論者的角度來看，詞體抒情性的根本特徵是無法改變和迴避的。柳永的《雨霖鈴》在大量敘事的中間，也有「多情自古傷離別，更那堪，冷落清秋節」的抒情話語。也就是說，詞體在運用敘事手段的同時，並不能完全剔除它的抒情成分。再如辛棄疾的敘事詞《青玉案》：

> 東風夜放花千樹，更吹落、星如雨。寶馬雕車香滿路。鳳簫聲動，玉壺光轉，一夜魚龍舞。　　娥兒雪柳黃金縷。笑語盈盈暗香去。眾裏尋他千百度。驀然回首，那人卻在，燈火闌珊處。

雖然全詞均以敘述類的語言完成了對元夕夜一系列場景和時間的記敘，但我們仍能從詞的下闋尋找到作品的抒情內涵。詞本為豔科，以言情為主，即使是到了北宋時期，隨着文人創作的參與，詞的題材擴大，體格趨雅，但詞體重抒情的審美特徵是保持不變的。從這個意義上來說，傳統的文人敘事詞，在詞體審美特徵的構成上以敘事為主，但敘事和抒情往往是並存的。

　　如果以傳統文人敘事詞作為參照對象的話，那麼戲曲作品中的家門詞則完成了敘事詞構成上的變異。這種變化，簡單地說，是從傳統的「敘事＋抒情」的形式轉變為「敘事＋評論」的模式。比如姚子翼《上林春》的家門詞《滿庭芳》：

> 武后借春，花開上苑，牡丹未吐紅叢。盧陵幾諫，房州安置青宮。況士安郎作賦，君臣遭困途窮。安金藏，展腸剖腹，千古見虁龍。　　敬業，具師保駕儲君，全子道孝感丹衷。天顏開濟，位正皇躬。手足一朝相聚，鴛鴦離別又重逢。觀玩處，妻賢夫貴，子孝與臣忠。[36]

從這首詞中，我們能窺知傳奇開場詞敘事特徵的概貌。全詞從「武后借春」到「鴛鴦離別又重逢」基本是全劇劇情的簡要概括，將本劇所演從開端經發展到結尾均作了提示和交代。在完成了敘事成分的書寫之後，在末尾附上褒貶評價式的論說。這種議論性的話語，是極少能在文人詞中見到的。

　　另外像無名氏《四美記》，其開場家門一闋也是類似的敘事加評論的模式，《沁園春》詞云：

> 蔡氏興宗，文才滿腹，寄跡山門。遇明惠祥師，指點前程。因做蘭盆勝會，得識吳君。自此永為刬頭，陰中賜子，賴得神明。一舉科闈得意，奉旨把王封。　誰料蠻夷猖獗，拘禁黑水岩中。吳自戒捨生尋友，得返朝中。蔡端明屈從母願，造洛陽，天助成功。試看臣忠子孝，四美受褒封。[37]

這首詞末尾同樣是對劇情大意作了評述性的判斷，而非抒情性的言說。相對於這類詞作有較為明顯的評語，明人多數戲曲作品的家門詞往往帶有隱性的評論。比如陸采《明珠記》的開場詞《望海潮》：

> 王郎奇俊，無雙嬌媚，相逢未遂姻盟。涇卒揮戈，尚書羈縶，多才脫走襄城。賊滅早還京。恨奸謀屈陷，幾處伶俜。偶逢族叔，求官贈妾結深情。　驛中錦字叮嚀。向渭橋瞥見，淚雨交傾。烈士相憐，靈丹暗買，採蘋扮作男形。假詔到園陵，把佳人酖死，贖出重生。分珠再合，一家完聚受恩榮。[38]

從這首詞的內容上來看，基本全是對劇情的敘述和交代，並不存在可視為評判褒貶的評語。但讀者仍然能從「恨奸謀屈陷」、「完聚受恩榮」等交代情節的語句中體會到寓於其中的隱性評論。

37　無名氏《四美記》卷上，《古本戲曲叢刊二集》本，第 56 冊第 1a 頁。

38　陸采《明珠記》，《六十種曲》本，第 3 冊第 1 頁。

　　因此，總的來看，作為敘事詞，戲曲中的開場詞具有不同於文人創作的敘事詞的特徵。這種不同的變化可以以三句話來概括：敘事成分的增加，抒情特徵的隱去和評論話語的出現。

　　之所以會出現上述三重變化，根本原因是文人詞體創作和戲曲作家在戲曲作品中詞創作的差異。具體來說，又可以從以下兩個方面來分析。第一，戲曲作品敘事性文體的特徵對開場詞敘事能力的提升。從戲曲史的角度來看，明傳奇開場詞的形式是較為固定的。傳奇作品的結構特徵也決定了開場詞所承擔的特定功能。就家門詞而言，其主要功能就是對全劇劇情大意的概說，起到了提綱挈領的作用。作為敘事性文體，戲曲作品所敘演的一般是一個較為完整的、情節連貫的故事。家門詞雖然篇幅有限，但只需依照劇情的大致脈絡進行書寫，又只需承擔概說劇情的功能，因此相比於文人創作的敘事詞，家門詞的敘事特徵往往更為明顯。第二，詞作敘述人稱方式的不同造成抒情和評論特徵的差別。文人創作的敘事詞一般是第一人稱的方式，作品的抒情具有強烈的主觀性和個體意識。而戲曲作品中的開場詞與劇情大意密切相關，劇作家所要表達的思想內容和價值評判往往是通過「末」這一腳色來傳達的。家門詞以第三人稱進行敘述的方式，以求得敘事和說理的客觀性。前者多是私人性的，是詞人個體情懷的抒發，重在抒情；而後者是為了獲得大眾的價值認同，因而重在議論和說理。

存本明代戲曲目錄索引

（一）存本明代雜劇目錄

　　本書所據之明雜劇，存全本者共計 224 種，其中姓名字號可考者共 179 種，闕名作品 45 種。現將存本明雜劇錄如下，姓名字號可考者按作家音序排列，闕名作品按作品音序排列：

1．姓名字號可考者（共 179 種）

C

車任遠：《蕉鹿夢》

陳鐸：《納錦郎》、《太平樂事》

陳汝元：《紅蓮債》

陳沂：《苦海回頭》

陳與郊：《昭君出塞》、《文姬入塞》、《袁氏義犬》

陳自得：《太平仙記》

程士廉：《帝妃春遊》

D

鄧志謨：《種松堂慶壽茶酒筵宴大會》（又名《茶酒傳奇》）、《踏雪尋梅》、《青樓訪妓》

F

方疑子：《鴛鴦墜》

馮惟敏：《不伏老》、《僧尼共犯》

傅一臣：《買笑局金》、《賣情紮屯》、《沒頭疑案》、《截舌公招》、《智賺還珠》、《錯調合璧》、《賢翁激婿》、《死生冤報》、《義妾存孤》、《人鬼夫妻》、《蟾蜍佳偶》、《鈿盒奇姻》，合稱《蘇門嘯》雜劇十二種

G

谷子敬：《城南柳》

H

胡汝嘉：《紅線記》

黃方胤：《倚門》、《再醮》、《淫僧》、《偷期》、《督妓》、《變童》、《懼內》，合稱《陌花軒雜劇》

黃家舒：《城南寺》

黃元吉：《流星馬》

J

賈仲明：《金童玉女》、《升仙夢》、《蕭淑蘭》、《玉梳記》、《玉壺春》、《裴度還帶》

K

康海：《中山狼》、《王蘭卿》

L

來集之：《女紅紗》、《碧紗籠》、《挑燈劇》、《藍采和》、《阮步兵》、《鐵氏女》

李逢時：《酒懂》

李開先：《園林午夢》、《打啞禪》

李唐賓：《梧桐葉》

梁辰魚：《紅線女》

林章：《青虯記》

凌濛初：《虯髯翁》、《宋公明鬧元宵》、《識英雄紅拂莽擇配》

劉兌：《嬌紅記》

劉君錫：《來生債》

陸世廉：《西臺記》

羅本：《風雲會》

呂天成：《齊東絕倒》

M

茅維：《蘇園翁》、《秦廷築》、《金門戟》、《醉新豐》、《鬧門神》、《雙合歡》

梅鼎祚：《昆侖奴》

孟稱舜：《桃花人面》、《死裏逃生》、《殘唐再創》、《眼兒媚》、《花舫緣》、《花前一笑》

Q

祁麟佳：《錯轉輪》

S

桑紹良：《獨樂園》

沈自徵：《鞭歌妓》、《簪花髻》、《霸秋亭》

孫源文：《餓方朔》

T

屠本畯：《飲中八仙記》

W

汪道昆：《高唐記》、《洛神記》、《五湖記》、《京兆記》、《蔡疙瘩》

汪廷訥：《廣陵月》

王澹：《櫻桃園》

王衡：《鬱輪袍》、《真傀儡》、《沒奈何哭倒長安街》

王九思：《曲江春》、《中山狼院本》

王應遴：《衍莊新調》

王子一：《誤入桃源》

吳仁仲：《再生緣》

吳奕：《空門遊戲》、《燕市悲歌》

吳中情奴：《相思譜》

X

徐復祚：《一文錢》

徐士俊：《春波影》、《絡冰絲》

徐渭：《狂鼓史》、《玉禪師》、《雌木蘭》、《女狀元》、《歌代嘯》

徐陽輝：《有情癡》、《脫囊穎》

許潮：《蘭亭會》、《寫風情》、《赤壁遊》、《南樓月》、《龍山宴》、《武陵春》、《午日吟》、《同甲會》、《陶處士栗里致交遊》、《漢相如畫錦歸西蜀》、《衛將軍元宵會僚友》、《元微之重訪蒲東寺》

Y

楊訥：《西遊記》、《劉行首》

楊慎：《洞天玄記》

楊文奎：《兒女團圓》

楊之炯：《天台奇遇》

葉憲祖：《渭塘夢》、《三義記》、《琴心雅調》、《易水歌》、《罵座記》、《寒衣記》、《北邙說法》、《團花鳳》、《夭桃紈扇》、《碧蓮繡符》、《丹桂鈿合》、《素梅玉蟾》

葉小紈：《鴛鴦夢》

袁于令：《雙鶯傳》

Z

詹時雨：《西廂弈棋》

湛然：《魚兒佛》

張龍文：《旗亭宴》

鄭無瑜：《鸚鵡洲》

朱權：《沖漠子》、《卓文君》

朱有燉：《牡丹品》、《牡丹園》、《煙花夢》、《八仙慶壽》、《小桃紅》、《喬斷鬼》、《豹子和尚》、《慶朔堂》、《桃源景》、《復落娼》、《仙官慶會》、《得騶虞》、《仗義疏財》、《半夜朝元》、《辰鉤月》、《悟真如》、《牡丹仙》、《曲江池》、《繼母大賢》、《團圓夢》、《香囊怨》、《常椿壽》、《蟠桃會》、《踏雪尋梅》、《十長生》、《神仙會》、《靈芝慶壽》、《賽嬌容》、《海棠仙》、《降獅子》、《義勇辭金》

卓人月：《花舫緣》

鄒兌金：《空堂話》

鄒式金：《風流塚》

2・闕名作品（共 46 種）

《八仙過海》、《拔宅飛升》、《寶光殿》、《定時捉將》、《洞玄升仙》、《度黃龍》、《廣成子》、《賀元宵》、《黃眉翁》、《見雁憶故人》、《雷澤遇仙記》、《李雲卿》、《龍陽君泣魚固寵》、《哪吒三變》、《南極登仙》、《南牢記》、《鬧鍾馗》、《蟠桃會》、《破夢鵑》、《齊天大聖》、《秦樓簫引鳳》、《慶長生》、《慶千秋》、《群仙朝聖》、《群仙祝壽》、《認金梳》、《三化邯鄲》、《色癡》、《雙林坐化》、《蘇九淫奔》、《鎖白猿》、《太平宴》、《唐苑鼓催花》、《桃符記》、《萬國來朝》、《五龍朝聖》、《誤失金環》、《下西洋》、《獻蟠桃》、《幽王舉烽取笑》、《魚籃記》、《漁樵閒話》、《斬健蛟》、《長生會》、《折梅逢驛使》、《紫微宮》，共計 46 種。

（二）存本明代傳奇目錄

　　本書明傳奇存全本者共計 283 種，其中姓名字號可考者共 241 種，闕名作品 42 種。現將存本明傳奇錄如下，姓名字號可考者按作家音序排列，闕名作品按作品音序排列：

1・姓名字號可考者（共 241 種）

B

卜世臣：《冬青記》

C

采芝客：《鴛鴦夢》

陳羆齋：《躍鯉記》

陳汝元：《金蓮記》

陳一球：《蝴蝶夢》

陳與郊：《櫻桃夢》、《鸚鵡洲》、《麒麟罽》、《靈寶刀》

陳玉蟾：《鳳求凰》

楚僧灰木：《毘陵驛節義仙記》

D

鄧志謨：《並頭花記》、《鳳頭鞋記》、《瑪瑙簪記》、《八珠環記》

東山癡野：《才貌緣》

董應翰：《易鞋記》

F

范世彥：《磨忠記》

范文若：《花筵賺》、《夢花酣》、《鴛鴦棒》、《花眉旦》

馮夢龍：《雙雄記》、《萬事足》、《新灌園》、《酒家傭》、《殺狗記》、《女丈夫》、《量江記》、《精忠旗》、《夢磊記》、《灑雪堂》、《楚江情》、《風流夢》、《邯鄲夢》、《人獸關》、《永團圓》、《三報恩》

G

高濂：《玉簪記》、《節孝記》

高一葦：《金印合縱記》、《葵花記》

更生子：《雙紅記》

顧大典：《青衫記》、《葛衣記》

H

韓上桂：《凌雲記》

華山居士：《投筆記》

寰宇顯聖公：《麒麟記》

黃粹吾：《升仙記》

J

紀振倫：《七勝記》、《三桂記》、《折桂記》、《雙杯記》、《西湖記》、《葵花記》、《霞箋記》

江楫：《芙蓉記》

金懷玉：《望雲記》

L

蘭茂：《性天風月通玄記》

李開先：《斷髮記》、《寶劍記》

李日華：《南調西廂記》

李素甫：《元宵鬧》

李玉：《一捧雪》、《人獸關》、《永團圓》、《占花魁》

李長祚：《千祥記》、《金雀記》。按：《明代傳奇全目》、《古典戲曲存目彙考》均將劇目歸於「無心子」名下，據鄧長風考，為李長祚所作，無心子可能為其別號，參見《晚明戲曲家李長祚與興華李氏遺民群》（載《明清戲曲家考略全編》，上海古籍出版社 2009 年版）一文。

梁辰魚：《浣紗記》

林章：《觀燈記》

劉方：《天馬媒》

劉還初：《李丹記》

陸采：《南西廂記》、《明珠記》、《懷香記》

陸華甫：《雙鳳記》

路迪：《鴛鴦絛》

M

馬佶人：《十錦塘》

梅鼎祚：《玉合記》、《長命縷記》

蒙春園主人：《立命說》

孟稱舜：《嬌紅記》、《二胥記》、《貞文記》

N

紐格：《磨塵鑒》

P

蒲俊卿：《雲臺記》

Q

其滄：《三社記》

秦子陵：《如意珠》

青山高士：《鹽梅記》

清嘯生：《喜逢春》

R

阮大鋮：《春燈謎》、《牟尼合》、《雙金榜》、《燕子箋》

S

單本：《蕉帕記》

邵燦：《香囊記》

佘翹：《量江記》

沈采：《千金記》、《還帶記》

沈鯨：《雙珠記》、《鮫綃記》

沈璟：《紅蕖記》、《埋劍記》、《雙魚記》、《義俠記》、《桃符記》、《墜釵記》、《博笑記》

沈君謨：《風流配》

沈齡：《三元記》

沈嵊：《綰春園》、《息宰河》

沈自晉：《望湖亭記》、《翠屏山》

史槃：《櫻桃記》、《鷫鷞釵記》、《吐絨記》

碩園：《還魂記》

蘇元俊：《夢境記》

孫柚：《琴心記》

孫鍾齡：《東郭記》

T

湯顯祖：《紫簫記》、《紫釵記》、《牡丹亭》、《南柯記》、《邯鄲記》

湯子垂：《續精忠》

童養中：《胭脂記》

屠隆：《曇花記》、《彩毫記》、《修文記》

W

玩花主人：《妝樓記》

汪廷訥：《獅吼記》、《種玉記》、《彩舟記》、《投桃記》、《三祝記》、《義烈記》、《天書記》

王光魯：《想當然》

王國柱：《碧珠記》

王翃：《紅情言》

王濟：《連環記》

王驥德：《題紅記》

王錂：《春蕪記》、《尋親記》

王異：《弄珠樓》

王玉峰：《焚香記》

王元壽：《景園記》、《紅梨花記》、《異夢記》

汪拱恕：《全德記》。按：或為王穉登所作。

吳炳：《綠牡丹》、《畫中人》、《療妒羹》、《西園記》、《情郵記》

吳德修：《偷桃記》

吳世美：《驚鴻記》

X

西泠長：《芙蓉影》

謝讜：《四喜記》

　　謝弘儀：《蝴蝶夢》

　　謝天瑞：《劍丹記》

　　謝天祐：《白兔記》

　　心一山人：《玉釵記》

　　欣欣客：《袁文正還魂記》

　　徐復祚：《宵光記》、《紅梨記》、《投梭記》

　　徐霖：《繡襦記》。按：關於《繡襦記》的作者，有徐霖、薛近兗、鄭若庸不同的說法，鄧長風《徐霖研究 ── 兼論傳奇〈繡襦記〉的作者》（載《明清戲曲家考略全編》，上海古籍出版社 2009 年版）一文對此論之甚詳，可參看。

　　徐肅穎：《丹桂記》、《丹青記》、《異夢記》、《玉合記》

　　徐元：《八義記》

　　許恒：《二奇緣》

　　許三階：《節俠記》。按：關於此劇作者，傅惜華《明代傳奇全目》作「許三階」；《今樂考證》、《曲錄》亦著錄該劇，列為明無名氏所作。

　　許自昌：《水滸記》、《橘浦記》、《靈犀配》、《種玉記》

　　薛旦：《醉月緣》、《續情燈》。按：薛旦《醉月緣》、《續情燈》二劇，《古典戲曲存目彙考》均列為清傳奇，實際上這兩本傳奇均存明末繡霞堂刊本，應列為明傳奇。其中《續情燈》卷首題「崇禎癸未中秋望日繡霞堂主人聽然子撰」，可知此劇作成於崇禎十六年癸未（1643）秋之前。又，劇中第四齣《畫扇》中提到旦尹停霞已讀過《午夢堂集》，《午夢堂集》為葉紹袁所編的一部詩文合集，葉氏《葉天寥自撰年譜》記載：「九年丙子，四十八歲。……九月《午夢堂集》成。」據此可知，此劇當作於崇禎九年丙子（1636）秋之後。

Y

　　研雪子：《翻西廂》

楊柔勝：《玉環記》

楊珽：《龍膏記》

姚茂良：《金丸記》、《雙忠記》、《精忠記》。按：姚茂良《金丸記》作者另有兩說，一為明無名氏所作，二為明人史磐所作；《精忠記》又有明無名氏所作一說。

姚子翼：《上林春》、《祥麟現》、《遍地錦》

葉良表：《分金記》

葉憲祖：《鸞鎞記》

袁于令：《西樓記》、《金鎖記》、《鷫鸘裘》

月榭主人：《釵釧記》

雲水道人：《玉杵記》

Z

臧懋循：《還魂記》、《紫釵記》、《南柯記》、《邯鄲記》、《曇花記》

張大復：《快活三》

張鳳翼：《紅拂記》、《虎符記》、《祝髮記》、《灌園記》、《竊符記》

張景：《飛丸記》

張琦：《明月環》、《金鈿盒》、《詩賦盟》、《靈犀錦》、《鬱輪袍》

張四維：《雙烈記》

張瑀：《還金記》

證聖成生：《箜篌記》

鄭國軒：《白蛇記》

鄭若庸：《玉玦記》、《五福記》

鄭之文：《旗亭記》

鄭之玄：《紅杏記》。按：此劇又說為無名氏所作。

鄭之珍：《勸善記》

智達：《歸元鏡》

周朝俊：《紅梅記》

周公魯：《錦西廂》

周履靖：《錦箋記》

朱鼎：《玉鏡臺記》

朱寄林：《倒駕鴦》、《鬧烏江》

朱京藩：《風流院》

朱九經：《崖山烈》

朱葵心：《回春記》

朱期：《玉丸記》

鄒玉卿：《青虹嘯》

2・闕名作品（42種）

　　《鉢中蓮》、《彩樓記》、《草廬記》、《赤松記》、《出師表》、《倒浣紗》、《范睢綈袍記》、《高文舉珍珠記》、《古城記》、《觀音魚籃記》、《韓朋十義記》、《韓湘子升仙記》、《和戎記》、《花萼樓》、《黃孝子尋母》、《金花記》、《金花女》、《金印記》、《錦囊記》、《舉鼎記》、《爛柯山》、《荔鏡記》、《荔枝記》、《羅衫記》、《鳴鳳記》、《青袍記》、《商輅三元記》、《雙璧記》、《水雲亭》、《四美記》、《四賢記》、《蘇英皇后鸚鵡記》、《桃林賺》、《伍倫全備記》、《香山記》、《薛平遼金貂記》、《薛仁貴白袍記》、《衣珠記》、《玉環記》、《岳飛破虜東窗記》、《運甓記》、《贈書記》，共計四十二種。

附録二

明代佚曲目錄整理

　　從戲曲研究的角度來說，佚曲的研究價值是不容忽視的。以明傳奇為例，據傅惜華《明代傳奇全目》統計，明傳奇共 950 種，而存全本者僅 200 多種，散失的傳奇作品在 700 種左右，遠大於現存作品的數量。就本課題而言，佚曲對於整理和研究明代戲曲中的詞作也十分必要，儘管從中所輯得的詞作也許只是吉光片羽。

　　擬定現存佚文的戲曲目錄及相關輯佚工作，無疑是一項重要的基礎性工作。儘管目前尚無專門針對明人傳奇和雜劇作品輯佚的專著出現，但已有一些研究者開始重視並已進行相關的輯佚工作，並已取得一定的成果。宏觀層面上的輯佚工作主要集中在明代傳奇的佚文鉤沉方面，如王安祈《明傳奇鉤沉集目》（見《明代戲曲五論》，台灣大安出版社 1990 年版），此文整理得到 91 種僅存佚曲的明傳奇；吳書蔭《明傳奇佚曲目鉤沉》（文載《戲曲研究》第 40 輯，文化藝術出版社 1992 年版）一文，則根據《詞林一枝》、《八能奏錦》等明清戲曲選集輯得 125 種明傳奇佚曲。而微觀層面上的相關研究，以明代曲家的全集或戲曲集的校點出版為主，如徐朔方先生輯校的《沈璟集》（上海古籍出版社 2012 年版），於「戲曲輯佚」一目下，輯錄沈璟《十孝記》、《分錢記》等 9 種佚曲；張樹英點校《沈自晉集》（中華書局 2004 年版）也輯有《耆英會》佚曲。筆者對明代佚曲篇目的考察，以這兩個方面的研究成果為基礎，通過調查歷代戲曲選集，略加考辨，並作補充，共整理出存佚文的明雜劇 17 種，明傳奇 188 種，茲錄如下：

（一）明雜劇佚曲目錄

　　明雜劇存佚曲者共 16 種，其中姓名字號可考者 12 種，闕名作品 4 種。茲錄如下，姓名字號可考者按作家音序排列，闕名作品按作品音序排列：

1‧姓名字號可考者（共 12 種）

C

程士廉：《秦蘇夏賞》、《韓陶月宴》、《戴王訪雪》

H

胡文煥：《桂花風》

L

陸進之：《升仙會》

S

收春醉客：《曲中曲》

X

許潮：《公孫丑東郭息忿爭》、《謝東山雪朝試兒女》、《東方朔割肉遺細君》、《張季鷹因風憶故鄉》、《裴晉公綠野堂祝壽》

Z

邾經：《鴛鴦塚》

2‧闕名作品（共 4 種）

闕名明雜劇佚曲共 4 種：《男風記》、《氣張飛》、《天官賜福》、《炎涼傳》。

（二）明傳奇佚曲目錄

明傳奇存佚曲者共 206 種，其中姓名字號可考者 98 種，闕名作品 108 種。茲錄如下，姓名字號可考者按作家音序排列，闕名作品按作品音序排列：

1・姓名字號可考者（共 98 種）

C

車任遠：《彈鋏記》

陳開泰：《冰山記》

陳宗鼎：《寧胡記》

程文修：《望雲記》、《玉香記》

D

戴子晉：《青蓮記》、《靺鞨記》

丁鳴春：《鄒知縣湘湖記》

F

范文若：《金明池》、《勘皮靴》、《雌雄旦》、《生死夫妻》、《歡喜冤家》

馮延年：《南樓記》

G

顧必泰：《摘金園》

顧大典：《風教編》、《義乳記》

顧覺宇：《織錦記》

顧懋宏：《椒觴記》

顧懋仁：《五鼎記》

H

胡文煥：《犀配記》

黃維楫：《龍綃記》

J

寄鳴道人：《完扇記》

暨廷熙：《繡衣記》

蔣麟徵：《白樓記》

金懷玉：《桃花記》

L

磊道人、朡先生：《撮合記》

李陽春：《鳳簪記》

兩宜居士：《錕鋙記》

林世吉：《合劍記》

凌濛初：《衫襟記》

龍渠翁：《藍田記》

魯懷德：《藏珠記》

陸弼：《存孤記》

陸采：《椒觴記》

陸江樓：《玉釵記》

鹿陽外史：《雙環記》

M

馬佶人：《梅花樓》

馬湘蘭：《三生記》

苗冠：《金花傳》

木石山人：《金環記》

Q

秦鳴雷：《合釵記》

秋閣居士：《奪解記》

全無垢：《呼盧記》

S

單本：《露綬記》

沈采：《四節記》

沈鯨：《分鞋記》、《青鎖記》

沈璟：《十孝記》、《分錢記》、《鴛衾記》、《四異記》、《鑿井記》、
《珠串記》、《奇節記》、《結髮記》、《同夢記》

沈君謨：《一合相》

沈自晉：《耆英會》

施鳳來：《三關記》

史槃：《合紗記》、《忠孝記》

松瀧道人：《題塔記》

孫柚：《招關記》。按：一說為無名氏所作。

T

湯家霖：《玉魚記》

W

汪廷訥：《二閣記》、《青梅記》、《長生記》

王國柱：《鴛簪記》

王恒：《合璧記》

王爐峰：《紅葉記》

王異：《花亭記》

王元壽：《鴛鴦被》

翁子忠：《鑲環記》

X

席正吾：《羅帕記》

謝天瑞：《狐裘記》

謝廷諒：《紈扇記》

徐霖：《柳仙記》

許三階：《紅絲記》

許自昌：《弄珠樓》

Y

楊景夏：《認氈笠》

楊柔勝：《綠綺記》

楊珽：《錦帶記》

葉憲祖：《玉麟記》

庾庚：《歌風記》

袁于令：《珍珠衫》

Z

張鳳翼：《屐廖記》

張景岩：《分釵記》

張竹亭：《雙節記》

章大倫：《符節記》

趙于禮：《溉園記》、《畫鴦記》

鄭國軒：《牡丹記》

仲仁：《綠華軒》

朱少齋：《英臺記》

祝長生：《紅葉記》

2．闕名作品（共 108 種）

《白海棠記》、《白雁記》、《百花記》、《百箭記》、《斑衣記》、《茶船記》、《嘗膽記》、《沉香》、《赤壁記》、《崔護記》、《單刀記》、《單騎記》、《盜紅綃》、《登樓記》、《雕弓記》、《東廂記》、《寶滔回文記》、《二蘭記》、《墦間記》、《飯袋記》、《分鏡記》、《焚舟記》、《鳳簪十義記》、《負薪記》、《桂花風》、《還魂記》、《黃袍記》、《海神記》、《合鏡記》、《盍簪記》、《黑鯉記》、《紅鞋記》、《江天暮雪》、《膠漆記》、《教子記》、《金釧記》、《金鐧記》、《金蘭記》、《金牌記》、《金錢記》、《金臺記》、《金縢記》、《昆侖記》、《聯芳記》、《煉丹記》、《留題金山記》、《六惡記》、《龍泉記》、《鸞刀記》、《羅囊記》、《洛陽記》、《絡冰絲》、《綠袍記》、《馬陵道》、《賣身記》、《賣水記》、《孟姜女寒衣記》、《明月璫》、《木梳記》、《蟠桃記》、《皮囊記》、《嫖院記》、《奇逢記》、《千古十快記》、《青樓記》、《青梅記》、《青絲記》、《青塚記》、《情緣記》、《瓊琚記》、《瓊臺記》、《賽四節記》、《三國記》、《桑園記》、《升天記》、《雙璧記》、《雙蘭花記》、《雙卿記》、《思婚記》、《四德記》、《四豪記》、《四節記》、《四郡記》、《四英傳》、《桃園記》、《同窗記》、《同庚會》、《投唐記》、《剔目記》、《臥冰記》、《五關記》、《五

桂記》、《西瓜記》、《犀合記》、《新合鏡記》、《興劉記》、《繡鞋記》、《陽春記》、《陽關記》、《餘慶記》、《漁樵記》、《玉如意記》、《張儀解縱記》、《長城記》、《謫仙記》、《征遼記》、《種德記》、《粧盒記》，共 109 種。

（三）相關問題的說明

1．《紅葉記》

明代有三種《紅葉記》傳奇，分別為祝長生、王爐峰、李長祚三人所作，可惜皆佚，僅存佚文散齣。《群音類選》「官腔類」卷十七選有五齣，末附《韓夫人金盆記》。按，《群音類選》所附《韓夫人金盆記》下又註「一名《四喜四愛》，即同上故事」，其他曲選如《大明春》、《樂府菁華》、《玉谷新簧》、《八能奏錦》、《樂府紅珊》等均選有《四喜四愛》一齣（《摘錦奇音》所選一齣，題為《韓氏惜花惜月》，實則《四喜四愛》），曲白大致與《群音類選》所收相同，且多題為《紅葉記》，據此可知《韓夫人金盆記》應當是《紅葉記》之別名。除《群音類選》外，《徽池雅調》、《堯天樂》、《大明春》、《樂府紅珊》等曲選均收有散齣。

對於上述曲選所收《紅葉記》的作者，傅惜華《明代傳奇全目》謂《群音類選》所選《紅葉記》「似為王爐峰所作」；石豔梅、王露露《佚本戲劇〈紅葉記〉考略》（載《文學教育》，2011 年第 19 期）一文推測《群音類選》所選本當為祝長生所作，似較為合理。該文進一步指出《堯天樂》卷一所收《御溝拾葉》（《于祐拾葉題詩》）、《大明春》卷二所選《于祐紅葉還題》（《于祐御溝題葉》）二齣曲文與《群音類選》中的《紅葉題詩》、《御溝得葉》曲文不同，此二本《紅葉記》與《群音類選》本為別本或改本，當是王爐峰或李長祚所作。按，《明清

江蘇文人年表》徵引《祁忠敏日記》時，載崇禎十二年己卯（1639），
「興華李長祚所著《紅葉記》傳奇在紹興演出」[1]，則可知李長祚《紅葉記》
當作於此年之前。又據鄧長風《晚明戲曲家李長祚與興華李氏遺民群》
一文所考，李長祚生年為萬曆二十六年戊戌（1598）[2]。一般而言，戲
曲家進行創作活動，二十歲可算作是一個年齡上的底限，萬曆末年即
四十八年庚申（1620）時，李長祚二十三歲，因此《紅葉記》的創作
時間最有可能的應該是天啟至崇禎中。而上文所提到的《群音類選》、
《堯天樂》、《大明春》均刊於萬曆年間，祝長生、王爐峰均為嘉靖、
萬曆間曲家，因而《堯天樂》、《大明春》中所收之「別本」《紅葉記》，
很有可能是王爐峰所作。今在明傳奇存佚劇目中補王爐峰《紅葉記》
一本，特此說明。

2·《英臺記》、《同窗記》和《還魂記》

　　《英臺記》，《遠山堂曲品》著錄，朱少齋作，別題為《還魂記》。
《鉤沉》謂《群音類選》諸腔類卷四所收《山伯分別》、《賽槐陰分別》
二齣為朱作佚文，缺考。據明清戲曲選集中所收佚曲，演梁祝故事的
明傳奇，除了《英臺記》以外，還有無名氏《同窗記》和《還魂記》，
此二種書目未見著錄。筆者在整理和對比了戲曲選集中保存的佚文之
後，認為現存十二齣梁祝傳奇佚文至少採源於三個不同劇本系統。

　　關於梁祝故事的明傳奇佚文，錢南揚在《梁祝戲曲輯存》中輯錄
《河梁分袂》（見《堯天樂》卷一）、《山伯賽槐陰分別》（見《徽池雅調》
卷一）、《訪友》（見《纏頭百練》二集）和《英伯相別回家》（見《徽

1　張慧劍《明清江蘇文人年表》，上海古籍出版社 1986 年版，第 544 頁。

2　鄧長風《明清戲曲家考略全編》，下冊第 69 頁。

池雅調》卷一）四齣[3]。除此之外，戲曲選集中輯存的佚文尚有：《群音類選》諸腔類卷四選《山伯送別》、《賽槐陰分別》、《山伯訪祝》三齣，題《訪友記》；《風月錦囊》卷十六所選收標目分別為「芸窗敘別」、「送別登徒」和「祝郎渡河」，可知所選即為「送別」一齣，題《祝英臺記》；《時調青昆》卷二選《山伯訪友》、《英臺自歎》二齣，題《同窗記》；《摘錦奇音》卷六選《山伯千里期約》，題《同窗記》；《大明天下春》卷五選《山伯訪友》一齣，題《同窗記》。

從各選集所收佚文的異同來看，試分以下幾種情況來論述：

第一，有關「山伯訪友」情節的佚文。《時調青昆》所收《山伯訪友》與《纏頭百練》所收《訪友》曲文相同，唯《時調青昆》本刪去下場詩「千里相逢喜氣濃，一番情話又成空。流淚眼觀流淚眼，只恐相逢在夢中」，而《纏頭百練》本保留。由此可知《時調青昆》與《纏頭百練》所選二齣源出一劇。《群音類選》所收《山伯訪祝》與《大明天下春》所收《山伯訪友》曲文相同，可知選自同源。若將這兩類各自同源的佚文相比較，同中有異，以《纏頭百練》所收《訪友》和《群音類選》所收《山伯訪祝》為例，《山伯訪祝》前半部分曲文為《訪友》所無，自「〔旦〕女扮男裝是我差，同窗三載共君家。落花有意流水無情，流水無情戀落花。〔生〕【一枝花】我這裏悄悄問原因……」處開始，兩類選本曲文大致相似，但也存在一些字句上的改動。如上引下場詩，《群音類選》所收《山伯訪祝》末尾則為「才得相逢又別離，今朝分散各東西。正是流淚眼觀流淚眼，不傷悲處也傷悲」。另，《摘錦奇音》所選《山伯千里期約》，同樣敘演山伯訪友之事，所不同的是，《群音類選》所收《山伯訪祝》中《轉仙子》一曲，《山伯千里期約》則改為《駐雲飛》。雖然上述有關「山伯訪友」情節三類佚文各有差

3　　錢南揚《漢上宧文存梁祝戲劇輯存》，中華書局 2009 年版，第 177－187 頁。

異，但考慮到它們具有較高的重合度，基本可以斷定都源出於同一劇本系統，考慮到只有《群音類選》題作《訪友記》，而其餘四本均題《同窗記》，不妨暫且認為此劇即為《同窗記》（甲）。

第二，有關「賽槐陰分別」情節的佚文。《徽池雅調》所選《山伯賽槐陰分別》與《群音類選》所選《賽槐陰分別》二齣曲文相同，源出於一劇；《堯天樂》所選《河梁分袂》一齣與《徽池雅調》和《群音類選》本曲文完全不同，為異製。《徽池雅調》所選題《同窗記》，《堯天樂》所選也題《同窗記》，此二本當互為別本。《徽池雅調》所選《山伯賽槐陰分別》，與《纏頭百練》所收《訪友》曲文風格相近，那麼很有可能《山伯賽槐陰分別》、《賽槐陰分別》出自《同窗記》（甲），而《河梁分袂》選自《同窗記》（甲）之別本，暫名為《同窗記》（乙）。

第三，關於「山伯送別」情節的佚文。《群音類選》所選《山伯送別》一齣有《夜行船》套曲，題下註有「《夜行船》一套係古曲偷入，於此不全」。《徽池雅調》所選《英伯相別回家》，目錄題《同窗記》，版心則題《還魂記》。此本將《群音類選》所選《山伯送別》中的《夜行船》套曲幾乎全刪，僅留半曲；而將《山伯送別》賓白中的諸如「哥哥送我到牆頭，牆內有樹好石榴。本待摘與哥哥吃，只恐知味又來偷」等韻文改為可唱的曲文。另外《風月錦囊》所選曲文，在《夜行船》一曲之前與《徽池雅調》所選《英伯相別回家》相同，這段曲文為《群音類選》所選《山伯送別》所無；而自《夜行船》以下至則《近腔》之前又與《群音類選》本相同，此後曲文則為《群音類選》本所無。據此可推測，《山伯送別》一齣，《風月錦囊》所收為較全本，《群音類選》本僅採錄其中間的部分，兩本所選來自同一劇本。《徽池雅調》所選《英伯相別回家》，改動較大，似應視作別本或改本較為妥當。

第四，關於「英臺自歎」的情節。僅見《時調青昆》所選《英臺自歎》一齣，題《同窗記》，從曲文風格來看，與同為《時調青昆》

所選的《山伯訪友》比較接近，應該是出自同一劇本。

今將上述四種情況製成下表：

情節	佚曲散齣	可能的劇本
「山伯訪友」	《山伯訪友》（《時調青昆》選，題《同窗記》），《訪友》（《纏頭百練》選，題《同窗記》）曲文大致相同。	《同窗記》（甲）
	《山伯訪祝》（《群音類選》選，題《訪友記》），《山伯訪友》（《大明天下春》選，題《同窗記》）曲文大致相同。	
	《山伯千里期約》（《摘錦奇音》選，題《同窗記》）	《同窗記》（甲）改本
「賽槐陰分別」	《山伯賽槐陰分別》（《徽池雅調》選，目錄題《同窗記》，版心題《還魂記》）；《賽槐陰分別》（《群音類選》選，題《訪友記》）曲文大致相同。	《同窗記》（甲）
	《河梁分袂》（《堯天樂》選，題《同窗記》）	《同窗記》（乙）
「山伯送別」	《山伯送別》（《群音類選》選，題《訪友記》），《風月錦囊》所選曲文，題《祝英臺記》曲文大致相同。	《祝英臺記》或即《同窗記》（甲）
	《英伯相別回家》（《徽池雅調》選，目錄題《同窗記》，版心題《還魂記》）	《還魂記》
「英臺自歎」	《英臺自歎》（《時調青昆》選，題《同窗記》）	《同窗記》（甲）

由此表可知，《同窗記》（甲）被採選的曲文最多，從一定程度上反映了此本戲曲在當時是較為流行的，因而也最有可能為祁佳彪《遠山堂曲品》所著錄。祁氏著錄朱少齋《英臺記》，並別題《還魂記》，上引選本只有《徽池雅調》所收二種在版心題《還魂記》，《風月錦囊》

本題《祝英臺記》。由此推知,《同窗記》(甲)和《祝英臺記》極有可能為祁氏著錄的朱少齋《英臺記》,這與《群音類選》所選三齣佚文採源於同一劇本的合理性相符合。《徽池雅調》所收《英伯相別回家》則可能出於無名氏《還魂記》。

3‧《五桂記》與《晬盤記》

《鉤沉》分別著錄《五桂記》與《晬盤記》,視為二本傳奇,缺考。《五桂記》,《遠山堂曲品》著錄,敘演竇燕山教子五經之事。《晬盤記》,《明代傳奇全目》始著錄,《鉤沉》蓋沿傅氏之誤。《五桂記》所見之佚文有:《大明春》卷一選《竇儀加冠進祿》、《一家五喜臨門》、《四花精遊花園》、《竇儀素娥問答》四齣;《堯天樂》卷二選《加冠進祿》一齣;《樂府菁華》卷二選《公子思憶》一齣,卷六選《二元加官進祿》、《竇氏五喜臨門》二齣。《晬盤記》所見之佚文有:《樂府紅珊》卷四「訓誨類」選《竇燕山五經訓子》,卷五「激勵類」選《万俟傳祭衣巾》一齣,卷八「捷報類」選《竇燕山文武報捷》,卷十「遊賞類」選《四花精遊賞聯吟》,卷十一「宴會類」選《竇狀元加官進祿》,卷十五「陰德類」選《竇儀魁星映讀》;《群音類選》「諸腔類」卷三又選有《金精戲竇儀》一齣,並註:又名《登科記》;《樂府菁華》卷六選《二元加官進祿》、《竇氏五喜臨門》。對比兩劇的佚文,《五桂記》的《竇儀加冠進祿》、《一家五喜臨門》、《四花精遊花園》分別與《晬盤記》的《竇狀元加官進祿》、《竇氏五喜臨門》、《四花精遊賞聯吟》曲文大致相同,由此可知此二本傳奇實為一劇,《登科記》為別名。

附錄三

《善本戲曲叢刊》所收明代戲曲佚文存詞考

　　佚曲的輯佚，主要是從現存的曲譜和戲曲選集中搜集已佚失作品的零星曲文。明清時期的曲譜在收錄大量曲牌的同時，也收錄了不少戲曲的曲文，如《太和正音譜》、《北詞廣正譜》、《納書楹曲譜》、《九宮大成南北詞宮譜》等都收有失傳戲曲的佚文。相對於曲譜而言，曲選所提供的佚曲資料更為豐富。以台灣學生書局 1985 年始刊的《善本戲曲叢刊》為例，該叢刊共六輯，其中第一、二、四、五輯均為古典戲曲的選集，其中保存了大量的已失傳（包括未經著錄的）的劇本佚文。今擬以《善本戲曲叢刊》所收曲選為對象，對明代戲曲佚文中詞作的搜採整理作一番說明。

　　首先需要明確的是，歷代曲選中的佚文存在兩種形態——散齣和佚曲。散齣即選錄戲曲作品的某一齣（或一折），而佚曲指僅選錄的某一支曲或是套曲。兩者的主要區別在於前者曲白兼收，而後者則沒有賓白。從文體區別屬性來看，一劇之中的詞作只可能出現在賓白之中，因此對於佚本戲曲中詞作的整理，最直接的材料就是散齣形態的佚文。筆者調查了《善本戲曲叢刊》所收曲選中存有佚本明傳奇散齣的情況，這些劇目為：

　　1・《四節記》，沈采作，《詞林一枝》卷四上層收《興遊赤壁》一齣，《風月錦囊》續編卷十二下層選《杜甫遊春》、《謝安石東山記》、《蘇子瞻遊赤壁記》、《陶谷學士遊郵亭記》等諸齣；《賽征歌集》卷一選《郵亭佳遇》一齣，卷四選《詩伴春遊》、《東山攜妓》、《赤壁懷古》三齣；《樂府紅珊》卷一「慶壽類」選《蘇東坡祝壽》一齣，卷十「遊賞類」選《杜工部曲江遊春》、《蘇東坡遊赤壁》、《党太尉賞雪》三齣，卷十一「宴會類」選《韓侍郎宴文陶學士》一齣；《樂府菁華》卷五上層選《東坡赤壁》一齣；《徽池雅調》卷一上層選《詞增弱蘭》一齣，版心題《郵亭記》；《堯天樂》卷二上層選《郵亭適興》一齣。

　　2・《鄒知縣湘湖記》，丁鳴春作，《風月錦囊》見續編二十卷。

3．《羅帕記》，席正吾作，《詞林一枝》卷一下層選《三可居逼妻離婚》、《三可居翁婿逃難》二齣；《徽池雅調》卷一下層選《王可居迎母收責》一齣。

4．《牡丹記》，鄭國軒作，《樂府菁華》卷三上層選《魚精戲真》。

5．《合釵記》，秦鳴雷作，一作《清風亭》，《綴白裘》第十一編選《趕子》一齣。

6．《存孤記》，陸弼作，《怡春錦》幽期寫照禮集選《私期》一齣。

7．《合紗記》，史槃作，《怡春錦》名流清劇射集選《投紗》一齣。

8．《織錦記》，顧覺宇作，《群音類選》「諸腔類」卷二選《董永遇仙》、《槐陰分別》二齣；《時調青昆》卷二下層、《樂府菁華》卷三上層、《堯天樂》卷一下層亦收有《槐陰分別》一齣。

9．《招關記》，孫柚作，《摘錦奇音》卷五下層選《子胥計過招關》一齣，《時調青昆》卷二下層選《奔走樊城》一齣，另《大明春》卷二下層選《復讎記》一劇《伍員定計過關》、《伍員訪友策後》二齣。

10．《繡衣記》，暨廷熙作，《群音類選》「諸腔類」卷四選《驀見繡衣》一齣。

11．《紅葉記》，祝長生作，《摘錦奇音》卷三下層選《韓氏惜花愛月》一齣；《玉谷新簧》卷一上層選《四喜四愛》、《金盆捉月》（原闕）二齣；《徽池雅調》卷一上場選《紅葉相憐》一齣；《堯天樂》卷一上層選《韓許自歎》一齣；《大明春》卷二下層收《韓氏四喜四愛》一齣；《詞林一枝》卷二上層選《四喜四愛》一齣（誤題《題紅記》）。《群音類選》「官腔類」卷十七附有《韓夫人金盆記》，一名《四喜四愛》。

12．《紅葉記》，王爐峰作，《堯天樂》卷一下層選《禦溝拾葉》一齣；《大明春》卷二下層選《于祐紅葉還題》一齣。

13．《長生記》，汪廷訥作，《時調青昆》卷三上層選《道士斬妖》一齣；《萬壑清音》卷六選《揮金卻怪》一齣。

14．《玉香記》，程文修作，《樂府紅珊》卷四「訓誨類」選《廉參軍訓女》一齣。

15．《合璧記》，王恒作，《樂府紅珊》卷十一「宴會類」選《解學士玉堂佳會》一齣。

16．《畫鴛記》，趙于禮作，《大明春》卷三選《瑜娘觀詩》一齣。

17．《玉魚記》，湯家霖作，《樂府紅珊》卷八「捷報類」選《郭子儀泥金報捷》一齣。

18．《桃花記》，金懷玉作，《歌林拾翠》初集有《新鐫樂府桃花拾翠》，選《花前邂逅》、《遊湖再晤》、《崔護登樓》、《月下訂盟》、《焚香憶護》、《得第歸杭》、《崔護題門》、《慕瓊見詩》八齣。另，《時調青昆》卷一上層選《桃花遊湖》一齣，即《歌林拾翠》所收《遊湖再晤》；《時調青昆》卷三上層選《逾樓夜窺》一齣，即《歌林拾翠》所收《崔護登樓》。

19．《冰山記》，陳開泰作，《玄雪譜》卷四選《陰戰》一齣。

20．《歌風記》，庾庚作，《萬壑清音》卷二選《韓信遇主》、《垓下困羽》二齣；《怡春錦》「弦索元音御集」選《困羽》一齣。

21．《鑲環記》，翁子忠作，又名《完璧記》，別題《箱環記》、《湘環記》。《摘錦奇音》卷六下層選《張氏賣環奉姑》一齣，且題《箱環記》；《大明春》卷六下層亦收有《張氏賣環奉姑》，且題為《湘環記》，此齣又見於《樂府菁華》卷五下層。另，《樂府菁華》卷五下層選《廉頗相如爭功》一齣，《大明春》卷六下層還收有《相如懷璧抗秦》一齣。

22．《寧胡記》，陳宗鼎作，《群音類選》「諸腔類」卷三選《六宮寫像》、《沙漠長途》二齣。

23．《藏珠記》，魯懷德作，《詞林一枝》卷一上層選《夫妻私會》、《妒妾爭寵》二齣；《堯天樂》卷二上層選《夫妻私會》一齣，比《詞林一枝》所選多出一段曲白；《八能奏錦》卷一下層選《申潭夫妻私會》

一齣，惜已缺，據所題齣目，當即《夫妻私會》。

24．《三關記》，施鳳來作，《詞林一支》卷二下層選《焦光贊建祠祭主》一齣。

25．《英臺記》，詳見上文論述。

26．《題塔記》，松矓道人作，《玄雪譜》卷四收有《壯懷》一齣。

以下為無名氏作品：

27．《桃園記》，《樂府紅珊》卷四「訓誨類」選《漢壽亭侯訓子》一齣；另見《風月錦囊》續編卷二。

28．《百順記》，《樂府紅珊》卷三「誕育類」選《王狀元浴麟佳會》一齣，《綴白裘》三編選《召登》、《榮歸》二齣，六編選《賀子》、《三代》二齣。

29．《金臺記》，《堯天樂》卷一上層收有《樂毅分別》、《樂毅賞月》二齣。

30．《四德記》，《樂府紅珊》卷三「誕育類」選《金氏生子彌月》一齣，卷八「捷報類」選《馮京捷報三元》一齣，卷十五「陰德類」選《馮商旅邸還妾》一齣；《樂府菁華》卷一上層選《三元捷報》、《馮商還妾》二齣。

31．《百花記》，《歌林拾翠》二集選《夫妻計議》、《上京赴試》、《賞春思篡》、《借貸求名》、《鄒生問罪》、《到衛得職》、《私行探訪》、《宮主教劍》、《計害海俊》、《百花贈劍》、《傳旨拜將》、《百花點將》諸齣；《時調青昆》卷二上層選《百花贈劍》一齣；《萬壑清音》卷七選《百花點將》一齣；《醉怡情》卷六選《被執》、《嫉賢》、《增劍》、《點將》四齣。

32．《金釧記》，《賽征歌集》卷二選《鬥草遺釧》一齣。

33．《青樓記》，《萬壑清音》卷七選《璿貞訂盟》、《淑貞鼓琴》

二齣；此二齣亦見於《怡春錦》「弦索元音御集」。

34‧《漁樵記》，《樂府紅珊》卷六「分別類」選《楊太僕都門分別》一齣。

35‧《雙璧記》，《堯天樂》卷一上層選《兄弟聯芳》、《榮歸見母》二齣。

36‧《征遼記》，《大明春》卷五下層選《敬德南山牧羊》一齣。

37‧《金蘭記》，《樂府紅珊》卷四「訓誨類」選《劉平江訓子》一齣。

38‧《長城記》，《詞林一支》卷三上層、《堯天樂》卷二上層、《摘錦奇音》卷三下層、《怡春錦》「弋陽雅調數集」選《姜女送衣》一齣；《群音類選》「諸腔類」卷四亦選此齣，題《孟姜女送寒衣》；亦見《風月錦囊》續編卷六。

39‧《四節記》，《醉怡情》卷八收有《賈志誠》一齣，《綴白裘》十二編選《嫖院》一齣。

40‧《晬盤記》，見前文論述。

41‧《雕弓記》，《詞林一支》卷四上層選《李巡打扇》一齣，亦見於《八能奏錦》卷五上層。

42‧《木梳記》，《八能奏錦》卷一下層選《宋公明智激李逵》一齣。

43‧《陽春記》，《堯天樂》卷一上層選《貴妃諫主》一齣，卷二上層選《點化陽明》一齣。

44‧《絡冰絲》，《玄雪譜》卷一選《竹窗夜雨》一齣。

45‧《明月瑝》，《玄雪譜》卷三選《互角》一齣。

46‧《雙蘭花記》，見《風月錦囊》續編卷一。

47‧《西瓜記》，見《風月錦囊》續編卷五。

48‧《沉香》，見《風月錦囊》正編卷十九。

49‧《孟姜女寒衣記》，見《風月錦囊》續編卷六。

50・《張儀解縱記》，見《風月錦囊》續編卷七。

51・《留題金山記》，見《風月錦囊》續編卷八。

52・《金錢記》，見《風月錦囊》續編卷九。

53・《寶滔回文記》，見《風月錦囊》續編卷十。

54・《江天暮雪》，見《風月錦囊》正編卷十八。

55・《賣水記》，《詞林一枝》卷四選《黃月英生祭彥貴》一齣。

56・《桑園記》，《堯天樂》卷二下層選《秋胡戲妻》一齣，題《列女傳》。

57・《綠袍記》，《時調青昆》卷三上層選《擲釵佳偶》一齣。

58・《嫖院記》，《摘錦奇音》卷五下層選《出遊投宿肖莊》、《周元曹府成親》二齣。

59・《瓊琚記》，《群音類選》「諸腔類」卷四選《桑下戲妻》。

60・《粧盒記》，《樂府紅珊》卷三「誕育類」選《李妃冷宮生太子》一齣，卷十四「忠孝節義類」選《劉后勘問寇承御》一齣；《詞林一枝》卷四下層選《寇承玉計誆太子》一齣；《樂府菁華》卷二下層選《陳琳粧盒匿主》、《劉后考鞫宮人》二齣；《徽池雅調》卷一上冊選《誆出太子》一齣；《玉谷新簧》卷三下層選《陳琳粧盒藏主》、《劉后鞫問宮人》二齣；《堯天樂》卷一上層選《御園拾彈》一齣；《大明春》卷二上層選《陳琳教主》一齣；《萬壑清音》卷三選《拷問承玉》一齣。

61・《斑衣記》，《樂府紅珊》卷一「慶壽類」選《老萊子細說悅親》一齣。

62・《奇逢記》，《徽池雅調》卷一上層選《誤接絲鞭》一齣。

63・《興劉記》，《大明春》卷六上層選《武侯平蠻》一齣。

64・《嘗膽記》，《大明春》卷三上層選《越王別臣》一齣。

65・《單騎記》，《樂府紅珊》卷七「思憶類」選《郭汾陽母親思憶》一齣。

66‧《茶船記》，《樂府紅珊》卷九「訪詢類」選《雙生訪蘇小卿》一齣。

67‧《單刀記》，《樂府紅衫》卷一「慶壽類」選《漢雲長公祝壽》一齣。

68‧《聯芳記》，《樂府紅珊》卷二「伉儷類」選《王三元相府聯姻》一齣。

69‧《思婚記》，《玉谷新簧》卷一上層選《尼姑下山》一齣。

70‧《六惡記》，《玉谷新簧》卷四上層選《三打應龍》一齣。

71‧《皮囊記》，《摘錦奇音》卷三下層選《莊周子歎骷髏》一齣。

72‧《金鐶記》，《摘錦奇音》卷五下層選《六使私下三關》一齣。

73‧《昆侖記》，《摘錦奇音》卷四下層選《崔生幽期赴約》一齣。

74‧《謫仙記》，《大明春》卷二上層選《李白草詞》一齣。

75‧《煉丹記》，《摘錦奇音》卷五下層選《咎喜嫖李娟雙》一齣；《徽池雅調》卷二上層選《咎喜嫖落》一齣。

76‧《墦間記》，《徽池雅調》卷二下層選《判斷是非》一齣。

77‧《臥冰記》，《堯天樂》卷一上層選《臥冰求鯉》一齣；《徽池雅調》卷二上層選《推車自歎》一齣。

78‧《馬陵道》，《醉怡情》卷一選《擺陣》、《刖足》、《詐瘋》、《雪忿》四齣。

79‧《青塚記》，《醉怡情》卷八選《昭君出塞》一齣；《綴白裘》六編選《送昭》、《出塞》二齣。

80‧《教子記》，《詞林一枝》卷二上層選《周羽別妻》一齣；《時調青昆》卷一上層選《郭氏詞冤》一齣；《醉怡情》卷五選《釋放》、《榮歸》、《邸會》、《茶肆》四齣。

81‧《洛陽記》，《八能奏錦》卷六上層選《邀女回家》一齣；《堯天樂》卷二上層亦選《邀女回家》一齣；《詞林一枝》卷三上層選《興

宗過關》、《題詠醉妓》二齣；《玉谷新簧》卷三上層選《取女同回》、《命子造橋》二齣。

筆者在全面調查了《善本戲曲叢刊》所收曲選中的佚本戲曲之後，從上述存散齣的劇本中共輯得詞作四十七首，茲錄如下：

（一）劇作姓名可考者

沈采《四節記》，計四首。《畫堂春》（東風和李泛韶光）、《長相思》（別郎易）、《蝶戀花》（佳山佳水多在越），以上三首均見《賽征歌集》卷四，《畫堂春》、《長相思》二首亦見《樂府紅珊》卷十；另有《鷓鴣天》（一夜西風枕簟涼），見《樂府紅珊》卷一。《畫堂春》一闋，詞牌原誤作《醉春風》，依句格改。

丁鳴春《鄒知縣湘湖記》，計一首。《滿庭芳》（儒學何生），見《風月錦囊》續編卷二十。《滿庭芳》為開場詞，據此可略知該劇大意。

陸弼《存孤記》，計一首。《生查子》（新月曲如眉），見《怡春錦》幽期寫照禮集。該詞襲自牛希濟《生查子》（新月曲如眉）詞，詞牌原誤作《小重山》，據此改。

祝長生《紅葉記》，計四首。《如夢令》（門外東風何早）、《如夢令》（花覆秋千影裏）、《如夢令》（深院月明清影）、《如夢令》（寶月碧空繞展），均見《群音類選》「官腔類」卷十七附《韓夫人金盆記》一齣。此四首亦見《摘錦奇音》卷三，《玉谷新簧》卷一，《大明春》卷二下層，《詞林一枝》卷二上層。

孫柚《招關記》，計一首。《鷓鴣天》（解卻金貂臥草廬），見《大明春》卷二。詞牌原誤作《西江月》，依句格改。

王恒《合璧記》，計一首。《玉樓春》（東城漸覺風光好），見《樂

府紅珊》卷十一。該詞襲自宋祁《玉樓春》詞，劇中原未註詞牌名，依句格補。

　　朱少齋《英臺記》，計一首。《西江月》（渭樹重重障目），見《群音類選》「諸腔類」卷四。詞中有「暌違三益日關心」一句，據文意，似應作「暌違三日益關心」。

　　金懷玉《桃花記》，計四首。《卜算子》（有意探春來），見《歌林拾翠》所收《花前邂逅》一齣；《長相思》（紅已稀）、《長相思》（吳水流），見《歌林拾翠》所收《午夜登樓》一齣；《柳梢青》（寂寂重門），見《歌林拾翠》所收《月下訂盟》一齣。

　　陳宗鼎《寧胡記》，計三首。《長相思》（桃萼林）、《減字木蘭花》（吾斯怨雪）、《南鄉子》（春去豔紅稀），見《群音類選》「諸腔類」卷三所收《六宮寫像》、《沙漠長途》二齣。《減字木蘭花》一詞原作《木蘭花》。

（二）無名氏劇作

　　《桃園記》，計一首。《沁園春》（關羽英雄），見《風月錦囊》續編卷二。《沁園春》為開場詞，據此可略知該劇大意。

　　《金臺記》，計一首。《鷓鴣天》（啼鳥枝頭和淚聞），見《堯天樂》卷一。劇中原未註詞牌名，依句格補。

　　《四德記》，計一首。《如夢令》（曾記尋常俗諺），見《樂府菁華》卷一上層，亦見《樂府紅珊》卷十五「陰德類」。

　　《百花記》，計一首。《鷓鴣天》（身沐恩波任大權），見《歌林拾翠》二集，亦見《醉怡情》卷六，《萬壑清音》卷七。劇中原未註詞牌名，依句格補。

　　《長城記》，計一首。《鷓鴣天》（春回大地景爭妍），見《風月錦囊》

續編卷六。

《青樓記》，計一首。《長相思》（窗窈窕），見《萬壑清音》卷七，亦見《怡春錦》「弦索元音御集」。該詞僅半闋。

《晬盤記》，計一首。《一剪梅》（玉骨冰肌孰不奇），見《群音類選》「諸腔類」卷三，亦見《樂府紅珊》卷十五。劇中原未註詞牌名，依句格補。

《明月瑲》計一首。《長相思》（貌相如），見《玄雪譜》卷三。

《雙蘭花記》，計五首。《滿庭芳》（繡幕春深）、《臨江仙》（此本蘭花傳記）、《西江月》（素玉黃家女子）、小重山《門外青山映帝霞》、《臨江仙》（四馬一鞭秋色裏），均見《風月錦囊》續編卷一。《滿庭芳》、《臨江仙》為開場詞，其中《滿庭芳》僅半闋。

《西瓜記》，計一首。《沁園春》（才子王生），見《風月錦囊》續編卷五。此調為開場詞。

《張儀解縱記》，計三首。《鷓鴣天》（四海雍熙荷聖明）、《西江月》（飛絮簾櫳雨歇）、《西江月》（飛絮簾櫳雨歇），均見《風月錦囊》續編卷七。《鷓鴣天》一調為開場詞。

《留題金山記》，計二首。《瑞鷓鴣》（拍板初開豔戲臺）、《沁園春》（忠孝盧川），均見《風月錦囊》續編卷八。此二調均為開場詞。《瑞鷓鴣》一調原未註詞牌名，依句格補。按：詞調《瑞鷓鴣》，七言八句，與詩體相近。明人傳奇副末開場中也有使用詩體的例子，如《薛平遼金貂記》開場使用了一首七言古風。這裏的七言八句雖未註詞牌名，但有分闋標誌，其體歸屬當為詞體無誤。《沁園春》一調僅半闋。

《金錢記》，計二首。《瑞鷓鴣》（百年秋露與春花）、《臨江仙》（巫氏堅心守節），均見《風月錦囊》續編卷九。此二調均為開場詞。

《寶滔回文記》，計一首。《沁園春》（昔日秦州），見《風月錦囊》續編卷十。此調為開場詞，詞牌名原題作「心園春」。

　　《粧盒記》，計一首。《醉太平》（身居冷宮），見《樂府紅珊》卷三「誕育類」。

　　《六惡記》，計一首。《水調歌頭》（河橫天角遠），見《玉谷新簧》卷四上層。

　　《謫仙記》，計一首。《長相思》（紅滿枝），見《大明春》卷二上層。此調原誤作《小重山》。依句格改；上闋襲自馮延巳《長相思》（紅滿枝）詞。

明代戲曲中詞作襲舊情況一覽表

對明代戲曲中詞作襲舊情況的考察，其意義在於：第一，考量明代戲曲中詞作的原創性，進而確定作品的著作權；第二，通過對被襲改的前人詞作的梳理，進而探討唐宋詞（也包括明以前其他詩歌作品）經由戲曲文本的形式在明代實現傳播的現象。筆者對所輯得戲曲詞作襲舊情況的梳理，主要依據《全唐詩》、《全唐五代詞》、《全宋詞》所收作品作為檢索對象，所得到的結果如下：

附表 1：明雜劇詞作襲舊情況簡表 [1]

序號	作家	作品	詞作	襲改情況（原作）
1	傅一臣	《買笑局金》	《漁家傲》（平岸小橋千障抱）	王安石《漁家傲》（平岸小橋千嶂抱）
		《義妾存孤》	《踏莎行》（候館梅殘）	歐陽修《踏莎行》（候館梅殘）
			《踏莎行》（寸寸柔腸）	歐陽修《踏莎行》（候館梅殘）
			《蝶戀花》（春事闌珊芳草歇）	蘇軾《蝶戀花》（春事闌珊芳草歇）
		《人鬼夫妻》	《梅花引》（斷魂）	程垓《江城梅花引》（斷魂）
			《滿江紅》（東里先生）	呂本中《滿江紅》（東里先生）
			《滿庭芳》（瀟灑佳人）	胡浩然《滿庭芳》（瀟灑佳人）
		《死生冤報》	《憶秦娥》（雲垂幕）	朱熹《憶秦娥》（雲垂幕）
			《江城子》（西城楊柳弄春柔）	秦觀《江城子》（西城楊柳弄春柔）
			《長相思》（一重山）	李煜《長相思》（一重山）

1　說明：表中數據依作家音序排列，無名氏作品單獨列於最後，下同。

序號	作家	作品	詞作	襲改情況（原作）
			《念奴嬌》（素娥睡起）	姚孝寧《念奴嬌》（素娥睡起）
		《蟾蜍佳偶》	《小重山》（花樣妖嬈柳樣柔）	宋豐之《小重山》（花樣妖嬈柳樣柔）
			《菩薩蠻》（蛩声泣露驚秋枕）	秦觀《菩薩蠻》（虫声泣露驚秋枕）
		《鈿盒奇姻》	《點絳唇》（高柳蟬嘶）	汪藻《點絳唇》（高柳蟬嘶）
			《河滿子》（黃葉無風自落）	孫洙《河滿子》（悵望浮生急景）
			《滿庭芳後》（歡娛）	胡浩然《滿庭芳》（瀟灑佳人）
2	凌濛初	《宋公明鬧元宵》	《青玉案》（東風夜放花千樹）	辛棄疾《青玉案》（東風夜放花千樹）
			《憶秦娥》（香馥馥）	宋無名氏《憶秦娥》（香馥馥）
			《少年遊》（並刀如水）	周邦彥《少年遊》（並刀如水）
			《蘭陵王》（柳陰直）	周邦彥《蘭陵王》（柳陰直）
			《念奴嬌》（天南地北）	傳為宋江所作《念奴嬌》（天南地）
			《解語花》（風銷焰蠟）	周邦彥《解語花》（風銷焰蠟）
3	劉兌	《金童玉女嬌紅記》	計 30 首，均取自《嬌紅傳》，另收於《全宋詞》附錄《元明小説話本中依託宋人詞》	
4	吳中情奴	《相思譜》	《菩薩蠻》（半生落落愁如織）	傳為李白所作《菩薩蠻》（平林漠漠煙如織）
5	楊之炯	《天台奇遇》	《踏莎行》（霧失樓臺）	秦觀《踏莎行》（霧失樓臺）
			《玉樓春》（桃溪不作從容住）	周邦彥《玉樓春》（桃溪不作從容住）

序號	作家	作品	詞作	襲改情況（原作）
6	叶宪祖	《夭桃紈扇》	《阮郎歸》（南園春半踏青時）	馮延巳《醉桃源》（南園春半踏青時）
			周邦彥《浣溪沙》（雨過殘紅濕未飛）	周邦彥《浣溪沙》（雨過殘紅濕未飛）
		《素梅玉蟾》	《點絳唇》（新月娟娟）	汪藻《點絳唇》（新月娟娟）
			《桃源憶故人》（玉樓深鎖薄情種）	秦觀《桃源憶故人》（玉樓深鎖薄情種）
7	朱有燉	《孟浩然踏雪尋梅》	《憶秦娥》（簫聲咽）	傳為李白所作《憶秦娥》（簫聲咽）
8	無名氏	《唐苑鼓催花》	《玉樓春》（曉妝初了明肌雪）	李煜《玉樓春》（曉妝初了明肌雪）

附表 2：明傳奇詞作襲舊情況簡表

序號	作家	戲曲作品	詞作	襲改情況（原作）
1	陳汝元	《金蓮記》	《渡江雲》（晴嵐低楚岫）	柳永《渡江雲》（晴嵐低楚甸）
			《卜算子》（有意送春歸）	如晦《卜算子》（有意送春歸）
			《訴衷情》（燒殘絳燭淚成痕）	王益《訴衷情》（燒殘絳蠟淚成痕）
2	陳與郊	《鸚鵡洲》	《子夜歌》（東皇盡望花為主）	溫庭筠《菩薩蠻》（南園滿地堆輕絮）
			《菩薩蠻》（文窗繡戶垂羅幙）	鮑照《擬行路難》、蘇軾《轆轤歌》、溫庭筠《舞曲歌辭·屈柘詞》、南朝民歌《西洲曲》、宋之問《春日鄭協律山亭陪宴餞鄭卿同用樓字》、沈佺期《昆明池侍宴應制》、韓偓《效崔國輔體》

序號	作家	戲曲作品	詞作	襲改情況（原作）
			《菩薩蠻》（隔簾微雨驚飛燕）	李珣《菩薩蠻》（隔簾微雨雙飛燕）（等閒將度三春景）二首
			《浣溪沙》（入夏還餘淡薄妝）	李珣《浣溪沙》（入夏偏宜澹薄妝）（晚出閒庭看海棠）二首
			《古調笑》（團扇）	王建《古調笑》（團扇）
			《荷葉杯》（記得那年花下）	韋莊《荷葉杯》（記得那年花下）
		《麒麟閣》	《行香子》（細草如氈）	葛長庚《行香子》（滿洞苔錢）
			《菩薩蠻》（天含淺碧融春色）	毛熙震《菩薩蠻》（天含殘碧融春色）
		《靈寶刀》	《念奴嬌》（天南地北）	傳為宋江所作《念奴嬌》（天南地北）
3	陳玉蟾	《鳳求凰》	《浣溪沙》（菡萏香消翠葉殘）	李璟《浣溪沙》（菡萏香消翠葉殘）
			《長相思》（一重山）	鄧肅《長相思》（一重山）
			《菩薩蠻》（寒螿口露侵秋枕）	秦觀《菩薩蠻》（蟲聲泣露驚秋枕）
			《長相思》（短長亭）	万俟詠《長相思》（短長亭）
4	鄧志謨	《鳳頭鞋》	《長相思》（紅滿枝）	馮延巳《長相思》（紅滿枝）
5	東山癡野	《才貌緣》	《浣溪沙》（繡面芙蓉一笑開）	李清照《浣溪沙》（繡面芙蓉一笑開）
6	范世彥	《磨忠記》	《如夢令》（身居瑤臺清畫）	李清照《如夢令》（昨夜雨疏風驟）

序號	作家	戲曲作品	詞作	襲改情況（原作）
7	范文若	《花筵賺》	《羅敷媚》（蟾螬領上訶梨子）	和凝《採桑子》（蟾螬領上訶梨子）
			《霜天曉角》（倚天絕壁）	韓元吉《霜天曉角》（倚天絕壁）
			《山花子》（鶯錦蟬縠馥麝臍）	和凝《山花子》（鶯錦蟬縠馥麝臍）
			《南鄉子》（何處望神州）	辛棄疾《南鄉子》（何處望神州）
		《夢花酣》	《鷓鴣天》（門前楊柳綠成陰）	程垓《瑞鷓鴣》（門前楊柳綠成陰）
		《鴛鴦棒》	《紅窗迥》（春闈近也）	曹勛《紅窗迥》（春闈期近也）
			《木蘭花》（獨上小樓春欲暮）	韋莊《木蘭花》（獨上小樓春欲暮）
8	馮夢龍	《新灌園》	《菩薩蠻》（平林漠漠煙如織）	傳為李白所作《菩薩蠻》（平林漠漠煙如織）
		《酒家傭》	《生查子》（新月曲如眉）[2]	牛希濟《生查子》（新月曲如眉）[3]
		《女丈夫》	《青玉案》（人生南北如歧路）	吳潛《青玉案》（人生南北如歧路）
			《更漏子》（玉爐香）[4]	溫庭筠《更漏子》（玉爐香）
		《量江記》	《阮郎歸》（東風吹水日銜山）	李煜《阮郎歸》（東風吹水日銜山）
			《山花子》（手捲珠簾上玉鉤）	李璟《攤破浣溪沙》（手捲真珠上玉鉤）

2　詞牌原誤作小重山。《酒家傭》據陸弼《存孤記》更定，《存孤記》已佚。該詞又見於《怡春錦》幽期寫照禮集所選《私期》一齣。

3　《生查子》詞是否確為牛希濟所作存疑。

4　《女丈夫》據張鳳翼《紅拂記》更定，以上兩首詞又見於《紅拂記》。

序號	作家	戲曲作品	詞作	襲改情況（原作）
			《玉樓春》（晚妝初了明肌雪）[5]	李煜《玉樓春》（曉妝初了明肌雪）
		《精忠旗》	《滿江紅》（怒髮衝冠）	岳飛《滿江紅》（怒髮衝冠）[6]
			《訴衷情》（海門寒日澹無輝）	潘純《題岳武穆王墳二首》（其一）
			《武陵春》（風住塵香花已落）	李清照《武陵春》（風住塵香花已盡）
		《灑雪堂》	《集句鷓鴣天》（夢筆諸郎住筆峰）	方岳《江尉見過》、李賀《南園十三首》（尋章摘句老雕蟲）、高適《封丘縣》、陸游《遣興》、張先《阮郎歸》（仙郎何日是來期）、曹勛《山中二首》（人間久矣倦迎逢）、盧仝《憶金鵝山沈山人二首》、辛棄疾《一剪梅》（憶對中秋丹桂叢）
			《集句菩薩蠻》（鷓鴣喚起南窗裏）	謝逸《千秋歲》（棟花飄砌）、辛棄疾《滿江紅》（風捲庭梧）、杜甫《乘雨入行軍六弟宅》、曾覿《阮郎歸》（柳陰庭院占風光）、趙令時《小重山》（樓上風和玉漏遲）、宋無名氏《醉春風》（陌上清明近）、賀鑄《臨江仙》（巧剪合歡羅勝子）、李煜《阮郎歸》（東風吹水日銜山）

5　　《量江記》據佘翹《量江記》更定，以上三首詞又見於《量江記》。

6　　《滿江紅》詞是否確為岳飛所作存疑。

序號	作家	戲曲作品	詞作	襲改情況（原作）
			《集古浣溪沙》（物換星移幾度秋）	王勃《滕王閣詩》、張祐《胡渭州》、曾幾《聞李泰發參政得旨自便將歸以詩迓之》、杜甫《題張氏隱居二首》（其一）
			《浣溪沙》（綠樹陰濃夏日長）	高駢《山亭夏日》（綠樹陰濃夏日長）、曾覿《阮郎歸》（柳陰庭院佔風光）、周邦彥《浣溪沙》（日射敧紅蠟蒂香）、劉希夷《公子行》（天津橋下陽春水）
			《集古虞美人》（蛩聲泣露驚秋花）	秦觀《菩薩蠻》（蟲聲泣露驚秋枕）、仲殊《南歌子》（十里青山遠）、王安石《贈吳顯道》詩、歐陽修《生查子》（含羞整翠鬟）、辛棄疾《瑞鷓鴣》（膠膠擾擾幾時休）、李煜《虞美人》（春花秋月何時了）
		《人獸關》	《訴衷情》（海棠珠綴一重重）	晏殊《訴衷情》（海棠珠綴一重重）
			《西江月》（世事短如春夢）[7]	朱敦儒《西江月》（世事短如春夢）
9	顧大典	《青衫記》	《看花回》（屈指勞生百歲期）	柳永《看花回》（屈指勞生百歲期）
			《浣溪沙》（翡翠屏開繡幄紅）	張泌《浣溪沙》（翡翠屏開繡幄紅）

7　馮夢龍《人獸關》據李玉《人獸關》更定，以上兩首詞作又見於李作。

序號	作家	戲曲作品	詞作	襲改情況（原作）
			《菩薩蠻》（羅幃繡戶悲愁寂）	溫庭筠《菩薩蠻》（玉樓明月長相憶）
			《清平樂》（愁腸欲斷）	孫光憲《清平樂》（愁腸欲斷）
			《虞美人》（潮生潮落何時了）	趙孟頫《虞美人》（潮生潮落何時了）
10	紀振倫	《三桂記》	《西江月》（世事短如春夢）	朱敦儒《西江月》（世事短如春夢）
11	金懷玉	《望雲記》	《醉花陰》（涼浸薄袂初透）	李清照《醉花陰》（薄霧濃雲愁永晝）
		《桃花記》	《長相思》（吳水流）	白居易《長相思》（汴水流）
12	李開先	《斷髮記》	《梅花引》（曉風酸）	萬俟詠《梅花引》（曉風酸）
13	李玉	《人獸關》	《訴衷情》（海棠珠綴一重重）	晏殊《訴衷情》（海棠珠綴一重重）
			《西江月舊詞》（世事短如春夢）	朱敦儒《西江月》（世事短如春夢）
		《占花魁》	《菩薩蠻》（翠環斜慢雲垂耳）	蘇軾《菩薩蠻》（翠鬟斜幔雲垂耳）（落花閑院春衫薄）二首
14	李長祚	《金雀記》	《闋調名》（怕捲珠簾下玉鉤）	李璟《攤破浣溪沙》（手捲真珠上玉鉤）
15	梁辰魚	《浣紗記》	《虞美人》（包羞忍恥何時了）	李煜《虞美人》（春花秋月何時了）
			《洞仙歌》（冰肌玉骨）	蘇軾《洞仙歌》（冰肌玉骨）
			《千秋歲引》（別館寒砧）	王安石《千秋歲引》（別館寒砧）
			《憶秦娥》（雲垂幕）	朱熹《憶秦娥》（雲垂幕）

序號	作家	戲曲作品	詞作	襲改情況（原作）
16	劉方	《天馬媒》	《憶秦娥》（秋寂寂）	宋無名氏《憶秦娥》（秋寂寂）
			《憶江南》（生平無所願）	崔懷寶《憶江南》（平生願）
			《鵲橋仙》（纖雲弄巧）	秦觀《鵲橋仙》（纖雲弄巧）
			《生查子》（新月曲如眉）	牛希濟《生查子》（新月曲如眉）
17	陸弼	《存孤記》	《生查子》（新月曲如眉）	牛希濟《生查子》（新月曲如眉）
18	陸采	《南西廂記》	《浣溪沙》（竹裏行廚洗玉盤）	杜甫《嚴公仲夏枉駕草堂兼攜酒饌得寒字》、杜甫《公安送韋二少府匡贊》、李賀《同沈駙馬賦得御溝水》、李端《宿淮浦憶司空文明》、杜甫《遠懷舍弟穎觀等》、岑參《暮春虢州東亭送李司馬歸扶風別廬》
		《懷香記》	《憶秦娥》（花深深）	鄭文妻《憶秦娥》（花深深）
			《點絳唇》（春雨濛濛）	宋無名氏《點絳唇》（春雨濛濛）
			《浣溪沙》（雨過殘紅濕未飛）	周邦彥《浣溪沙》（雨過殘紅濕未飛）
			《蝶戀花》（春事闌珊芳草歇）	蘇軾《蝶戀花》（春事闌珊芳草歇）
			秦觀《踏莎行》（霧濕樓臺）	秦觀《踏莎行》（霧失樓臺）
			《怨王孫》（夢斷漏悄）	李清照《怨王孫》（夢斷漏悄）
			《憶秦娥》（春寂寞）	康與之《憶秦娥》（春寂寞）
			《浣溪沙》（翠葆參差竹徑成）	周邦彥《浣溪沙》（翠葆參差竹徑成）
			《洞仙歌》（冰肌玉骨）	蘇軾《洞仙歌》（冰肌玉骨）

序號	作家	戲曲作品	詞作	襲改情況（原作）
19	梅鼎祚	《玉合記》	《臨江仙》（幽閨欲曙聞鶯囀）	毛熙震《臨江仙》（幽閨欲曙聞鶯囀）
			《小重山》（春入神京萬木芳）	和凝《小重山》（春入神京萬木芳）
			《天仙子》（柳色披衫金縷鳳）	和凝《天仙子》（柳色披衫金縷鳳）
			《歸國遙》（春欲暮）	韋莊《歸國遙》（春欲暮）
			《小重山》（正是神京爛熳時）	和凝《小重山》（正是神京爛熳時）
			《集浣溪沙》（萬戶傷心生野煙）	王維《菩提寺私成口號》、劉長卿《上陽宮望幸》、羊士諤《郡中即事三首》（其二）、李益《過五原胡兒飲馬泉》、盧綸《赴虢州留別故人》
			《少年遊》（長安古道馬遲遲）	《少年遊》（長安古道馬遲遲）
			《女冠子》（求仙去也）	薛昭蘊《女冠子》（求仙去也）
			《法駕導引》（朝元路）	陳與義《法駕導引》（朝元路）
			《長相思》（朝有時）	劉克莊《長相思》（朝有時）
			《訴衷情》（燒殘絳蠟淚成痕）	王益《訴衷情》（燒殘絳蠟淚成痕）
			《生查子》（侍女倚妝奩）	韓偓《懶卸頭》（侍女動妝奩）
			《更漏子》（相見稀）	溫庭筠《更漏子》（相見稀）
		《長命縷記》	《南歌子》（柳色遮樓暗）	張泌《南歌子》（柳色遮樓暗）

序號	作家	戲曲作品	詞作	襲改情況（原作）
20	孟稱舜	《嬌紅記》	《青門引》（乍暖還輕寒）	張先《青門引》（乍暖還輕）
			《一剪梅》（豆蔻梢頭春意闌）	《全宋詞》附編《元明小說話本中依託宋人詞》收該詞於「王嬌娘」目下，又見於劉兌《金童玉女嬌紅記》雜劇
		《二胥記》	《菩薩蠻》（蛩聲泣露驚秋枕）	秦觀《菩薩蠻》（蟲聲泣露驚秋枕）
			《憶王孫》（丁寧人去久飄零）	李重元《憶王孫》（彤雲風掃雪初晴）
		《貞文記》	《蘇幕遮》（月光微）	張玉娘《蘇幕遮》（月光微）
			《如夢令》（門外車馳馬驟）	李清照《如夢令》（昨夜雨疏風驟）
			《長相思》（吳水流）	白居易《長相思》（汴水流）
21	青山高士	《鹽梅記》	《長相思》（一聲聲）	万俟詠《長相思》（一聲聲）
22	清嘯生	《喜逢春》	《小重山》（春入神京萬木芳）	和凝《小重山》（春入神京萬木芳）
23	阮大鋮	《牟尼合》	《集詞菩薩蠻》（斜日畫橋芳草路）	賈昌朝《木蘭花令》（都城水綠嬉遊處）、傳為李白所作《菩薩蠻》（平林漠漠煙如織）、趙令時《清平樂》（春風依舊）、李煜《阮郎歸》（東風吹水日銜山）
			《集詞惜分飛》（淚落闌干花着露）	毛滂《惜分飛》（淚濕闌干花着露）、宋無名氏《探春令》（綠楊枝上曉鶯啼）、周邦彥《玉樓春》（桃溪不作從容住）、周邦彥《尉遲杯》（隋堤路）

序號	作家	戲曲作品	詞作	襲改情況（原作）
24	邵燦	《香囊記》	《西江月》（斷送一生惟有）	黃庭堅《西江月》（斷送一生惟有）
			《滿江紅》（怒髮衝冠）	岳飛《滿江紅》（怒髮衝冠）
25	佘翹	《量江記》	《阮郎歸》（東風吹水日銜山）	李煜《阮郎歸》（東風吹水日銜山）
			《山花子》（手捲珠簾上玉鉤）	李璟《攤破浣溪沙》（手捲真珠上玉鉤）
			《玉樓春》（晚妝初了明肌雪）	李煜《玉樓春》（曉妝初了明肌雪）
26	沈鯨	《雙珠記》	《浣溪沙》（小院閒窗春色深）	李清照《浣溪沙》（小院閒窗春色深）
			《南鄉子》（曉日壓重簷）	孫道絢《南鄉子》（曉日壓重簷）
			《如夢令》（鶯嘴啄花紅溜）	宋無名氏《如夢令》（鶯嘴啄花紅溜）
			《菩薩蠻》（遊絲上下牽輕絮）	溫庭筠《菩薩蠻》（南園滿地堆輕絮）
			《謁金門》（愁脈脈）	陳克《謁金門》（愁脈脈）
			《菩薩蠻》（平林漠漠煙如織）	傳為李白所作《菩薩蠻》（平林漠漠煙如織）
27	沈璟	《紅葉記》	《菩薩蠻》（繡簾高軸臨塘）	毛熙震《菩薩蠻》（繡簾高軸臨塘看）
			《浣溪沙》（蓼岸風多橘柚香）	孫光憲《浣溪沙》（蓼岸風多橘柚香）
			《臨江仙》（一望秋光瀲灩平）	牛希濟《臨江仙》（素洛春光瀲灩平）、孫光憲《臨江仙》（暮雨淒淒深院閉）
			《生查子》（新月曲如眉）	牛希濟《生查子》（新月曲如眉）

序號	作家	戲曲作品	詞作	襲改情況（原作）
			《生查子》（娟娟月入眉）	向子諲《生查子》（娟娟月入眉）
			《菩薩蠻》（小山重疊金明滅）	溫庭筠《菩薩蠻》（小山重疊金明滅）、牛嶠《菩薩蠻》（柳花飛處鶯聲急）、孫光憲《菩薩蠻》（木棉花映叢祠小）
			《酒泉子》（斂態窗前）	孫光憲《酒泉子》（斂態窗前）
			《定風波》（簾拂疏香斷碧絲）	孫光憲《定風波》（簾拂疏香斷碧絲）
		《埋劍記》	《浣溪沙》（花謝香紅煙景迷）	毛熙震《浣溪沙》（花榭香紅煙景迷）
			《望江南》（多少恨）	李煜《望江南》（多少恨）
		《雙魚記》	《鷓鴣天》（十載論文命未通）	陸龜蒙《闔閭城北有賣花翁討春之士往往造焉因招》、方干《送睦州侯郎中赴闕》、晏幾道《鷓鴣天》（彩袖殷勤捧玉鐘）
		《義俠記》	《鷓鴣天》（絳幘雞人報曉籌）	王維《和賈至舍人早朝大明宮之作》
		《墜釵記》	《如夢令》（鶯嘴啄花紅溜）	李清照《如夢令》（昨夜雨疏風驟）、無名氏《如夢令》（鶯嘴啄花紅溜）
28	沈齡	《三元記》	《浣溪沙》（水滿池塘花滿枝）	趙令畤《浣沙溪》（水滿池塘花滿枝）
29	沈嵊	《綰春園》	《浣溪沙》（紅藕香寒翠渚平）	顧敻《浣溪沙》（紅藕香寒翠渚平）
			《菩薩蠻》（托煙抹雨吳江水）	辛棄疾《菩薩蠻》（鬱孤臺下清江水）

序號	作家	戲曲作品	詞作	襲改情況（原作）
30	沈自晉	《望湖亭》	《蝶戀花集句》（鐘送黃昏雞報曉）	王詵《蝶戀花》（鐘送黃昏雞報曉）、俞克成《蝶戀花》（夢斷池塘驚乍曉）、蘇軾《蝶戀花》（花褪殘紅青杏小）
			《江城子》（文鴛碧沼水融融）	晁補之《江城子》（雙鴛池沼水融融）
		《翠屏山》	《玉樓春》（年年七夕逢初度）	晏殊《玉樓春》（綠楊芳草長亭路）
31	碩園	《還魂記》	《烏夜啼》（曉來望斷梅關）[8]	李煜《相見歡》（無言獨上西樓）
32	蘇元俊	《夢境記》	《天仙子集句》（繡戶窗前花影重）	朱灣（一作陳羽）《宴楊駙馬山亭》詩、張泌《浣溪沙》（翡翠屏開繡幄紅）、毛熙震《浣溪沙》（一隻橫釵墜髻叢）、韋莊《天仙子》（夢覺雲屏依舊空）
33	湯顯祖	《紫簫記》	《荷葉杯》（還記夜闌相見）	顧敻《荷葉杯》（記得那時相見）
			《春光好》（紗窗暖）	和凝《春光好》（紗窗暖）
			《菩薩蠻》（玉釵風動春幡急）	牛嶠《菩薩蠻》（玉釵風動春幡急）、牛嶠《菩薩蠻》（綠雲鬢上飛金雀）、溫庭筠《菩薩蠻》（小山重疊金明滅）
			《女冠子》（星冠霞帔）	牛嶠《女冠子》（星冠霞帔）

8　碩園《還魂記》為刪訂湯顯祖《牡丹亭》之作，該詞又見於《牡丹亭》。

序號	作家	戲曲作品	詞作	襲改情況（原作）
		《紫釵記》	《青玉案》（盛世為儒觀覽遍）	毛滂《玉樓春》（小園半夜東風轉）
			《蝶戀花》（誰剪宮花簪彩勝）	辛棄疾《蝶戀花》（誰向椒盤簪彩勝）
			《少年遊》（簾垂深院冷蕭蕭）	柳永《少年遊》（簾垂深院冷蕭蕭）
			《荷葉杯》（枕席也來初薦）	顧敻《荷葉杯》（記得那時相見）
			《春光好》（紗窗暖）	和凝《春光好》（紗窗暖）
			《浣溪紗》（輕打銀箏落燕泥）	孫光憲《浣溪沙》（輕打銀箏墜燕泥）
			《好事近》（腕枕怯征魂）	魏夫人《好事近》《雨後曉寒輕》
			《好事近》（簾外雨絲絲）	吳文英《好事近》（雁外雨絲絲）
			《菩薩蠻》（赤闌橋盡香街直）	陳克《菩薩蠻》（赤闌橋盡香街直）
		《牡丹亭》	《烏夜啼》（曉來望斷梅關）	李煜《相見歡》（無言獨上西樓）
			《畫堂春》（蛾眉秋恨滿三霜）	秦觀《畫堂春》（東風吹柳日初長）
			《昭君怨》（萬里封侯岐路）	卓田《昭君怨》（千里功名岐路）
		《南柯記》	《唐多令》（何處合成愁）	吳文英《唐多令》（何處合成愁）
35	玩花主人	《妝樓記》	《蝶戀花》（春事闌珊芳草歇）	蘇軾《蝶戀花》（春事闌珊芳草歇）

序號	作家	戲曲作品	詞作	襲改情況（原作）
36	汪廷訥	《獅吼記》	《鷓鴣天》（雙龍闕下拜恩初）	韓翃《訪王起居不遇留贈》、李遠《贈弘文杜校書》
		《種玉記》	《醉花間》（休相問）	毛文錫《醉花間》（休相問）
		《投桃記》	《訴衷情》（湧金門外小瀛洲）	仲殊《訴衷情》（湧金門外小瀛洲）
		《三祝記》	《鷓鴣天》（先達誰當薦陸機）	劉長卿《送陸澧倉曹西上》、譚用之《寄閣記室》
			《漁家傲》（塞下秋來風景異）	范仲淹《漁家傲》（塞下秋來風景異）
37	王恒	《合璧記》	《玉樓春》（東城漸覺風光好）	宋祁《玉樓春》（東城漸覺風光好）
38	王驥德	《題紅記》	《小重山》（春入神京萬木芳）	和凝《小重山》（春入神京萬木芳）
39	王錂	《春蕪記》	《菩薩蠻》（蛩聲泣露驚秋枕）	秦觀《菩薩蠻》（蟲聲泣露驚秋枕）
			《羅敷令》（轆轤金井梧桐晚）	李煜《採桑子》（轆轤金井梧桐晚）
40	王異	《弄珠樓》	《鷓鴣天》（白石溪邊自結廬）	曹唐《贈南嶽馮處士二首》（其一）、李九齡《山中寄友人》、陸龜蒙《寄淮南鄭寶書記》、許渾《贈蕭兵曹先輩》、李商隱《和劉評事永樂閒居見寄》
			《山花子》（香靨凝羞一笑開）	李清照《浣溪沙》（繡面芙蓉一笑開）、秦觀《山花子》（香靨凝羞一笑開）
			《如夢令》（幽夢匆匆破後）	秦觀《如夢令》（幽夢匆匆破後）

序號	作家	戲曲作品	詞作	襲改情況（原作）
41	王元壽	《景園記》	《武陵春》（綠槐新柳咽新蟬）	蘇軾《阮郎歸》（綠槐新柳咽新蟬）
			《玉樓春》（小園昨夜東風轉）	毛滂《玉樓春》（小園半夜東風轉）
			《長相思》（天有神）	張幼謙《長相思》（天有神）
		《異夢記》	《鷓鴣天》（年少今開萬卷餘）	譚用之《約張處士遊梁》韓翃《訪王起居不遇留贈》
			《酒泉子》（斂態窗前）	孫光憲《酒泉子》（斂態窗前）
			《浣溪沙》（蘭沐初休曲檻前）	孫光憲《浣溪沙》（蘭沐初休曲檻前）
			《杏園芳》（嚴妝嫩臉花明）	尹鶚《杏園芳》（嚴妝嫩臉花明）
			《薄命妾》（天欲曉）	和凝詞《薄命女》
			《生查子》（金井墮高梧）	孫光憲《生查子》（寂寞掩朱門）
			《河滿子》（寫得魚箋無限）	和凝《河滿子》（寫得魚箋無限）
			《南歌子》（錦薦紅鸂鶒）	張泌《南歌子》（錦薦紅鸂鶒）
42	吳德修	《偷桃記》	《玉樓春》（東城漸覺風光好）	宋祁《玉樓春》（東城漸覺風光好）
43	吳世美	《驚鴻記》	《採桑子》（恨君不似東樓月）	呂本中《採桑子》（恨君不似江樓月）
44	謝讜	《四喜記》	《玉樓春》（暖香薰透桃花頰）	李煜《玉樓春》（曉妝初了明肌雪）
45	心一山人	《玉釵記》	《春從天上來》（海角飄零）	吳潛《春從天上來》（海角飄零）

序號	作家	戲曲作品	詞作	襲改情況（原作）
46	徐復祚	《紅梨記》	《玉樓春》（綠楊芳草長亭路）	晏殊《木蘭花》（綠楊芳草長亭路）
		《投梭記》	《烏夜啼》（小桃落盡殘紅）	蔣元龍《烏夜啼》（小桃落盡殘紅）
			《浣溪沙》（塵壓鴛鴦廢錦機）	鄭谷《貧女吟》
47	許自昌	《水滸記》	《玉樓春》（東城漸覺風光好）	宋祁《玉樓春》（東城漸覺風光好）
			《浣溪沙》（水滿池塘花滿溪）	趙令畤《浣溪沙》（水滿池塘花滿溪）
			《蝶戀花》（庭院碧苔紅葉遍）	晏幾道《蝶戀花》（庭院碧苔紅葉遍）
			《搗練子》（明月下）	王表《清明日登城春望寄大夫使君》、陸龜蒙《別墅懷歸》
			《西江月》（照野彌彌淺浪）	蘇軾《西江月》（照野彌彌淺浪）
			《憶王孫》（手披荒草看孤墳）	劉長卿《送李將軍》、曹唐《劉阮再到天台不復見仙子》
		《節俠記》	《如夢令》（樓外殘陽紅滿）	秦觀《如夢令》（樓外殘陽紅滿）
			《菩薩蠻》（蛩聲泣露驚秋枕）	秦觀《菩薩蠻》（蟲蛩聲泣露驚秋枕）
		《種玉記》	《醉花間》（休相問）	毛文錫《醉花間》（休相問）
48	楊柔勝	《玉環記》	《虞美人》（暮迎朝送何時了）	李煜《虞美人》（春花秋月何時了）
			《蝶戀花》（花褪殘紅青杏小）	蘇軾《蝶戀花》（花褪殘紅青杏小）

序號	作家	戲曲作品	詞作	襲改情況（原作）
49	楊珽	《龍膏記》	《玉樓春》（樓臺絕勝宜春苑）	蘇頲《廣達樓下夜侍酺宴應制》、李頎《題璿公山池》、李白《題東溪公幽居》、杜甫《曲江二首》（其一）、司空曙《酬李端校書見贈》、岑參《首春渭西郊行，呈藍田張二主簿》
			《鷓鴣天》（曉樹烏啼客夢殘）	王初《送王秀才謁池州吳都督》、薛逢《上吏部崔相公》、護國《傷蔡處士》、賈至《春思》
			《河滿子前》（細草孤雲斜日）	陳克《謁金門》（愁脈脈）、孫洙《河滿子》（悵望浮生急景）、李煜《浪淘沙》（簾外雨潺潺）、秦觀《隔浦蓮》（新篁搖動翠葆）
			《浣溪紗》（琪樹西風枕簟秋）	許渾《秋思》、雍陶《秋懷》、趙嘏《憶山陽二首》（其二）、溫庭筠《池塘七夕》、武元衡《酬嚴司空荊南見寄》
			《漁歌子》（雁響遙天玉漏清）	顧敻《浣溪沙》（雁響遙天玉漏清）
			《減字木蘭花》（掃清海宇）	杜甫《秋興八首》（其一）、賈曾《奉和春日出苑矚目應令》、岑參《獻封大夫破播仙凱歌》、曹唐《三年冬大禮五首》（其一）
			《木蘭花令》（沉檀煙起盤紅霧）	徐昌圖《木蘭花》（沉檀煙起盤紅霧）

序號	作家	戲曲作品	詞作	襲改情況（原作）
50	姚茂良	《金丸記》	《畫堂春》（熏風吹着越沙場）	秦觀《畫堂春》（東風吹柳日初長）
51	葉憲祖	《鸞鎞記》	《浣溪沙》（輕打銀箏墜燕泥）	孫光憲《浣溪沙》（輕打銀箏墜燕泥）
			《鷓鴣天》（翠蓋牙籤幾百株）	辛棄疾《鷓鴣天》（翠蓋牙籤幾百株）
52	袁于令	《西樓記》	《舊詞漁家傲》（疏雨才收淡苧天）	杜安世《漁家傲》（疏雨才收淡苧天）
			《舊詞賀聖朝》（白雪梨花紅粉桃）	歐陽修《賀聖朝影》（白雪梨花紅粉桃）
		《鸊鷉裘》	《山花子》（菡萏香銷翠葉殘）	李璟《浣溪沙》（菡萏香消翠葉殘）
53	雲水道人	《玉杵記》	《浣溪沙》（菡萏香消翠葉殘）	李璟《浣溪沙》（菡萏香消翠葉殘）
54	張鳳翼	《紅拂記》	《青玉案》（人生南北如歧路）	吳潛《青玉案》（人生南北如歧路）
			《更漏子》（玉爐香）	溫庭筠《更漏子》（玉爐香）
			《点絳唇》（高柳蟬嘶）	汪藻《点絳唇》（高柳蟬嘶）
			《清平樂》（春風依舊）	趙令時《清平樂》（春風依舊）
			《菩薩蠻》（南園滿地堆輕絮）	溫庭筠《菩薩蠻》（南園滿地堆輕絮）
			《長相思》（紅滿枝）	馮延巳《長相思》（紅滿枝）
		《祝髮記》	《踏莎行》（霧失樓臺）	秦觀《踏莎行》（霧失樓臺）
			《謁金門》（秋已暮）	牛希濟《謁金門》（秋已暮）
			《醉花陰》（薄霧濃雲愁永晝）	李清照《醉花陰》（薄霧濃雲愁永晝）
		《灌園記》	《菩薩蠻》（平林漠漠煙如織）	傳為李白所作《菩薩蠻》（平林漠漠煙如織）

序號	作家	戲曲作品	詞作	襲改情況（原作）
			《搗練子》（曉風酸）	万俟詠《梅花引・冬怨》（曉風酸）
		《竊符記》	《漁家傲》（塞下秋來風景異）	范仲淹《漁家傲・秋思》（塞下秋來風景異）
			《虞美人》（春花秋月何時了）	李煜《虞美人》（春花秋月何時了）
		《虎符記》	《菩薩蠻》（金風簌簌驚黃葉）	宋無名氏《菩薩蠻》（金風簌簌驚黃葉）
55	張琦	《明月環》	《清平樂》（深沉院宇）	晁端禮《清平樂》（深沉玉宇）
			《憶王孫》（風蒲獵獵小池塘）	李重元《憶王孫》（風蒲獵獵小池塘）
			《青玉案前》（人生南北如歧路）	吳潛《青玉案》（人生南北如歧路）
		《金鈿盒》	《生查子》（寂寞畫堂空）	魏承班《生查子》（寂寞畫堂空）
		《詩賦盟》	《蝶戀花》（庭院碧苔紅葉遍）	晏幾道《蝶戀花》（庭院碧苔紅葉遍）
			《蝶戀花前》（誰向椒盤簪彩勝）	辛棄疾《蝶戀花》（誰向椒盤簪彩勝）
			《蝶戀花後》（春未來時先借問）	辛棄疾《蝶戀花》（誰向椒盤簪彩勝）
			《虞美人前》（春花秋月何時了）	李煜《虞美人》（春花秋月何時了）
			《夜遊宮》（獨夜寒侵孤邸）	陸游《夜遊宮》（獨夜寒侵翠被）
		《靈犀錦》	《浣溪沙》（水漲魚天拍柳橋）	宋無名氏《浣溪沙》（水漲魚天拍柳橋）

序號	作家	戲曲作品	詞作	襲改情況（原作）
			《玉樓春》（家臨城郭往來道）	溫庭筠《玉樓春》（家臨長信往來道）
			《小重山後》（斜日敞簾櫳）	沈蔚《小重山》（斜日敞簾櫳）
		《鬱輪袍》	《春光好》（紗窗暖）	和凝《春光好》（紗窗暖）
			《浣溪紗》（寂寞流蘇冷繡裀）	閻選《浣溪沙》（寂寞流蘇冷繡茵）
			《蝶戀花》（芳草滿園花滿目）	馮延巳《鵲踏枝》《芳草滿園花滿目》
56	張四維	《雙烈記》	《青玉案》（人生南北如歧路）	吳潛《青玉案》（人生南北如歧路）
			《菩薩蠻》（平林漠漠煙如織）	李白《菩薩蠻》（平林漠漠煙如織）
57	鄭若庸	《玉玦記》	《柳梢青》（似日中霜）	周晉《柳梢青》（似霧中花）
			《烏夜啼》（水漫江洲新綠）	宋無名氏《烏夜啼》（水漫汀洲新綠）
			《鶯聲繞紅樓》（樹樹梅花作雪飛）	柳永《鶯聲繞紅樓》（十畝梅花作雪飛）
58	鄭之文	《旗亭記》	《阮郎歸》（衡陽還有雁傳書）	秦觀《阮郎歸》（湘天風雨破寒初）
59	智達	《歸元鏡》	《虞美人》（潮生潮落何時了）	趙孟頫《虞美人》（潮生潮落何時了）
60	朱鼎	《玉鏡臺記》	《畫堂春》（東風吹柳日初長）	秦觀《畫堂春》（東風吹柳日初長）
61	朱葵心	《回春記》	《水調歌頭》（老子頗更事）	劉克莊《水調歌頭》（老子頗更事）
			《滿江紅》（怒髮衝冠）	岳飛《滿江紅》（怒髮衝冠）
62	朱期	《玉丸記》	《踏莎行》（小徑紅稀）	晏殊《踏莎行》（小徑紅稀）

序號	作家	戲曲作品	詞作	襲改情況（原作）
63	鄒玉卿	《青虹嘯》	《畫堂春》（落紅鋪徑水平池）	秦觀《畫堂春》（落紅鋪徑水平池）
			《憶江南》（千萬恨）	溫庭筠《夢江南》（千萬恨）
			《酒泉子》（黛怨紅羞）	顧夐《酒泉子》（黛怨紅羞）
		《雙螭璧》	《如夢令》（池上春歸何處）	秦觀《如夢令》（池上春歸何處）
			《漁家傲》（塞上風光景異）	范仲淹《漁家傲》（塞下秋來風景異）
64	無名氏	《高文舉珍珠記》	《長相思》（紅滿枝）	馮延巳《長相思》（紅滿枝）
		《荔鏡記》	《西江月》（世事短如春夢）	朱敦儒《西江月》（世事短如春夢）
		《鳴鳳記》	《謁金門》（愁脈脈）	陳克《謁金門》（愁脈脈）
			《海棠春》（流鶯窗外啼聲早）	宋無名氏《海棠春》（曉鶯窗外啼春曉）
			《南鄉子》（曉日壓重簷）	孫道絢《南鄉子》（曉日壓重簷）
			《青玉案》（一年春事今來幾）	歐陽修《青玉案》（一年春事都來幾）
			《青玉案》（人生南北如歧路）	吳潛《青玉案》（人生南北如歧路）
			《玉樓春》（綠楊芳草長亭路）	晏殊《木蘭花》（綠楊芳草長亭路）
			《憶秦娥》（思臣節）	李白《憶秦娥》（簫聲咽）
			《浪淘沙》（簾外雨潺潺）	李煜《浪淘沙》（簾外雨潺潺）
			《浪淘沙》（蹙損遠山眉）	康與之《賣花聲》（蹙損遠山眉）

序號	作家	戲曲作品	詞作	襲改情況（原作）
			《虞美人》（春花秋月何時了）	李煜《虞美人》（春花秋月何時了）
			《漁家傲》（塞上秋來風景異）	歐陽修《漁家傲》（塞下秋來風景異）
			《醉春風》（北望天涯近）	宋無名氏《醉春風》（陌上清明近）
		《四賢記》	《木蘭花》（小園半夜東風轉）	毛滂《玉樓春》（小園半夜東風轉）
		《蘇英皇后鸚鵡記》	《臨江仙》（池上輕雷池外雨）	歐陽修《臨江仙》（柳外輕雷池上雨）
		《綈袍記》	《玉樓春》（小樓昨夜秋風轉）	毛滂《玉樓春》（小園半夜東風轉）
		《伍倫全備記》	《水調歌頭》（紫陌風光好）	哀長吉《水調歌頭》（紫陌風光好）
			《木蘭花慢》（慈闈生日）	張孝祥《減字木蘭花》（慈闈生日）
		《玉環記》	《虞美人》（暮迎朝送何時了）	李煜《虞美人》（春花秋月何時了）
			《蝶戀花》（奴如花下偷香蝶）	蘇軾《蝶戀花》（花褪殘紅青杏小）
		《運甓記》	《滿江紅》（雄控荊州）	秦觀《滿江紅》（越豔風流）
			《憶秦娥》（雲漠漠）	康與之《憶秦娥》（春寂寞）、朱熹《憶秦娥》（雲垂幕）
			《玉樓春》（秋千庭院重簾暮）	晏幾道《木蘭花》（秋千院落重簾暮）
		《贈書記》	《青玉案》（碧雲冉冉蘅皋暮）	賀鑄《青玉案》（凌波不過橫塘路）

主要參考文獻

（一）古今著述（依著作名稱音序排列）

B

《不登大雅文庫珍本戲曲叢刊》，北京大學圖書館編，北京：學苑出版社 2003
　　年 4 月第 1 版

C

《詞話叢編》，唐圭璋編，北京：中華書局 1986 年 1 月第 1 版

《詞律》，萬樹編著，上海：上海古籍出版社 1984 年 2 月第 1 版

《詞學史料學》，王兆鵬著，北京：中華書局 2004 年 5 月第 1 版

《詞綜》，朱彝尊、汪森編，上海：上海古籍出版社 1978 年 12 月第 1 版

G

《孤本明傳奇鹽梅記》，青山高士撰，北京：北京圖書館出版社 1998 年 6 月第 1 版

《孤本元明雜劇》，王季烈編，北京：中國戲劇出版社 1958 年 1 月版

《古本戲曲叢刊初集》，《古本戲曲叢刊》編輯委員會編，上海：商務印書館
　　1954 年 2 月版

《古本戲曲叢刊二集》，《古本戲曲叢刊》編輯委員會編，上海：商務印書館
　　1955 年 7 月版

《古本戲曲叢刊三集》，《古本戲曲叢刊》編輯委員會編，上海：文學古籍刊行
　　社 1957 年 2 月版

《古本戲曲叢刊四集》，《古本戲曲叢刊》編輯委員會編，上海：商務印書館
　　1958 年版 12 月版

《古本戲曲叢刊五集》，《古本戲曲叢刊》編輯委員會編，上海：上海古籍出版
　　社 1985 年 3 月版

《古典戲曲存目彙考》，莊一拂編著，上海：上海古籍出版社 1982 年 12 月第 1 版

F

《樊榭山房集》，厲鶚著，上海：上海古籍出版社 1992 年 6 月第 1 版

《傅惜華藏古典戲曲珍本叢刊》，王文章主編，北京：學苑出版社 2010 年 10
　　月第 1 版

H

《海外孤本晚明戲劇選集三種》，（俄）李福清，李平編，上海：上海古籍出版
　　社 1993 年 6 月第 1 版

《漢上宧文存　梁祝戲劇輯存》，錢南揚著，北京：中華書局 2009 年 11 月第 1 版

《漢上宧文存續編》，錢南揚著，北京：中華書局 2009 年 11 月第 1 版

《〈花間集〉接受論稿》，李東紅著，濟南：齊魯書社 2006 年 6 月第 1 版

J

《集句詩研究》，裴普賢著，台北：台灣學生書局 1975 年 11 月第 1 版

《金聖歎全集》，金聖歎著，曹方人、周錫山標點，南京：江蘇古籍出版社
　　1985 年 7 月第 1 版

《金元詞通論》，陶然著，上海：上海古籍出版社 2010 年 8 月第 1 版

K

《康熙曲譜》，王奕清主編，長沙：嶽麓書社 2000 年 10 月第 1 版

L

《六十種曲》，毛晉編，北京：中華書局 2007 年 6 月第 2 版

M

《美學》，黑格爾著，朱光潛譯，北京：商務印書館 1979 年 1 月第 2 版

《明本潮州戲文五種》，廣州：廣東人民出版社 1985 年 10 月第 1 版

《明詞彙刊》，趙尊嶽輯，上海：上海古籍出版社 1992 年 7 月第 1 版

《明詞史》，張仲謀著，北京：人民文學出版社 2002 年 2 月第 1 版

《明代傳奇全目》，傅惜華著，北京：人民文學出版社 1959 年 12 月第 1 版

《明代傳奇之劇場及其藝術》，王安祈著，台北：台灣學生書局 1986 年 6 月第 1 版

《明代詞學之構建》，余意著，上海：上海古籍出版社 2009 年 7 月第 1 版

《明代戲曲史》，金寧芬著，北京：社會科學文獻出版社 2007 年 12 月第 1 版

《明代小說寄生詞曲研究》，趙義山等著，北京：商務印書館 2013 年 12 月第 1 版

《明代雜劇全目》，傅惜華著，北京：作家出版社 1958 年 5 月第 1 版

《明代中後期詞壇研究》，張若蘭著，北京：中國社會科學出版社 2010 年 3 月
　　第 1 版

《明清傳奇戲曲文體研究》，郭英德著，北京：商務印書館 2004 年 7 月第 1 版

《明清傳奇綜錄》，郭英德編著，石家莊：河北教育出版社 1997 年 7 月第 1 版

《明清江蘇文人年表》，張慧劍著，北京：人民文學出版社 2008 年 6 月第 1 版

《牡丹亭研究資料考釋》，徐扶明編著，上海：上海古籍出版社 1987 年 5 月第 1 版

Q

《欽定詞譜》，王奕清等編著，北京：中國書店 2010 年 1 月第 1 版

《曲海總目提要》，無名氏著，北京：人民文學出版社 1959 年 5 月第 1 版

《曲律》，王驥德撰，《中國古典戲曲論著集成》第四冊，北京：中國戲劇出版
　　社 1959 年 7 月第 1 版

《曲品校註》，呂天成撰，吳書蔭校註，北京：中華書局 2006 年 7 月第 2 版

《全金元詞》，唐圭璋編，北京：中華書局 1979 年 10 月第 1 版

《全明詞》，饒宗頤初纂，張璋總纂，北京：中華書局 2004 年 1 月第 1 版

《全明詞補編》，周明初、葉曄補編，杭州：浙江大學出版社 2007 年 1 月第 1 版

《全宋詞》，唐圭璋編，北京：中華書局 1965 年 6 月第 1 版

《全宋詞補輯》，孔繁禮輯，北京：中華書局 1981 年 8 月第 1 版

《全唐五代詞》，曾昭岷、曹濟平、王兆鵬、劉尊明編撰，北京：中華書局 1999 年 12 月第 1 版

R

《日本所藏稀見中國戲曲文獻叢刊（第一輯）》，黃仕忠、（日）金文京、（日）喬秀岩編，桂林：廣西師範大學出版社 2006 年 12 月第 1 版

S

《善本戲曲叢刊》，王桂秋主編，台北：台灣學生書局 1984 年 11 月第 1 版

《奢摩他室曲叢》（初集、二集），吳梅編，上海：商務印書館 1928 年版

《沈璟集》，沈璟著，徐朔方輯校，北京：中華書局 1991 年 12 月第 1 版

《盛明雜劇》（初集、二集），北京：中國戲劇出版社 1958 年 6 月影印誦芬室本

《詩學》，亞里士多德著，陳中梅譯註，北京：商務印書館 1996 年 7 月第 1 版

《宋詩選註》，錢鍾書選註，北京：人民文學出版社 1989 年 9 月第 2 版

《綏中吳氏藏抄本稿本戲曲叢刊》，吳書蔭主編，北京：學苑出版社 2004 年版

T

《太和正音譜箋評》，朱權著，姚品文點校箋評，北京：中華書局 2010 年 1 月版

《湯顯祖評傳》，徐朔方著，南京：南京大學出版社 1993 年 7 月第 1 版

《湯顯祖全集》，湯顯祖撰，徐朔方箋校，北京：北京古籍出版社 1999 年 1 月
　　第 1 版

《湯顯祖戲曲集》，湯顯祖撰，錢南揚校點，上海：上海古籍出版社 2010 年 6
　　月第 2 版

《唐宋詞集序跋彙編》，金啟華等編，南京：江蘇教育出版社 1990 年 5 月第 1 版

《唐宋詞史論》，王兆鵬著，北京：人民文學出版社 2000 年 1 月第 1 版

《唐宋詞通論》，吳熊和著，浙江：浙江古籍出版社 1989 年 3 月第 2 版

W

《文體明辨序說》，徐師曾著，北京：人民文學出版社 1962 年 8 月第 1 版

《午夢堂集》，葉紹袁編，冀勤輯校，北京：中華書局 1998 年 11 月第 1 版

X

《戲曲小說叢考》，葉德鈞著，北京：中華書局 2004 年 12 月第 2 版

《小忽雷傳奇》，孔尚任著，鄭州：中州古籍出版社 1986 年 2 月第 1 版

《嘯余譜》，程明善輯，上海：上海古籍出版社 1995 年版

Y

《永樂大典戲文三種校註》，錢南揚校註，北京：中華書局 2009 年 11 月第 2 版

《元曲選》，臧懋循編，北京：中華書局 1989 年 3 月第 2 版

Z

《雜劇三集》，北京：中國戲劇出版社 1958 年 6 月影印誦芬室本

《曾永義學術論文自選集》，曾永義著，北京：中華書局 2008 年 7 月第 1 版

《張鳳翼戲曲集》，張鳳翼撰，隋樹森等校點，北京：中華書局 1994 年 9 月第
　　1 版

《鄭振鐸藏古吳蓮勺廬抄本戲曲百種》，殷夢霞選編，北京：國家圖書館出版社 2009 年第 1 版

《中國古代戲劇的傳播與影響》，曹萌著，北京：中國社會科學出版社 2006 年 2 月第 1 版

《中國古典戲曲論著集成》，中國戲曲研究院編，北京：中國戲曲出版社 1959 年 7 月第 1 版

《中國近世戲曲史》，青木正兒著，北京：中華書局 2010 年 1 月第 1 版

《中國戲曲史論》，吳新雷著，南京：江蘇教育出版社 1996 年 3 月第 1 版

（二）學位論文

《唐宋敘事詞研究》，王偉禎，華東師範大學碩士學位論文，2007 年 4 月

《宋元小說家話本中的詞研究》，蔣偉，廣西師範大學碩士學位論文，2008 年 4 月

《明詞傳播述論》，汪超，上海大學博士學位論文，2010 年 4 月

（三）期刊論文

《試論宋詞選集的標準和尺度》，羅忼烈，《文藝理論研究》1983 年第 4 期

《歷史的選擇 —— 宋代詞人歷史地位的定量分析》，王兆鵬、劉尊明，《襄陽師專學報》1995 年第 1 期

《明代話本小說中的詞作考論》，張仲謀，《明清小說研究》2008 年第 1 期

《論明代日用類書與詞的傳播》，汪超，《圖書與情報》2010 年第 2 期

《明代戲曲中的詞作初探》，汪超，《中國石油大學學報》2011 年第 5 期

後　記

　　圍繞明代戲曲中詞作的研究和本書的構思，始於 2011 年左右。其時，浙江大學周明初先生主持國家社科基金重大項目「《全明詞》重編及文獻研究」，我有幸參與其中，承擔明代戲曲中詞的整理與研究。由於相關材料在當時尚未得到學界的重視，研究基礎薄弱，因此我的首要工作是系統整理明代戲曲目錄，全面查閱戲曲文獻，甄別和輯錄其中的詞作。經過一年的時間，最終形成了「明代戲曲中的詞作」的第一手資料，共計 18 萬字，成為搭建本書核心觀點的根基，後續寫作在此基礎上順利開展。

　　2013 年，在復旦大學古籍所陳廣宏先生的指導下，我開始轉向明代文話與文章學研究。與此同時，針對明代戲曲中詞作的搜集和完善工作，也未曾間斷。如何以廣泛搜集材料為前提創建學術研究的體系，是廣宏師對我提出的要求，也是我從事科研工作的明確目標。本書所呈現的內容及研究方式，可以說是實現這個目標的一次嘗試。

　　近年來，學界對明代小說、戲曲羼入詩詞這類現象的探討，展示了明代詞學的研究空間和發展前景。儘管已經完成的書稿包含了我在詞學方面的長期思考，但仍有諸多議論未及深入。因此，本書的出版基於兩層考慮：一方面，戲曲中詞體的運用情況是詞學研究領域的重要話題，我的淺見薄識可能具有一些參考價值；另一方面，藉助這次公開出版的機會，以期獲得學界同道的批評和指教。

　　本書的順利出版，得到了香港浸會大學孫少文伉儷人文中國研究所的支持，尤其是張宏生先生的傾力幫助。在香港繼續深造的這段時間裏，宏生師從各個方面為我創造了良好的學術環境，使我免受雜務干擾得以潛心寫作。這部書稿的完成，得益於眾多師友的關懷和幫

助。從資料調查到章節安排和寫作,都得到了明初師的悉心指導,也吸取了浙江大學樓含松、朱則傑、孫敏強、汪超宏、徐永明和陶然等教授提出的批評意見。書稿的修訂和最終出版,我的妻子胡媚媚對我的工作多有分擔,又以她的獨到見解與我分享。本書能夠如期面世,有賴於香港中華書局副總編輯黎耀強先生的促成和推動,以及責編劉華女士的細心審訂,在此一併致以誠摯的謝意。

龔宗傑

2019 年 5 月 2 日

於香港浸會大學